中国文学名家名作鉴赏精华

王士禛诗文鉴赏辞典

张煜 编著

上海辞书出版社

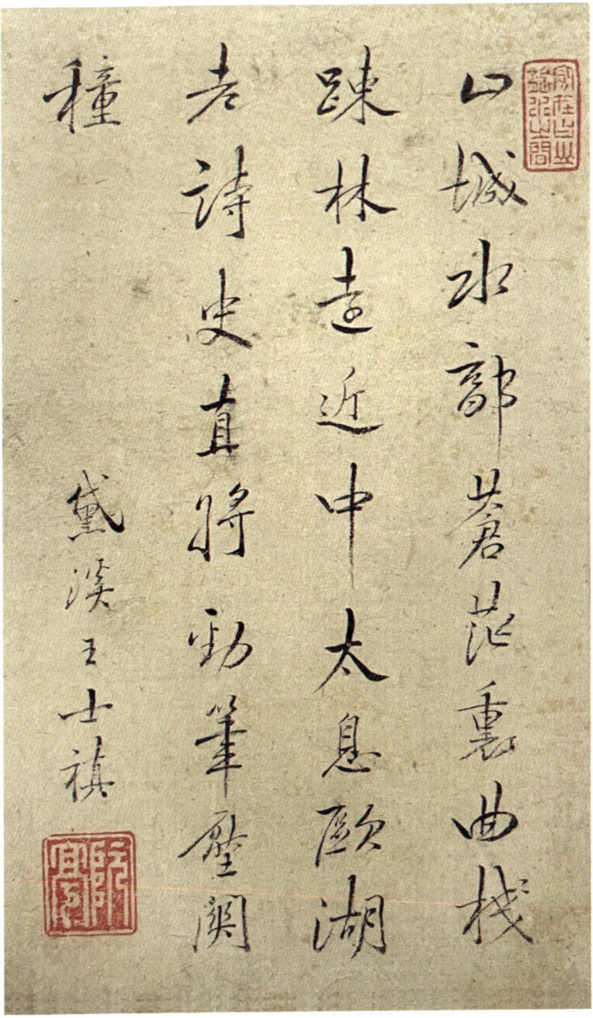

王士禛书法 题萧云从《胜情遥寄图册》

王渔洋放鹇图 ［清］ 禹之鼎绘

目 录

1 前言

诗

3 周文矩《庄子说剑图》

后有董宗伯书《说剑篇》及小跋

8 秋柳诗四首 （其一）

13 秋柳诗四首 （其二）

15 题赵澄仿王右丞《群峰飞雪图》

18 读史杂感八首 （其二）

20 读史杂感八首 （其三）

22 再过露筋祠

24 丹徒行吊宋武帝

28 五人墓

31 自光福里入太湖口往圣恩寺

34 第二泉和涪翁韵

37 和吴渊颖《题钱舜举〈张丽华侍女汲井图〉》

41 绝句

43 真州绝句五首 （其四）

45 江东

48 蓉江寄牧翁先生
50 戏仿元遗山《论诗绝句》三十二首 (其二)
53 戏仿元遗山《论诗绝句》三十二首 (其五)
55 戏仿元遗山《论诗绝句》三十二首 (其七)
57 戏仿元遗山《论诗绝句》三十二首 (其九)
60 戏仿元遗山《论诗绝句》三十二首 (其十四)
63 戏仿元遗山《论诗绝句》三十二首 (其十五)
66 戏仿元遗山《论诗绝句》三十二首 (其三十一)
68 甓湖舟夜读《渭南集》偶题长句
71 登鸡鸣寺
73 昭阳顾符稹画《栈道图》歌
77 题文与也为梁曰缉画《江村读书图》二首 (其二)
80 冬日读唐宋金元诸家诗,偶有所感,各题一绝于卷后,凡七首 (其三)
84 冬日读唐宋金元诸家诗,偶有所感,各题一绝于卷后,凡七首 (其四)
86 题施愚山《卖船诗》后
91 题张魏公墨迹后
94 碧云寺魏阉葬衣冠墓
99 故明景帝陵怀古
105 国士桥

108 观音徧
112 年来钱牧斋、吴梅村、周栎园诸先生，邹讦士、陈伯玑、方尔止、董文友诸同人相继徂谢，栈道感怀怆然有赋
115 虎跳驿
117 天柱山
121 叙州流杯池、泸州使君岩，皆山谷先生旧游，都不及访，怅然赋此
125 白帝城谒昭烈武侯庙
127 登虾蟆碚
132 襄阳口号
135 戴嵩牛图
139 和沈石田《钩弋夫人歌》 过河间作
144 朱璧《揭钵图》歌
151 题陈其年《填词图》
154 送毛斧季归常熟 故处士晋子也
156 元祐党籍碑
162 伪汉刘龑冢歌
166 三峡桥
169 采石太白楼观萧尺木画壁歌
173 然犀亭
176 题赵承旨画羊

文

181 《唐贤三昧集》序
185 游瓦官寺记
190 《芝廛集》序
196 程侍郎《青溪遗集》序
200 《万首唐人绝句选》自序
205 丙申诗旧序
208 窦建德论
212 《诗品》辩

215 王士禛生平与文学创作年表

前言

王士禛(1634—1711),字子真,一字贻上,号阮亭,又号渔洋山人,雍正时改称士正,乾隆时又改称士祯,山东新城(今桓台)人。清初著名诗人,“神韵派”代表人物。他出身于官宦家庭,祖父王象晋(1561—1653),明代园艺学家,万历三十二年(1604)进士,历授河南按察使、浙江右布政使等职。父亲王与敕,字钦文,顺治元年(1644)拔贡,不谒选即归。渔洋兄弟四人,长兄王士禄(1626—1673),字子底,号西樵山人,顺治九年(1652)进士,官吏部员外郎。以故下狱半年,后得昭雪。仲兄王士禧(1627—1697),字礼吉,廪贡监生。终身不入仕途,擅长岐黄之术。三兄王士祜(1632—1681),字子测,号东亭,康熙九年(1670)进士,未仕而卒。王氏兄弟相互友爱,在文学上各有成就,士禄、士祜、士禛号称“三王”。

崇祯七年(1634)闰八月,王士禛出生于河南。据《池北偶谈》卷十六:“予六七岁始入乡塾,受《诗》,诵至《燕燕》《绿衣》等篇,便觉枨触欲涕,亦不自知其所以然。稍长,遂颇悟‘兴观群怨’之旨。”八岁就能做诗,当时长兄西樵为诸生,授以王、裴诗法,让他手抄刘一相编《唐诗宿》中王维、孟浩然、常建、王昌龄、刘眘虚、韦应物、柳宗元等数家诗。甲申(1644)之变,士禛祖父携全家避战乱于长白山外祖父家。十五岁已经有诗一卷，名《落笺堂初稿》，西樵聚而刻之，中有句云："已共寒江潮上下，况逢新燕晾参差。"又云："年年摇落吴江思，忍向烟波问板桥。"顺治十二年（1655），王士禛二十二岁，与兄西樵、东亭进京，考中进士。在作于顺治十三年（1656）的《丙申诗序》中，他提出"典、远、谐、则"的论诗原则，"神韵"诗学已经初步发轫。顺治十四年（1657），他又在历下大名湖，举办秋柳诗社，即景作《秋柳》诗四首，寄托故国之思，而又空灵不落痕迹，引起了顾炎武等不少遗民的共鸣。一经传扬，大江南北诗人，争相和唱，和者数百家。

顺治十六年（1659），王士禛谒选得江南扬州府推官。扬州五年多，他利用公务之暇，遍游江南名胜，进入了创作第一个高峰期。顺治十八年（1661）至苏州，自光福里入太湖口往圣恩寺，晓起登诸阁望太湖，渔洋山"一峰正当寺门，爱其秀峙，无所附丽，取以自号"（《渔洋山人自撰年谱》）。他遍交江南遗民与名士，"昼了公事，夜接词人"，通过两次组织红桥修禊等活动，成为了扬州地区集文坛领袖与行政长官于一身的中心人物。前辈诗人钱谦益在为他的《渔洋诗集》所作序言里，也称赞："贻上之诗，文繁理富，衔华佩实，感时之作，恻怆于杜陵；缘情之什，缠绵于义山。"并在《古诗一首赠王贻上》中，勉励他"勿以独角麟，媲彼万牛毛"，推许之至。康熙二年（1663），王渔洋在《论诗绝句》

中，进一步阐发了他的神韵诗学，但同时也表达了他的兼收并蓄的态度："铁崖乐府气淋漓，渊颖歌行格尽奇。耳食纷纷说开宝，几人眼见宋元诗？"所以即使是在王渔洋的年轻时代，神韵诗学的内涵就很丰富，并不完全是只学唐诗。

此后王渔洋随着诗名日盛，入京复官。康熙十一年(1672)奉命典四川乡试，一路得以畅游巴蜀山水，《蜀道集》精力弥满，天骨开张，他的诗歌也进入到镕铸唐宋的一个新的阶段。昆山叶方霭(子吉)评曰："毋论大篇短章，每首具有十二分力量，所谓狮子搏象，皆用全力也。"康熙十七年(1678)，王渔洋奉旨召对懋勤殿，特旨授翰林院侍读。康熙二十七年(1688)，里中居庐期间，撰《唐贤三昧集》三卷，推崇司空图、严羽，来作为编选唐诗的标准，神韵诗学走向成熟。此后历任户部右侍郎、左都御史、刑部尚书等。康熙四十三年(1704)因微罪归里。归里后，撰定《万首唐人绝句选》等。

对于王渔洋一生诗歌的三个阶段，人们都会引《渔洋诗话》中的一段话："少年初筮仕时，惟务博综该洽，以求兼长。文章江左，烟月扬州，人海花场，比肩接迹。入吾室者，皆操唐音，韵胜于才，推为祭酒。然而空存昔梦，何堪涉想？中岁越三唐而事两宋，良由物情厌故，笔意喜生，耳目为之顿新，心思于焉避熟。明知长庆以后，已有滥觞；而淳熙以前，俱奉为正的。当其燕市逢人，征途揖客，争相提倡,远近翕然宗之。既而流利变为空疏,新灵寖以佶屈,顾瞻世道,惄焉心忧。于是以大音希声,药淫哇锢习,《唐贤三昧集》所谓乃造平淡时也,然而境亦从兹老矣。”可见神韵只是王士禛诗学的一个面向,而并不可以代表全部。他的一些七绝、七律固然写得风神骀荡,风流倜傥,但是他的不少七古咏史、题画,其中有很明显的学习杜甫、韩愈、苏轼的影子,虽然纵横捭阖,却一样令人一唱三叹,回味无穷。

作为康熙朝“神韵”诗派的倡导者与代表人物,王士禛在明清诗学发展史上,总的来说是被认为属于宗唐派的。乾隆朝四库馆臣对他的评价是这样的:“士祯谈诗,大抵源出严羽,以神韵为宗。……当康熙中,其声望奔走天下,凡刊刻诗集,无不称渔洋山人评点者,无不冠以渔洋山人序者。下至委巷小说,如《聊斋志异》之类,士祯偶批数语于行间,亦大书‘王阮亭先生鉴定’一行,弁于卷首,刊诸梨枣以为荣。惟吴乔窃目为‘清秀李于鳞’(见《谈龙录》),汪琬亦戒人勿效其喜用僻事新字。(见士祯自作《居易录》)而赵执信作《谈龙录》,排诋尤甚。平心而论,当我朝开国之初,人皆厌明代王、李之肤廓,钟、谭之纤仄,于是谈诗者竞尚宋、元。既而宋诗质直,流为有韵之语录;元诗缛艳,流为对句之小词。于是士祯等以清新俊逸之才,范水模山,批风抹月,倡天下以‘不著一字,尽得风流’之说,天下遂翕然应之。然所称者盛唐,而古体惟宗王、孟,上及于谢朓而止,较以《十九首》之惊心动魄、一字千金,则有天工、人巧之分矣;近体多近钱、郎,上及乎李颀而止,律以杜甫之忠厚缠绵、沉郁顿挫,则有浮声切响之异矣。故国朝之有士祯,亦如宋有苏轼、元有虞集、明有高启,而尊之者必跻诸古人之上,激而反唇,异论遂渐生焉。此传其说者之过,非士祯之过也。"渔洋诗学在他身前,如火如荼,如日中天,但也已经出现了一些不和谐的声音。到了乾隆朝,批评、质疑的声音就更多了。除了四库馆臣以外,其著者如袁枚《仿元遗山论诗》(其一)所云:"不相菲薄不相师,公道持论我最知。一代正宗才力薄,望溪文章阮亭诗。(王新城)"到了晚清同光体的时代,宋诗派占据主流,渔洋诗学被提及得就更少了。过去几十年,随着人们对于清代诗学的研究逐渐深入,王渔洋在古典诗学方面的成就与造诣,又再次得到了大家的重视与关注。诚如蒋寅先生在《王渔洋事迹征略·自序》中所云:"王渔洋的意义和价值,的确还远没为学术界清楚地认识到,特别是他在中国古代诗学史上的集大成意义。"

本书在写作过程中,参考了李毓芙等整理的《渔洋精华录集释》、袁世硕等主编的《王士禛全集》、蒋寅《王渔洋事迹征略》《王渔洋与康熙诗坛》、周兴陆辑著《〈唐贤三昧集〉汇评》、李毓芙《王渔洋诗文选注》、赵伯陶《王士禛诗选》

等，与责任编辑吴艳萍在体例、选材等方面，多有讨论，在此一并表示感谢。本书共选录王士禛诗五十余首，文八篇，并加以注释和鉴赏评析，希望通过这个选本，大家可以看到一个既像神韵派、又超越神韵派的王渔洋，看到一个跨越盛唐、兼容并包、禅画兼善、绝代风流的王渔洋。

张　煜

二〇二四年一月

诗

周文矩[1]《庄子说剑图》

后有董宗伯书《说剑篇》及小跋[2]

原文

古今人物画手谁第一？晋有卫协吴曹兴[3]。
南唐周生更奇隽，行笔瘦掣姿崚嶒。
此图在世逾千载，墨光黯淡生光晶。
君王隐逸各有态，蚕丝烟篆交回萦。
目瞋鬓突五剑客，短后之衣缦胡缨。
二人旁立目左顾，剑如星日光纵横。
昂首右顾者三士，二人按镡[4]神欲生。
一人拔剑作虎步，怒如截兕吞长鲸。
使笔如剑剑气出，此公无乃能铁兵。
庄生说剑固豪快，十步千里无留行。
千年奇论佐奇笔，挥毫泼墨皆飞鸣。
云间墨妙更遒绝，钟王[5]腕底纷斗争。
自云昔见吴兴[6]书《说剑》，恨不作图双妙并。
今逢此卷信神物，又恨作书非赵卿。
徘徊三叹出金石，焕然妙迹如神明。
我闻周生妙得后主[7]作字法，秋胡谢女风格清。
秦淮花月汴京土，感此伤人今古情。宣和御藏。
文矩有《秋胡故实》《谢女写真》等图

注

① 周文矩,南唐金陵句容(今属江苏)人,事李煜,为翰林待诏。他是南唐著名画家,工人物、山水,行笔瘦硬战掣,有李煜笔法。

② 董宗伯:董其昌(1555—1636),华亭(今上海市松江区)人,明代后期大臣,官至礼部尚书,故称"宗伯",谥号"文敏"。著名书画家,尤其擅长山水画。《说剑篇》:出于《庄子·外篇》,主要讲赵文王喜剑,国事日衰,庄子受太子悝之托,前往劝说。

③ 卫协,西晋画家,师于曹不兴,作道释人物,冠绝当代。曹兴:即曹不兴,三国吴画家,吴兴(今浙江湖州)人,擅长佛画。

④ 镡(xín):宝剑的剑鼻。

⑤ 钟王:钟,钟繇,三国魏书法家。王,王羲之,东晋书法家,有"书圣"之称。

⑥ 吴兴:指元代赵孟頫(1254—1322),吴兴(今浙江湖州)人,善画,工书法。

⑦ 后主:即南唐后主李煜(937—978),善书画,行笔瘦硬,妙入神品。

鉴赏

这首题画诗是王士禛青年时代的作品,但从中已经可以看出他后来很多作品的特点,即对于题画与历史题材的喜爱,以及七古中那种一气直下的挥洒自如,其中有着很明显的学习苏轼的痕迹。他本人对这首作品也颇为自得,曾经在晚年所作笔记小说《分甘余话》中说,在仪真时,同年吴国对侍读(吴敬梓曾祖父),总是喜欢写宋许顗《彦周诗话》中所引的两句诗,其一是杜甫《曹将军丹青引》"一洗万古凡马空",其二是苏轼《观吴道子画壁》"笔所未到气已吞",认为这两句诗不仅是赞画,其实也只有杜、苏两公自己的诗足以当之。吴认为王的"使笔如剑剑气出",同样既是写周文矩的画，其实也是对其诗歌的自赞。王显然认为吴的评价很客观、很传神，而把自己的七古与杜甫、苏轼并列，可以看出王士禛的自负与诗学倾向。王在《蚕尾文集》卷八中，也提到过历代题画诗当中，杜、苏可以看作是唐宋时期最有成就者。

此诗一韵到底。开始四句，先从古代画家曹不兴、卫协入手来衬托周文矩，可谓落笔不凡。因为曹、卫都是中国古代人物画中的翘楚，而周后来居上，独创出了瘦硬战掣的画风。所谓战笔，指用颤动的线条来表现衣纹，这就和唐代周昉仕女画的“秀润匀细”形成了差别。接下来四句，描绘这幅画的基本形态。说“逾千载”，当然是夸张之辞，南唐到清初并没有那么长时间，但七百年不到还是有的。画作的墨色虽然已经有些暗沉，但仍然光艳夺目。画中的君王赵文王与隐士庄周也是神态各异。蚕丝、烟篆写两种不同的画法，据说顾恺之画如“春蚕吐丝”（元汤垕《画鉴》）。后面十句铺叙画中的剑客，精力弥漫。正如《庄子·说剑篇》中写的那样，“吾王所见剑士皆蓬头、突鬓、垂冠、曼胡之缨、短后之衣，瞋目而语难”，画中的五位剑士也都是怒目圆睁，鬓毛从两面突起，穿着方便格斗的短后之衣，帽子低垂作欲斗状，粗缨无文理。其中两人旁立，目光视左，手中的宝剑光芒四射，犹如星日一般。另外三人昂首右顾，其中两人手按剑鼻，神态栩栩如生；另外一人拔剑如猛虎跳跃，怒气腾腾仿佛要劈开犀牛、气吞长鲸一样。

行文至此，作者不禁发出感慨，周文矩的画笔真是如同宝剑一样，整个画面都能够感受到阴森的剑气，画家是不是也精通武术啊?!

接下来四句又接着赞叹。《庄子·说剑篇》写得固然豪迈，庄周曾对赵王说："臣之剑，十步一人，千里不留行"，意思是十步之内，稳杀一人，千里关隘，也无法阻挡他的前行。谁曾想，千年之后，居然还有如此的奇笔，把如此的奇论画了出来。挥毫泼墨本是文雅之事，后人却似乎能够从画面上听到刀飞剑鸣、金革之声。接下来八句评述董其昌的书法和题跋。名画而能得到书法家的题跋，显然更加宝贵。而董的书法成就，就和历史上的钟、王一样，可以说董是明代第一流的书法家。董在此画的跋中说，以前曾经见过元代赵孟頫写的《说剑篇》，遗憾怎么没有人作图以成就双妙。今天"我"王士禛能够有机缘看到这样的神物，又遗憾怎么不是赵孟頫写的题跋。站在这画前不断地赞叹，诗人久久舍不得离开，这真是一幅人间的神品。最后四句又回到周文矩作收束，写听说周的画法瘦硬是学习李后主的字，北宋宋徽宗宣和年间，还御藏有他的《秋胡故实》《谢女写真》等图。南唐、北宋都已经消失在历史的烟雾中，如同春花秋月一般逝去，怎么能让今天的我不发思古之幽情?

根据王士禛《居易录》，周文矩此画原来属于王士禛所有，后来卖给了周亮工，进入了内府。此诗前半写剑士们的争强斗狠，后半转入对画作艺术成就的称赞和历史兴亡的感慨，寄托遥深，造成了一种对比的效果。可惜这幅画我们今天已经看不到了，但因为有了这首诗，我们能够对画的内容、风格与题跋有所了解。王士禛在五十岁左右时编过《古诗选》，他对五言古诗去取极严，唐代只有陈子昂、张九龄、李白、韦应物、柳宗元五人入选，宋以后一人也没有。而对于七言古诗他取法相对较宽，录了不少宋、元的诗人。他对自己的七古也颇为自负，他推崇杜、韩、苏、黄，觉得元遗山以后，自己已无遑多让。王士禛是“神韵派”的代表人物，通常大家认为“神韵”更多是体现在他的一些比较短小的绝句和律诗中。其实王士禛对古体诗非常重视，他自己的五七言古体也达到了很高的造诣。“神韵”并不仅仅体现在“清远”、“冲淡”、风格阴柔的短篇中，也一样体现在他的一些风格豪迈沉雄的长篇古体诗中。

秋柳诗四首(其一)

昔江南王子①,感落叶以兴悲;金城司马②,攀长条而陨涕。仆本恨人,性多感慨。寄情杨柳,同《小雅》之仆夫③;致讬悲秋,望湘皋之远者。偶成四什,以示同人,为我和之。丁酉(1657)秋日北渚亭书。

原文

秋来何处最销魂,残照西风白下门。
他日差池④春燕影,只今憔悴晚烟痕。
愁生陌上《黄骢曲》⑤,梦远江南乌夜村。
莫听临风三弄笛⑥,玉关哀怨总难论。

注

① 江南王子:指梁简文帝萧纲(503—551),在其《秋兴赋》里,有"洞庭之叶初下,塞外之草前衰"之句。
② 金城司马:指东晋时的大司马桓温(312—373),金城是东晋侨琅琊郡郡治,在今南京与句容一带。据南朝宋刘义庆《世说新语·言语》:"桓公北征,经金城,见前为琅琊时种柳,皆已十围,慨然曰:'木犹如此,人何以堪!'攀枝执条,泫然流泪。"
③ 《小雅》之仆夫:指《诗经·小雅·采薇》"昔我往矣,杨柳依依;今我来思,雨雪霏霏"句,写出了戍边战士在雨雪中归乡的沉重心情。
④ 差(cī)池:不齐貌。《诗经·邶风·燕燕》:"燕燕于飞,差池其羽。"
⑤ 黄骢曲:即《黄骢叠曲》,据《新唐书·礼乐志》,太宗破窦建德,乘马名黄骢骠,及征高丽,死于道。颇哀惜之,命乐工制《黄骢叠曲》。
⑥ 三弄笛:指东晋桓伊(字子野)三弄笛的故事。《世说新语·任诞》:"王子猷出都,尚在渚下。旧闻桓子野善吹笛,而不相识。遇桓于岸上过,王在船中,客有识之者,云是桓子野。王便令人与相闻云:'闻

君善吹笛，试为我一奏。’桓时已贵显，素闻王名，即便回下车，踞胡床，为作三调。弄毕，便上车去。客主不交一言。”

鉴赏

《秋柳诗四首》是王士禛青年时期的成名之作，有关这四首诗的主题，说法很多。我们先来看一下写作背景。据他的《蚕尾续文集》卷二《菜根堂诗集序》：“顺治丁酉（1657）秋，予客济南，时正秋赋，诸名士云集明湖。一日会饮水面亭，亭下杨柳十余株，披拂水际，绰约近人，叶始微黄，乍染秋色，若有摇落之态。予怅然有感，赋诗四章，一时和者数十人。”从中可知，这年王士禛 24 岁，“秋赋”指秋季省会乡试举人，其实他 18 岁时已经中举，22 岁会试中式第 56 名，并将于次年（1658）参加殿试。所以这次济南大明湖边的雅集，他虽然没有乡试的压力，其实对于自己的前途，仍是充满了担忧。

序言用一系列的用典，来铺陈秋柳带给诗人的惆怅和感伤。节序的更替，本来就是诗歌发生的一个很重要的来源。南朝梁钟嵘《诗品序》中说：“若乃春风春鸟，秋月秋蝉，夏云暑雨，冬月祁寒，斯四候之感诸诗者也。”除了时光流逝，人生易老的感慨外，来自社会的各种遭际和打击，也会刺痛人的内心。桓温是东晋著名的权臣，一生曾经三次北伐中原，希望能够“克复神州”。虽然有论者认为他的北伐更多是为了增加自己的权势，并没有尽心尽意；但就是这样一位豪杰之士，居然在第二次北伐经过金城时，看着自己早年栽种的柳树都已十围，而不禁泫然泪下。《诗经·小雅·采薇》中的戍边兵士，在寒冷刺骨的雨雪中归乡，想到自己离家之时，一切都是那么美好，杨柳依依，风和日丽，如今却满载着战争带给自己的伤痛和记忆，怎不悲从中来？宋玉《九辩》中也有“悲哉！秋之为气也。萧瑟兮，草木摇落而变衰”的悲秋之辞。一群年轻人在这样的季节里举行诗歌的集会，此时距离崇祯十五年(1642)的“壬午之难”其实不过十五年，在那一场世变中，清兵入关，王氏家族死难者三四十人。世事变迁，身处新朝的王士禛，有多少的欲说还休？

全诗给人的总体印象是典故的铺陈叠加，却又朦胧缥缈，并不十分清楚作者到底想表达什么样的主旨。首联“销魂”两字，取自南朝江淹《别赋》：“黯然销魂者，惟别而已矣。”“残照西风”，取自李白《忆秦娥》词：“西风残照，汉家陵阙。”而“白下门”三字，可以说故国之思，显露无遗。南京旧称白下，明末清初号称“江左三大家”的龚鼎孳，还作有《白门柳》的词集。颔联写那风流旖旎的柳枝，原本是王谢堂前的燕子栖息游戏之地，如今却身形憔悴，在晚烟中似含愁容。颈联借《黄骢曲》，来表达生离死别的惆怅。乌夜村是东晋何准隐居之地，其女即出生于此，后来成了晋穆帝的皇后。对于何皇后，这江南乌夜村是日后她飞黄腾达的发祥地。诗人加上“梦远”二字，似乎意味着富贵繁华已经消逝,不可再现。如同死去的黄骢马已不可复生。当然这些典故在这里更多是用来衬托秋柳的凄凉。末联用王之涣《出塞》“羌笛何须怨杨柳,春风不度玉门关”的典故,以临风弄笛来渲染哀怨之情。

据说此诗一出,和者数十人。又过了三年,作者到广陵(扬州),大江南北,和者更众,其中不乏一些著名的遗民诗人。毫无疑问,这些诗句勾起了人们对于故国的怀念。但因为写得比较温婉含蓄,并没有引来清朝统治者的禁毁与不悦。其中已经可以看到一些“神韵”的影子,即注重文学艺术,淡化社会矛盾,通过诗歌唱和、结社等方式来结纳江南士人,扩大文学影响。“神韵说”与中国传统诗学的“诗言志”(《尚书·尧典》)相距甚远,随着王士禛日后的诗名越来越大,官路越来越畅,当然也引起了一些诗人的不满。如袁枚在《随园诗话》卷三中就说:“或问:宋荔裳有‘绝代消魂王阮亭’之说,其果然否?余应之曰:阮亭先生非女郎,立言当使人敬,使人感且兴,不必使人消魂也。”认为宋琬的评论有不当之处。又说“然即以消魂论,阮亭之色,亦并非天仙化人,使人心惊者也。不过一良家女,五官端正,吐属清雅;又能加宫中之膏沐,熏海外之名香,倾动一时,原不为过”。话说得有点过分,毕竟王士禛在清代诗人中,还是十分重要的一位。甚至可以说,在乾隆朝之前,诗人中能与之匹敌者并不多见。但是我们也要看到“神韵说”的局限之处,这样才能更加客观地欣赏与评价王士禛的诗作。而像《秋柳诗》中的故国之思，在他后来的作品中，其实也是越来越淡薄了。当然，《秋柳诗》能够引起当时这么多人的唱和，一定有其过人之处，值得我们玩味和思索。

秋柳诗四首(其二)

原文

娟娟凉露欲为霜,万缕千条拂玉塘。
浦里青荷中妇镜①,江干黄竹女儿箱②。
空怜板渚隋堤水,不见琅琊大道王③。
若过洛阳风景地,含情重问永丰坊④。

注

① “浦里青荷”句:宋郭茂倩《乐府诗集》卷七十五录南朝梁江从简《采荷调》,引《乐府广题》:“梁太尉从事中郎江从简,年十七,有才思。为《采荷调》以刺何敬容。敬容览之,不觉嗟赏,爱其巧丽。敬容时为宰相。”其词曰:“欲持荷作柱,荷弱不胜梁。欲持荷作镜,荷暗本无光。”

② “江干黄竹”句:宋郭茂倩《乐府诗集》卷四十七《黄竹子歌》:“江边黄竹子,堪作女儿箱。一船使两桨,得娘还故乡。”

③ 琅琊大道王:宋郭茂倩《乐府诗集》卷二十五《琅琊王歌辞》其二:“琅琊复琅琊,琅琊大道王。阳春二三月,单衫绣裲裆。”

④ 永丰坊:古地名,在唐东都洛阳。白居易有《杨柳枝词》:“一树春风千万枝,嫩如金色软于丝。永丰西角荒园里,尽日无人属阿谁?”

鉴赏

在宋代诗人中,王士禛对黄庭坚情有独钟,不是没有原因的,至少在用典方面,两人有很多神似之处。我们只有在把这些典故全部理解之后,才有可能去搞清楚,作者想要表达的非常隐晦的意旨。首联借用《诗经 · 秦风 · 蒹葭》:“蒹葭苍苍,白露为霜。”又用唐刘禹锡《杨柳枝词》:“千条金缕万条丝”,烘托气氛,并刻画杨柳婀娜的身姿,有对影自怜之意。颔联对仗工整,用陈后主《三妇艳》其八的诗句:“大妇酌金杯,中妇照妆台。小妇偏妖冶,下砌折新梅。”形容荷叶光洁,堪作美女的妆台;江边的黄竹,可以用来做女儿的箱子。“江干”两字,思绪似乎已经从大明湖飞跃到了故都南京。这两句也可以曲折地理解为柳树在感叹自己的青春时光一去不回。颈联用隋炀帝的典故。据《隋书》,炀帝自板渚引河达于淮、海,谓之御河。河畔植柳树,名曰隋堤。板渚,在今天的河南荥阳黄河侧。琅琊,同时也是在用东晋桓温的典故,他年轻时曾做过琅琊太守。这两句大致是在讲物是人非,也有凭吊故国之意。末联又用白居易的典故。永丰坊在洛阳,据范摅《云溪友议》,白居易有妾小蛮善舞,白居易年既高迈,而小蛮方丰艳,于是作《杨柳枝词》以托意。风华正茂的杨柳却生长在永丰坊的废园之中,荒芜寂寞,尽日无人观赏,怎不令人倍增惆怅?

题赵澄[1]仿王右丞《群峰飞雪图》

原文

寒色冥冥下岩壑，千峰万峰雪初落。
瀑布无声溪涧冻，红树微茫敞孤阁。
阁中有客方缊袍，当杯气与苍山高。
遥看飞鸟落何处，如闻落木鸣东皋。
崖横路断少人迹，稍见老樵下岩隙。
高低远近一溪通，晦明合沓千重隔。
右丞昔日居蓝田，山水落笔穷自然。
《雪冈》《渔市》[2]尽高妙，栾濑敧湖[3]纷眼前。
此图曾入《宣和谱》，董巨荆关[4]焉足数。
兵火相寻六百年，玉躞金题[5]几更主。
雪江老笔妙入神，临摹古本几乱真。
即教唐宋多能手，未必常逢如此人。

注

① 赵澄，明末清初画家，字雪江，颍川（今安徽阜阳）人。博学能诗，工画山水，擅长临摹。

② 《雪冈》《渔市》：据《宣和画谱》卷十，北宋御府藏有唐代诗人王维的《雪冈渡关图》和《渔市图》。

③ 栾濑、敧（qī）湖：王维辋川别业中的两处胜迹。

④ 董巨荆关：指唐宋时期的四位画家。董源（？—约962），五代南唐钟陵（今江西南昌）人；僧巨然，五代、北宋时江宁（今江苏南京）人；

荆浩,唐末、五代时沁水(今属山西)人;关仝,五代后梁长安(今陕西西安)人。

⑤ 玉躞(xiè)金题:玉躞,指书画卷轴,以牙、玉为之。金题,指泥金书写的题签。

鉴赏

赵雪江生活在明末清初,是一位有气节的遗民,与王铎、钱谦益、石涛、周亮工等都有交往。周亮工《读画录》卷三“赵雪江”:“赵雪江澄,一字湛之,颍州人。尝移家东莱,又移胶西,移大梁,晚移濠上,所至人争重之。君画善临摹,尝入长安从王孟津(铎)游。”钱谦益《牧斋有学集》卷六有《题汴人赵澄临赵子固栈道图》:“雪江老人头雪白,吮笔经营口嚄(huō)唶(zé)。画师有心人不识,老夫看画长叹息。”均可以想见其风采。这首诗所题的是一幅赵雪江临摹唐代王维的《群峰飞雪图》。

作为一首七古的题画诗,本诗每四句换韵,写得生气勃勃而又富于流动变化。首四句点明季节,时值隆冬。山中正是大雪纷飞,连溪涧和瀑布都冻成了冰,却有一处楼阁,坐落在红叶中,依稀可见。次四句写隐士的风度。山中有客,穿着朴素的棉袍,正在举杯吟哦,其豪兴可与苍山相比高。他像是在欣赏飞鸟投枝,又像是在听落叶飘向山谷。接下来四句继续描绘山中的雪景。山的尽头,悬崖路断,杳无人迹;只有在岩石的缝隙中,可以看到年老樵夫的身影。高低远近都通过一条溪流来贯通,阴明晦朔,重重叠叠,层出不穷。因为是摹王右丞的画，这些画里的景色，当然会让人联想到他的诗句。下四句笔锋一转，感叹王维晚年隐居在蓝田辋川别业，因为天天徜徉在山色之中，所以才能画出那样的画来。《宣和画谱》里提到的那些画是多么高妙，《辋川集》里的那些胜迹与诗篇，好像就在眼前一样。王维的《欹湖》是这样写的："吹箫凌极浦，日暮送夫君。湖上一回首，青山卷白云。"日暮送客，极闲澹之情。而《栾家濑》诗："飒飒秋雨中，浅浅石溜泻。跳波自相溅，白鹭惊复下。"也是闲情闲景，唯幽人识得。

最后几句写此图曾入《宣和画谱》，其尊贵的地位，不管是五代北宋的董北苑，还是北宋初师法董源的巨然，或者唐末五代的北方山水画鼻祖荆浩，以及早年师法荆浩的关仝这些大画家，都是无法比拟的。六百多年过去了，从卷轴和题签上可以看到，这件珍品已经几易其手。雪江老妙笔入神，临摹古本几能乱真。就算是唐、宋的大画家们再生，恐怕也不容易找到他这种水平的。这里当然有些溢美之辞，清代秦祖永《桐阴论画》卷上，认为赵澄的画"山水泼墨细谨，种种入妙，……神韵骨格，兼而有之。微嫌稍板，此其所以远逊石谷（王翚）也"。无论如何，王士禛早年的这首题画诗，写得中规中矩，很好地把绘画的意境与诗歌的内容结合在了一起，而且不乏考订，在艺术上有值得我们借鉴的地方。古人把观画称作"卧游"，如明代沈周就有《卧游画册》。而题画诗就像是卧游的解说词，甚至可以补充很多画面里不能包含的内容与意境。真是诗画合一，相得益彰。

读史杂感八首(其二)

原文

过江名义共推袁①,宋室孤臣念愍孙②。
千古消魂石城曲,司徒家世本阳源③。

注

① 推袁:《世说新语·文学》:"桓宣武命袁彦伯(袁宏字)作《北征赋》,既成,公与时贤共看,咸嗟叹之。时王珣在坐,云:'恨少一句,得"写"字足韵,当佳。'袁即于坐揽笔益云:'感不绝于余心,泝流风而独写。'公谓王曰:'当今不得不以此事推袁。'"袁宏(328—376),字彦伯,小字虎,陈郡阳夏(今河南太康)人,东晋文学家、史学家。少孤贫,有文才,为司马桓温记室。

② 愍孙:即袁粲(420—477),字景倩,陈郡阳夏人。父早卒,祖父名之曰愍孙。南朝宋顺帝时,为中书监,司徒、侍中,出镇石头城。

③ 阳源:即袁淑(408—453),字阳源,陈郡阳夏人,袁粲叔父。宋文帝时,任太子左卫率。

鉴赏

这首诗赞美六朝袁氏一门的文才与忠烈。虽然只有短短四句,但因为用了不少历史典故,所以其实信息容量很大。过江,指东晋。西晋于建兴四年(316),被匈奴灭亡。晋宗室司马睿过江,在建康建国,史称东晋。关于袁宏的文才,《世说新语》中有很多记载,除了诗里谈到的"推袁"故实以外,又如《文学》篇:"袁虎少贫,尝为人佣载运租。谢镇西经船行,其夜清风朗月,闻江渚间估客船上有咏诗声,甚有情致;所咏五言,又其所未尝闻,叹美不能已。即遣委曲讯问,乃是袁自咏其所作《咏史诗》。因此相要,大相赏得。”谢镇西即谢尚,谢安从兄,才智超群,号镇西将军。诗首句写袁宏的文才,在东晋受到了很多人推重。

接下来几句写袁氏后人在南朝的忠烈,可谓不坠宗风。袁粲因为父亲去世得早,祖父爱怜他,称他为“愍孙”。他称得上是宋室的忠臣,在宋朝灭亡之际,他镇守石头城,不事二姓。萧道成阴谋篡位,袁粲打算杀死萧道成,却被褚渊告密。萧派戴僧静去攻打袁粲,其子袁最以身卫父。袁粲对儿子说:“我不失为忠臣,你不失为孝子。”最后父子一起殉国。(《南史·袁粲传》)当时老百姓们都很感动,编出歌谣来怀念他:“可怜石头城,宁为袁粲死,不作褚渊生。”作为一首论史绝句,王士禛在诗中发问,为什么袁粲能具有这么忠烈的品格呢?原来他的叔父袁淑,也是一个在大是大非面前,宁死不屈的人。据《宋书·袁淑传》,宋文帝元嘉末,太子刘劭谋篡逆,袁淑当值,因不受命而遇害。这首诗,通过集中描述南朝袁门几位精英人物的典型事例,让我们看到了袁氏家族的优秀品质与不凡经历。

读史杂感八首(其三)

原文

凿地莲花[①]映雉头，却忘鼙鼓下荆州。
白门一决须臾事，枉向宫中拜蒋侯[②]。

注

① 凿地莲花：据《南史·东昏侯本纪》，说东昏侯“凿金为莲华以帖地，令潘妃行其上，曰：‘此步步生莲花也。’”

② 蒋侯：蒋歆，字子文，广陵人，汉末为秣陵尉。追逐强盗至钟山(即紫金山)脚下殉职，死后被奉为神明。东昏侯时将其灵位迎入宫，昼夜祈祷，后又封为“灵帝”。

鉴赏

此篇讽刺齐东昏侯萧宝卷的昏庸无道。萧宝卷是历史上有名的荒唐皇帝，虽然在位只有三年，“值得一书”的事情却不少。他在位之时，滥杀无辜，奢靡无度。因为爱妃潘玉儿出身市井，他就在宫苑之中设立集市，让宦官杀猪宰羊，宫女沽酒卖肉。潘妃充当市令，自己担任潘妃的副手。最后终于众叛亲离，被雍州刺史萧衍夺取了江山。王士禛抓住了他一生之中，几个最典型的场景，就像拍电影一样，为我们图解了他失败的原因以及最后自作自受的悲惨下场。首句写他的穷奢极欲，不理朝政。雉头，指以雉头羽毛织成之裘，借指奇装异服。据说萧宝卷有恋足癖，因为迷恋潘玉儿，就发明了“步步生莲”的把戏。他而且还是受虐狂，平时小有过失，潘妃就会对他杖击惩罚，而他身为国君，却乐此不疲。次句写萧衍有感于萧宝卷的无道，出兵襄阳，挥师攻讨。

最后两句写齐东昏侯在知道大兵压境时，不事防御，游宴如故。他还对大臣们说：“须来至白门前，当一决。”真是死到临头，还不知改悔。他还十分相信蒋侯神，迎来入宫，昼夜祈祷。身边的大臣为了迎合他，诈称见神，说能够降福，于是大小事情都要去启请蒋侯神。最后这个皇帝当然是兵败身亡，死时年仅十九岁。潘妃也因为被萧衍送给了大臣，不堪忍受，而自尽身亡。萧衍后立萧宝卷的弟弟萧宝融为傀儡帝，史称齐和帝。一年后，齐和帝被迫禅位，随后被杀，年仅十五岁。齐朝就此灭亡。王士禛用短短四句诗，生动地再现这样的历史巨变。虽然没有直接跳出来议论，但神韵诗学妙处尽在不言中。历史其实就是因果，即使从艺术的角度，王士禛的这首咏史诗，也有值得我们学习的地方。

再过露筋祠①

原文

翠羽明珰尚俨然，湖云祠树碧于烟。
行人系缆月初堕，门外野风开白莲。

注

① 露筋祠：据南宋王象之《舆地纪胜》，露筋祠去高邮三十里。据说曾经有女子与其嫂晚上路过此地，因天气不好，蚊虫很多，她的嫂嫂住进了附近农夫的房子，女子则说："我宁死也不能失节！"最后死于蚊虫叮咬，筋肉都露了出来。

鉴赏

这首诗是王士禛绝句中的代表之作，作于顺治十七年(1660)，诗人任扬州推官之时。全诗用充满诗意的语言，刻画了祠中所供女神高洁的品格。

首句写女神华美的服饰和端庄的颜容，给人以栩栩如生的感觉。曹植《洛神赋》："或采明珠，或拾翠羽。"这里用翠鸟的羽毛来形容女神的头饰，用明珰来指耳垂上的饰品。次句写祠周围的风景，树木葱茏，湖云澹澹，正映衬出女神不俗的品质。第三句点明作者是循水路而来，祠临高邮湖，系缆之时，已经夜半，明月初坠。第四句妙合自然，写此时正是白莲花悄然开放，周遭风神情韵最佳的时节。野风轻轻拂过荷塘，那月光下的白莲，让人仿佛觉得女神重新降临到了人间。这里化用了唐陆龟蒙的《白莲》诗："无情有恨何人见，月晓风清欲堕时。"《渔洋诗话》中说："余谓陆鲁望'无情有恨何人见，月白风清欲堕时'二语，恰是咏白莲诗，移用不得，而俗人议之，以为咏白牡丹、白芍药亦可。此真盲人道黑白。在广陵有《题露筋祠》绝句云……，正拟其意。一后辈好雌黄，亦驳之云：'安知此女非嫫母，而辄云翠羽明珰邪？'余闻之，一笑而已。"陆龟蒙的两句诗，之所以只能够用来咏白莲，是因为只有白莲才配得上这样的品格，而牡丹是富贵者之花，用来并不合适。历代文人题咏露筋祠者甚众，清代周亮工曾总汇该祠诗文集。康熙、乾隆二帝都曾来过此地，并有题咏，这当然和清政府提倡忠、孝、节、义是分不开的。这么一个略带陈腐的题材，让人觉得有点半真半假的故事，被王士禛写得充满诗情画意，如梦如幻，体现了他在诗艺方面的独到造诣。

丹徒行吊宋武帝

原文

曲阿[①]之北京口东，寄奴[②]王者真英雄。
新洲伐荻杀龙子[③]，大业遂建丹徒宫[④]。
桓家小儿[⑤]乱天纪，投袂勤王夜中起。
樗蒲百万皆人豪[⑥]，龙行虎步非凡理。
从兹大运属彭城，中原赵魏归经营。
硖口[⑦]千军五龙涸，蓝田一战二崤[⑧]平。
南北推移几千载，太息雄图竟何在？
宿麦寒原少昔人，神鸦社鼓成空塞。
王气销残帝宅荒，悠悠江水不胜长。
忠臣徒叹袁开府，天命还归萧建康。

注

① 曲阿：县名，唐改称丹阳。今江苏丹阳。

② 寄奴：南朝宋武帝刘裕的小名。据《南史·宋本纪》："宋高祖武皇帝讳裕，字德舆，小字寄奴，彭城县绥舆里人。姓刘氏，汉楚元王交之二十一世孙也。彭城，楚都，故苗裔家焉。晋氏东迁，刘氏移居晋陵丹徒之京口里。"

③ "新洲"句：《南史·宋本纪》："(宋武)伐荻新洲，见大蛇长数丈，射之，伤。明日，复至洲，里闻有杵臼声。往觇之，见童子数人皆青衣，于榛中捣药。问其故，答曰：'我王为刘寄奴所射，合散傅之。'帝曰：'王神何不杀之？'答曰：'刘寄奴王者不死，不可杀。'帝叱之，皆散。仍收药而反。"

④ 丹徒宫：据明陈沂《南畿志》，丹徒宫在镇江府城南，是宋武帝微时的住所。

⑤ 桓家小儿：桓玄(369—404)，东晋权臣，大司马桓温之子。据《晋书·桓玄传》，东晋安帝时玄为江州刺史，元兴二年(403)，攻入建康，迫安帝禅位，建立桓楚，刘裕等起兵讨平之。

⑥ “樗(chū)蒲(pú)”句：《宋书·武帝纪》：“(桓)玄自闻军起，忧惧无复为计。或曰：‘刘裕等众力甚弱，岂办之有成，陛下何虑之甚？’玄曰：‘刘裕足为一世之雄，刘毅家无担石之储，樗蒱一掷百万；何无忌，刘牢之甥，酷似其舅。共举大事，何谓无成？’”樗蒱，古代的一种博戏。

⑦ 硖口：应为“浃口”，即浃江口，今浙江宁波甬江河口。东晋时为海防要地。《宋书·武帝纪》：“高祖追(孙)恩于沪渎及海盐，又破之。三战并大获，俘馘以万数。恩自是饥馑疾疫，死者大半，自浃口奔临海。”

⑧ 二崤(xiáo)：崤山，为秦岭东段支脉，在今河南洛宁县北，山分东、西二崤，都极险峻。

鉴赏

这是一首称颂宋武帝刘裕的咏史诗。刘裕是南朝诸帝中，比较有作为的一位，宋人辛弃疾《永遇乐·京口北固亭怀古》，就有“斜阳草树，寻常巷陌，人道寄奴(刘裕小名)曾住”的诗句。王士禛顺治十八年(1661)，因公事赴吴地，路过丹徒，结合相关史料，写了这样一首铿锵有力的七古。全诗仍然是四句一转韵，共二十句，转了五次韵。而每四句内，一、二、四句末押韵，这和前面《题赵澄仿王右丞〈群峰飞雪图〉》，颇有相似之处。丹徒宫在镇江府城南，是刘裕微时的住所。据明代释明贤《鹤林寺志》，刘裕在做了皇帝后，在丹徒宫中陈列农具，以示后人。首四句交代刘裕出身虽然普通,但却是王者之后,具有英雄之气。传说他曾经射伤大蛇,后来得知自己以后可以称王,所以连蛇王也不敢杀他。这个当然属于自神其说,但是却为他的身世蒙上了一层神奇的色彩。

第二个四句写东晋荆州刺史桓玄作乱,逼迫安帝禅位。此时刘裕已经在平定五斗米教孙恩的起义中,逐渐展露了自己的军事才能。他起先故意隐藏自己的实力,虽然已经有人看出来他"龙行虎步",有帝王之相;但桓玄为了利用刘裕荡平中原,没有听从妻子的建议把他除掉。元兴二年(403),当他起兵勤王时,桓玄整天忧心忡忡,却想不出对策。他对左右说:"刘裕是一世之雄。他身边那些将士,刘毅家无担石之储,赌博起来却能一掷百万。何无忌是刘牢之的外甥,酷似其舅。这些人共举大事,怎么会不成功呢?"

接下来四句写刘裕是怎么平定中原,天运是怎么慢慢转向刘宋的。东晋无数人没有成功的北伐,刘裕一定程度做到了:他北平广固,灭亡南燕慕容超;西定梁、益,又克长安,打败了北魏,消灭了后秦,尽得河南之地。他早年曾经三败孙恩,把孙恩义军打得死亡过半,从硖口撤至临海。广固一战,他听从游说,塞住五龙口,城中人一半都得了软脚病。义熙十三年(417),王镇恶克长安,擒姚泓,后秦灭亡。第四个四句回到现实,时光荏苒,沧海桑田,叹息中国历史上的南北时局分分合合,什么时候才能再次看到像宋武帝这样雄图大志的南方君主？辛弃疾《永遇乐·京口北固亭怀古》中有“元嘉草草，封狼居胥，赢得仓皇北顾。四十三年，望中犹记，烽火扬州路。可堪回首，佛狸祠下，一片神鸦社鼓”之句，写当年刘裕的儿子宋文帝刘义隆好大喜功，仓促北伐失败，被北魏太武帝拓跋焘一路杀到长江北岸的广陵。拓跋焘小字佛狸，如今他的行宫外竟有百姓在那里祭祀，乌鸦啄食祭品，人们过着社日，把他当作一位神祇来供奉。王士禛在这里再次发出这样的感慨，其中其实也暗藏着对于前朝的怀念。最后四句用唐刘禹锡《西塞山怀古》中“金陵王气黯然收”的典故，写刘宋最后难逃覆灭的命运。虽然有开府仪同三司袁粲这样的尽忠之臣，但是天命最后还是倒向了齐高祖萧道成。

王士禛的弟子惠栋曾引明人《国雅》评此诗：“宋武帝不敢与汉高并驱，而耻为曹、马之事，颇不作英雄欺人语。齐、梁诸君，皆出其下。此诗铿然吐气。”又称此诗为“诗中班（班固）、马（司马迁）”。认为刘裕虽然比不上汉高祖刘邦，但有强于曹氏、司马氏的地方，没有做欺世盗名的事情。比起齐、梁的君主，都要更强。这首诗歌虽然不算特别长，但其实包含了像《史记》《汉书》那样的史识在里面。内容概括生动，句法矫健有力，是咏史诗中的上乘之作。

五人墓[①]

原文

流连虎阜游，宛转山塘路。
石门映回波，英灵此中聚。
满坛松桂阴，落日青枫树。
生傍伍胥潮，死近要离墓。
千秋忠介坟，鬼雄誓相赴。
酹酒拂苍碑，寒鸦自来去。

注

① 五人墓：明代苏州市民反抗魏忠贤斗争殉难义士之墓。位于苏州阊门外山塘街。五人指颜佩韦、马杰、杨念如、沈扬、周文元。明天启六年（1626），宦官魏忠贤矫诏逮捕吏部员外郎周顺昌，引起苏州市民义愤，聚集数万人驱逐缇骑。事后五人为了保护当地群众，挺身投案，英勇就义。魏忠贤倒台后，苏州市民捣毁其生祠，为五义士立墓。明末复社领袖张溥为作《五人墓碑记》。

鉴赏

这首诗写游历苏州五人墓的所见所感。首四句点明五人墓坐落的地点，靠近名胜古迹虎丘，这里是吴王阖闾墓地所在，五人墓就在虎丘山下的山塘路上。据明茹昂《重辑虎丘山志》，山塘旧多积水，白居易开凿河堤，打通了阊门到虎丘的水陆交通，方便百姓往来，所以河堤又叫白公堤。五位壮士的墓,就在河边,他们的英灵在此相聚。接下来的四句,采用了对仗的形式,使得诗歌在形式上更加整饬。墓旁种满了松树和桂花,黄昏时节,在青青枫叶映衬下,益显肃穆。他们的气节,让作者想起了吴地古代的两位壮士,差堪比拟。一位是伍员伍子胥,他从楚地流亡至吴,帮助吴王夫差打败了越国。吴太宰嚭接受越国贿赂,诬陷伍子胥。最终伍子胥被夫差赐死,死不瞑目。据《吴越春秋》,他死后被夫差投尸钱塘江,因为内心激愤不平,随流扬波,依潮来往,荡激崩岸。据说这就是钱塘潮的由来。阊门内还有一位吴地烈士要离的墓。据《吴越春秋·阖闾内传》,吴公子光夺取王位,杀吴王僚,担心他的儿子庆忌在外,日后报仇,就派要离去行刺庆忌。要离用苦肉计,让吴王把他的右臂砍掉,又把他的妻子杀掉。到了卫国后,要离得到了庆忌的信任,诈称要帮庆忌回国夺取王位。当船渡到江中时,他用矛刺中了庆忌。庆忌称他为勇士,临死前没有杀他,让他回吴国,以表彰他的忠诚。要离行至江陵,伏剑而死。最后四句作者感慨,五人的英灵,陪伴着敢于在高压下,痛骂魏忠贤的周顺昌。作者以酒洒地,以表祭奠,他摩挲碑文,此时天空中唯有寒鸦来去,让人倍感凄楚。这样的结尾,言已尽而意无穷,颇有神韵之妙。正如张溥《五人墓碑记》中所说:“蓼洲周公忠义暴于朝廷,赠谥褒美,显荣于身后;而五人亦得以加其土封,列其姓名于大堤之上,凡四方之士无不有过而拜且泣者,斯固百世之遇也。"

王士禛早年的江南书写,并不是全然描写江南的名胜与绮丽,而颇注目于历史上的英雄豪杰与忠臣烈士,揭示江南繁华外表下的阳刚与血性,以抒发易代之感,发思古之幽情。这也是神韵诗学很重要的组成部分。

自光福里入太湖口往圣恩寺[1]

原文

扁舟下西崦[2]，淼淼入湖口。
逶迤邓尉山，苍茫具区薮。
南来仙灵窟，袁墓[3]号称首。
铜井连青芝，云锦张左右。
七十有二峰，遥瞩皆培塿[4]。
贝阙敞鱼龙，金庭开户牖。
仙坛毛公蜕，古笈灵威守。
名境秘闻见，胜游信非偶。
巘崿[5]时合沓，龙气殊蚴蟉[6]。
击楫溯空明，濯缨远尘垢。
将来万峰寺，半偈持苕帚。

注

① 圣恩寺：在今苏州市吴中区光福玄墓东南。据清沈润卿《邓尉山志》，山寺旧名圣恩庵，南宋理宗宝祐间建。明英宗正统八年(1443)，赐额为天寿圣恩禅寺。

② 西崦(yān)：据明杨循吉《吴邑志》，光福虎山桥，两峡一溪，画峦四匝，有湖在其中，名西崦。

③ 袁墓：即玄墓山，为避康熙帝玄烨之讳，称袁墓。在今苏州吴中区光福镇西南，得名于东晋青州刺史郁泰玄墓。

④ 培塿(lóu)：小土丘。

⑤ 巘(yǎn)崿：指山崖、峰峦。

⑥ 蚴(yǒu)蟉(liú)：龙行貌。

鉴赏

这首五言古诗写在苏州城西、太湖之滨光福一带的游历，作者走的是水路，此诗一韵到底，顺畅自然。光福邓尉山是著名的赏梅胜地，明代所建的圣恩禅寺也在光福玄墓山东南。作者首先来到的是光福最美丽的西崦湖，这里四面皆山，西承太湖。相传汉有邓尉曾在山中隐居，真是茫茫具区(即太湖)的渊薮。玄墓真可谓是仙灵之境。明董其昌《容台集》称这里“雪映梅花，似得孤山之路；泉归莲社，如游慧远之林”。这里的名胜还有铜井，离开青芝山只有半里，蓝蓝的天空上白云飘荡，如当地出产的云锦一般舒展开来。太湖之滨苏、常、湖、秀四州，一共有七十二峰，从这里远看过去，重重叠叠就像小土堆一样散布。这里邻近洞庭西山、东山，太湖之下是贝阙珠宫，西山之上则有林屋洞，洞中有金庭、玉柱。据宋范成大《吴郡志》，洞庭山中，汉刘根曾在此得道。刘根成仙后，身生绿毛，人或见之，故名毛公。明王世贞《洞庭山记》中说，离包山寺里许，有毛公坛，据说是刘根炼丹的地方。而林屋洞作为道教的第九洞天，那些天书都由神仙们守卫着。这样的胜地，真是名不虚传。山崖、峰峦的倒影时聚时分，就像是龙在飞舞一样。坐着船在这样的空明之境中畅行，正好洗濯沾染的俗世尘垢。作者不禁感慨，多么希望有朝一日，能够去玄墓山上的万峰寺(即圣恩寺)出家,学那个只会诵“苕帚”半句偈的钝根比丘那样,做一个扫地僧啊。这首诗把光福美丽的湖光山色和动人的历史传说结合在一起,创造了一个世外桃源般诗情画意的世界,令人有出世之想。虽然典故有点用得过多,但这其实是神韵诗学的一个很重要的特点。

王士禛特别喜欢作咏古诗,樊增祥《魂西集题辞》中,笑他每到一郡县,便会寻找地方志乘,从中寻找作诗材料。此诗好在能够化实为虚,挥洒自如,可以看出学习孟浩然、韦应物的痕迹,体现出作者独特的匠心。另外王士禛此行因为喜爱太湖边的渔洋山,爱其秀峙,无所附丽,从此取以自号。

第二泉[①]和涪翁韵

原文

春山细雨三人俱，藤笈亲携桑苎书[②]。
缚亭甃石[③]几年事，至今浣沼[④]喷明珠。
山人形癯味道腴，九坞[⑤]不老将焉如？
军持铜钵此生毕，买田即傍芙蓉湖[⑥]。

注

① 第二泉：即惠山泉，在今无锡惠山春申涧附近，唐陆羽品泉，以此为天下第二。

② 桑苎(zhù)书：据《新唐书·隐逸传》，陆羽隐苕溪，自称桑苎翁。嗜茶，著《茶经》三篇。

③ 缚亭甃石：陆羽《游慧山寺记》："寺前有曲水亭，一名憩亭，一名歇马亭，以备士庶投息之所。其水九曲，甃以文石窳甓，渊沦潺湲，濯漱移日。"

④ 浣沼：《游慧山寺记》："寺中有方池，一名千叶莲华池，一名纑塘，一名浣沼。"

⑤ 九坞：即九龙之坞。《游慧山寺记》："其山有九陇。俗谓之九陇山，或云九龙山，或云斗龙山。九龙者，言山陇之形若苍虬缥螭之合沓然。"

⑥ 芙蓉湖：《游慧山寺记》："从大同殿直上至望湖阁东北九里，有上湖，一名射贵湖，一名芙蓉湖。其湖南控长洲，东洞江阴，北淹晋陵，周回一万五千三百顷，苍苍渺渺，迫于轩户。"

鉴赏

此首题咏无锡天下第二泉，因为平仄和对仗都不符合七律,所以其实是首古诗。此诗和北宋黄庭坚《谢黄从善司业寄惠山泉》韵,山谷的原诗是这样的:“锡谷寒泉椭石俱,并得新诗虿尾书。急呼烹鼎供茗事,晴江急雨看跳珠。是功与世涤膻腴,令我屡空常晏如。安得左轓清颍尾,风炉煮茗卧西湖。”王渔洋在这里步山谷诗韵,可以看作是一种致敬。因为神韵诗学与江西诗派,其实消息相通,在宋诗中,黄山谷正是王士禛努力学习的对象。他晚年所作《渔洋诗话》所谓:“朱少章《诗话》云:‘黄鲁直独用昆体功夫而造老杜浑成之地,禅家所谓更高一着也。’此语入微,可与知者道,难为俗人言。”这里引的是宋代朱弁《风月堂诗话》中的话。江西诗派作诗,注重夺胎换骨,点铁成金,无一字无来历。神韵诗学因为容易流于空泛,所以正可以通过学习黄庭坚,以铺陈学问、化用典故等技巧,来弥补与充实。

天下第二泉是惠山名胜,历代文人多有题咏。除了黄庭坚外,最有名的是苏轼《惠山谒钱道人烹小龙团登绝顶望太湖》:“踏遍江南南岸山,逢山未免更留连。独携天上小团月,来试人间第二泉。石路萦回九龙脊,水光翻动五湖天。孙登无语空归去,半岭松声万壑传。”惠山,素有江南第一山的美名。相传晋时开山禅师、西域高僧慧照,游方此山,常与名家交往,一时名声很大,后人遂用慧照的名字命山,称为慧山。慧、惠相通,惠山一名由此而来。渔洋诗首两句写在春天的细雨中,三人一起游山,随身居然还带着陆羽的书。次两句写的曲水亭、甃石在唐代已有记载,时隔千年,仍然能够看到清澈的泉水如珍珠一样地在涌动。接下来写与世无争的山人虽然长得清瘦,但是这样的环境正好适合修道。九龙山蜿蜒曲折,能够在这里终老该有多好啊。最后两句写自己多么希望也能够像寺中的僧人那样,手持净瓶与铜钵,在碧波荡漾的芙蓉湖旁边优哉游哉。军持,梵语,即净瓶之义。芙蓉湖现已不存,是古代五湖之一,历史上规模最大时万余顷水面,地跨无锡、江阴、苏州、武进,约为太湖面积的40%。全诗连缀各种与惠山相关的名胜与典故,读来让人兴致盎然,自有一种韵味。

和吴渊颖《题钱舜举〈张丽华侍女汲井图〉》[1]

原文

景阳楼上钟声止[2]，结绮阁[3]中美人起。
百花湿露啼宫鸦，鹿卢晓汲银河水。
黄奴[4]慵起倚隐囊，琼枝璧月交辉光。
贵人夹坐诗先就，狎客擘笺欢未央[5]。
《玉树》歌阑方竞媚，桃叶山前陈铁骑[6]。
青龙飞出建阳门，群乌空呼“奈何帝”[7]。
可怜拂槛晓妆时，入井仓皇那得知？
千载画图犹省识，石栏红泪黦胭脂。

注

① 吴渊颖《题钱舜举〈张丽华侍女汲井图〉》：吴莱(1297—1340)，元代学者，字立夫，门人私谥渊颖先生，浦阳(今浙江浦江)人。吴莱《题钱舜举〈张丽华侍女汲井图〉》，王士禛晚年收入所编《古诗选》，全诗如下：“景阳宫中景阳井，手出银盘牵素绠。铅华不御面生光，宝帐垂绡花妒影。临春结绮屹层空，璧月琼枝狎客同。鸳鸯戏水池塘雨，蛱蝶寻香殿阁风。日高欢宴骄若诉，床脚表章昏不寤。吴儿白袍战鼓死，洛土青盖降船渡。井泥无波井栏缺，半点胭脂污绯雪。蕙心兰质吹作尘，目断寒江锁江铁。”据元代夏文彦《图绘宝鉴》，钱选，字舜举，湖州(今属浙江)霅(zhà)川人。宋景定间乡贡进士。善人物山水，其青绿者师赵千里。

② “景阳楼”句：据《南齐书·皇后列传》，齐武帝因为“宫内深隐，不闻端门鼓漏声，置钟于景阳楼上，宫人闻钟声，早起装饰”。

③ 结绮阁：据《陈书·张贵妃传》，南朝陈后主至德二年(584)，起临春、结绮、望仙三阁，阁高数丈，并数十间，窗牖壁带之类皆以沉檀香木为之，饰以金玉，间以珠翠。其服玩之属，瑰奇珍丽，穷极奢华，近古所未有。后主自居临春阁，张贵妃居结绮阁，龚、孔二贵嫔居望仙阁，并复道交相往来。

④ 黄奴：陈后主的小名。

⑤ "贵人"二句：据《南史·陈本纪》，"(陈后主)常使张贵妃、孔贵人等八人夹坐，江总、孔范等十人预宴，号曰'狎客'。先令八妇人襞采笺，制五言诗，十客一时继和，迟则罚酒。君臣酣饮，从夕达旦，以此为常。"

⑥ "桃叶山"句：《南史·陈本纪》："先是江东谣多唱王献之《桃叶辞》，云：'桃叶复桃叶，度江不用楫。但度无所苦，我自接迎汝。'及晋王广军于六合镇，其山名桃叶，果乘陈船而度。"

⑦ 奈何帝：《南史·陈本纪》："蒋山众鸟鼓两翼以拊膺，曰：'奈何帝！奈何帝！'"

鉴赏

此诗和元吴莱《题钱舜举〈张丽华侍女汲井图〉》。王渔洋《古诗选》中，对吴莱的七古评价甚高，选吴莱的题画诗尤其多。《凡例》中，称"元诗靡弱，自虞伯生而外，唯吴立夫长句瑰玮有奇气。虽疏宕或逊前人，视杨廉夫之学飞卿、长吉，区以别矣。《渊颖集》宋文宪公所编，愚幼而好之"。把吴莱和元代的虞集、杨维桢相提并论，并称自己自小就喜爱读宋濂所编的《渊颖集》。所以这里和吴渊颖的《题钱舜举〈张丽华侍女汲井图〉》，既是抒发陈隋易代的兴亡之感，其实也是因喜爱吴莱题画诗而产生的模仿、学习与竞赛。张丽华是陈后主的爱妃，陈后主是南朝最后一个皇帝，荒淫无度。隋朝灭陈，客观上也结束了自汉末以来近四百年中国历史南北割据纷争的局面，为唐王朝的登台做了准备。而图中侍女汲水之井，也正是晋王杨广的军队攻到台城时，陈后主与张丽华、孔嫔妃藏身之处。当陈后主与嫔妃在井中被抓出后，杨广惊艳于张丽华的美色，曾想纳她为妃。后在臣子的劝说下，将她杀死。这样一段充满传奇的历史巨变，即使没有亲眼看到钱选的画作，但是读了吴莱的题诗后，又怎不令人唏嘘不已？

全诗可以分作四段，每四句一段。第一段是正面描写，写清晨宫中钟漏声止，结绮阁中美人起床梳妆打扮。此时宫中百花含苞待放，宫鸦在晨露中啼叫，侍女正用辘轳从井中汲水。第二段刻画陈后主与张丽华的奢华生活，点出日后战败亡国的根源。据《陈书·张贵妃传》，陈后主宠爱张贵妃，不理朝政。经常喜欢靠在隐囊（也就是现在的靠枕）上，置张贵妃于膝上，共理百司奏启。《南史·张贵妃传》中，称“后主每引宾客，对贵妃等游宴，则使诸贵人及女学士与狎客共赋新诗，互相赠答。采其尤艳丽者，以为曲调，被以新声。……其曲有《玉树后庭花》《临春乐》等。大指所归，皆美张贵妃、孔贵嫔之容色也。其略云：‘璧月夜夜满，琼树朝朝新。’”醇酒妇人，君臣嬉戏，沉溺于亡国之音，欢宴达旦。第三段笔锋一转，写隋将先锋韩擒虎转眼之间，已经兵抵桃叶山下。其实这败亡的结局，早就有征兆了啊。青龙飞出东面的建阳门外，群乌在蒋山共呼：“奈何帝！奈何帝！”可惜这糊涂的君主却一点也不知晓。第四段回到画图上，作穿越历史的喟叹。当画中的这位侍女，在晓露中汲井之时，可曾想到不久君王和嫔妃就要入井逃难。这幅画把这历史的一刻记录了下来，想到当年胭脂红泪滴滴坠落井栏，今天去拂拭一番，仍能擦出红色的痕迹来，怎不让人感慨万千！作为一首和作，能够写得这样秾艳、警醒，充分体现出了王渔洋在题画、咏史一类题材方面的才力。

绝　句

原文

波绕雷塘[①]一带流，至今《水调》怨扬州。

年来惯听《吴娘曲》[②]，暮雨潇潇水阁头。

注

① 雷塘：地名，在今江苏扬州城北，隋炀帝葬于此地。

② 《吴娘曲》：传出自白居易《长相思》词，中有"暮雨潇潇郎不归"句，写闺怨之情。

鉴赏

此诗作于康熙元年（1662），王渔洋在扬州推官任上。前二句写隋炀帝旧事，妙在不直说。炀帝的一生，并非一无是处。他有灭陈之功，在文学上也颇有造诣，完善科举制度，建进士科，还开挖了著名的贯通南北运输的大运河。他又是历史上声名狼藉的暴君，在位时三征高句丽，数次幸江都（扬州），船队长达二百余里，所经州县，五百里内都要贡献食物。农民不堪忍受压迫，起义此起彼伏，最后他在五十岁时，被宇文化及兵变缢死，死后葬在吴公台下。唐朝平定江南后，以帝礼将其改葬于雷塘。唐罗隐《炀帝陵》云："入郭登桥出郭船，红楼日日柳年年。君王忍把平陈业，只博雷塘数亩田。"据《乐府诗集》卷七十九："旧说，《水调河传》，隋炀帝幸江都时所制。曲成奏之，声韵怨切。

王令言闻而谓其弟子曰：‘但有去声而无回韵，帝不返矣。’后竟如其言。”作者在扬州不觉已经住了三年，整天听《水调》怨曲，禁不住愁上心来。

下两句陡然转入对《吴娘曲》的描述，在潇潇的雨天听这样描写闺怨之情的曲调，真是让人愁上加愁。“吴娘夜雨潇潇曲，自别江南更不闻”二句化用自白居易的《寄殷协律》诗，大致是他晚年在洛阳回忆当年在江南的生活。宋人黄昇《花庵词选》将《长相思》列于白居易名下，叶申芗《本事词》说：“吴二娘，江南名姬也，善歌。白香山守苏时，尝制《长相思》词云……吴喜歌之，故香山有‘吴娘暮雨潇潇曲，自别江南久不闻’之咏，盖指此也。”王渔洋对自己这首诗的后两句颇为得意，曾在《香祖笔记》卷八里说：“白乐天诗‘吴娘暮雨潇潇曲，自别江南久不闻’，极是佳句。虞山钱牧翁宗伯诗：‘东风谁唱《吴娘曲》，暮雨潇潇暗禁城。’予亦有二绝句云：‘波绕雷塘一带流，至今《水调》怨扬州。年来惯听《吴娘曲》，暮雨潇潇水阁头。’‘七载离筵唤奈何，玉壶红泪敛青蛾。潇潇暮雨南阳驿，重听吴娘一曲歌。’”所以此诗前两句是写历史的兴亡，后两句是写男女的睽隔，都是通过音乐的曲调来表达言外不尽之意。整首诗颇得严羽《沧浪诗话》“羚羊挂角，无迹可求”之妙，是王渔洋绝句中的代表之作。

真州[1]绝句五首(其四)

原文

江干多是钓人居，柳陌菱塘一带疏。
好是日斜风定后，半江红树卖鲈鱼。

注

① 真州：在扬州西南六十里，即今江苏仪征，在长江北岸。

鉴赏

这是《真州绝句五首》的第四首，写江边渔家风情，清伊应鼎评此诗："乃先有第四句而足成之者也。适然遇此佳景，适然得此佳句，而以前三句成篇，此诗家请客之法也。……试看此四句，色色俱精，却又一气呵成，直如天造地设，所谓大匠'运斤成风'，欲求斧凿之痕，了不可得。"(《渔洋山人精华录会心偶笔》)前二句写长江边上，稀稀落落散布着渔人们的屋舍，周围是植了柳树的道路与栽有菱藕的池塘，真是风景如画。而诗人敏锐地捕捉到，夕阳西下，微风拂面，这是多么美好的一个傍晚。江边的树木一半被斜阳染红，渔民们正在树下售卖刚刚钓上来的新鲜鲈鱼。鲈鱼是长江的特产，肉质鲜美，真州正处于长江入海口不远处，这里的水产当然格外鲜美。全诗并没有使用对仗，也没有十分强烈的情感，看似是对即目所见的一种实录，其实已经蕴含着某种美化在里面。他的外甥赵执信后来在《谈龙录》中，比较王士禛与朱彝尊的优劣，认为“王才美于朱，而学足以济之；朱学博于王，而才足以举之，是真敌国矣。……朱贪多，王爱好”。其实爱美、追求美是人的天性与权利，只要不是故意对生活中的苦难闭目不视就好。王渔洋创作的这一类诗歌，客观上确实掩盖了清初剧烈的社会矛盾，这也成了他后来的晋身之资。但同时我们也必须要承认，即使是在社会动荡的年代，人类仍然可以去追求美。王渔洋自己对这一类诗颇为得意，在《渔洋诗话》中，说自己的很多诗句在江淮间被人写作图画，其中就包含了“好是日斜风定后，半江红树卖鲈鱼”。这两句里面既包含了视觉，江树染红，鲈鱼鲜白，隐隐还勾起了人的味觉，以及西晋张翰秋风起、思鲈鱼的出尘之想，在艺术上是一件成功的作品。

江　东

原文

江东人物旧难俦，遗老飘零半白头。
斑管题诗吴祭酒[①]梅村，红颜顾曲袁荆州[②]箨庵。
太常缣素云烟落[③]烟客，宗伯[④]文章江汉流牧斋。
径欲相从破萧瑟，片帆高挂五湖秋。

注

① 吴祭酒：吴伟业(1609—1672)，字骏公，号梅村，太仓(今属江苏)人。明末清初著名诗人，与钱谦益、龚鼎孳并称"江左三大家"，创"梅村体"歌行。明崇祯四年(1631)一甲二名进士。入清为国子监祭酒。

② 袁荆州：袁于令(1582—约1672)，字令昭，号箨庵，吴县(今江苏苏州)人。明末清初戏曲家，精通音律。清军南下，曾为苏州士绅代写降表进呈，顺治五年(1648)任荆州知府。

③ 云烟落：云烟指王时敏(1592—1680)，字逊之，号烟客，太仓(今属江苏)人。明末清初画家，为"清六家"之首，晚年归隐。

④ 宗伯：钱谦益(1582—1664)，字受之，号牧斋，晚号蒙叟，常熟(今属江苏)人。明万历进士，弘光时官至礼部尚书，故称宗伯。降清后，官礼部右侍郎。明末清初著名诗人和诗坛领袖。

鉴赏

此诗盛赞当时江东人物之盛。江南之美，不仅仅在于风景和出产，更加重要的是人才济济。而王渔洋在此诗中，对于江南人物进行点评，则隐然已有"煮酒论英雄"的气概。所谓“江东”,又称江左,一般指长江下游以南地区。首联写江东盛产文人学士,别的地区难以比拟,那几位最杰出的明朝老人或者旧臣,飘零半生,很多已经走向暮年。确实,写这诗的时候,后面提到的四人中,出生最晚的吴伟业也已经五十开外了。而王渔洋和他们相比,才年近三十,只能算是后起之秀。

颔联写当时江东最有名的诗人太仓吴伟业,他曾于仕清之前,顺治九年(1652),写过脍炙人口的《圆圆曲》。“斑管”用了《太平广记》卷二百所引《北梦琐言》的典故:“昔梁元帝为湘东王时,好学著书,常记录忠臣义士及文章之美者。笔有三品,或以金、银雕饰,或用斑竹为管。忠孝全者,用金管书之;德行清粹者,用银笔书之;文章赡丽者,以斑竹书之。故湘东之誉振于江表。”这里用来代称毛笔和文才。乐府方面最有名的是袁于令,“顾曲”这里用了《三国志·周瑜传》中的典故:“瑜少精意于音乐,虽三爵之后,其有阙误,瑜必知之,知之必顾,故时人谣曰:‘曲有误,周郎顾。’”袁的代表作有《剑啸阁传奇》等。

颈联写的王时敏是清初著名画家、“四王”之首,另外三王王鉴、王原祁和王翚,也都是苏州人士。王时敏受过董其昌的指导,对元代黄公望刻意追摹。王时敏擅长山水画,其画风在清代影响甚大,另外三王中,王翚与王时敏的孙子王原祁等,都得其传授。钱谦益则是当时的文章宗伯,与吴伟业、龚鼎孳并称“江左三大家”,著有《初学集》

《有学集》等，编有《列朝诗集》。钱谦益是万历三十八年(1610)的一甲三名进士，王渔洋作此诗时，钱应该已经八十多岁。他对王士禛的评价很高，在给《渔洋诗集》所作的序言里，就有“贻上之诗，文繁理富，衔华佩实，感时之作，恻怆于杜陵；缘情之什，缠绵于义山”，以及“勿以独角麟，媲彼万牛毛”(《古诗一首赠王贻上》)的期许。末联写诗人自己的向往之心，如滔滔江水一般不可断绝，多么希望能够驾上一叶扁舟，来太湖探访，相从于诸先生之后，这样人生才不虚度和萧寂。值得注意的是，这四人中，除了王时敏入清以后选择了退隐生活，其子孙也多在清廷为官，其余三人都选择了出仕新朝。从中也可以看出王渔洋的价值取向，至少在公众场合，他已经和遗民保持了一定距离。

蓉江寄牧翁先生

原文

芙蓉江[①]上雨廉纤，东望心知拂水岩[②]。
共识文章千古事，直教仙佛一身兼。
夜闻寒雪推篷笠，春惜浓花侧帽檐。
两到江南不相见，少微空向老人占。

注

① 芙蓉江：在今江苏江阴。
② 拂水岩：地名，在今江苏常熟市西北虞山之南岭上。

鉴赏

据《渔洋精华录》，此诗与《江东》诗一样，都当作于康熙元年（1662）。此年王渔洋因有事去江阴，不巧和钱谦益两人又没有遇到。此前顺治十八年（1661），钱谦益曾经为《渔洋诗集》作序作诗，大加赞赏，对此王士禛终身感激不尽。所以写下这首诗，来表达自己对钱谦益的敬仰之情，以及两人两度未遇的遗憾。

首联写自己到达江阴，站在芙蓉江边，细雨蒙蒙，虞山近在眼前，却只能东望拂水岩，无法与自己神往的诗坛领袖会面。钱谦益所住的地方，就在虞山脚下，叫拂水山房。据申霖臣《静成斋集》，拂水从山际落，绕园而入河，妙极天然之致。颔联用杜甫《偶题》“文章千古事，得失寸心知”诗句，称颂钱谦益似仙又似佛的晚年自在生活。崇祯十四年(1641)钱五十九岁时，以大礼迎娶二十三岁的名妓柳如是，并为柳在虞山盖了绛云楼和红豆馆。入清之后，钱谦益的生活其实并非全然一帆风顺。他做过《明史》副总裁，入过刑部与南京狱，晚年又暗中参与过复明的活动。所以可以说王士禛这几句诗写得有点避重就轻，可能因为两人毕竟其实并没有太深的交往。篷笠闻雪，侧帽赏花，都是极风雅之事，用来描写两人文采风流的日常生活与共同爱好。“侧帽檐”用了《后周书》称赞独孤信美容仪，“在秦州，尝因猎日暮，驰马入城，其帽微侧。诘旦，而吏民有戴帽者，咸慕信而侧帽焉。其为邻境及士庶所重如此”的典故。尾联用“少微”星和“老人”星作比，来表达自己的谦卑与崇敬之情。这首诗可以看作是一位即将登场的诗坛盟主写给一位即将退场的昔日盟主的问候。两人很有可能终身都没见过面。因为钱谦益的特殊身份，王士禛采取了一种比较谨慎的方式和他展开了交往。

戏仿元遗山《论诗绝句》三十二首(其二)

原文

五字"清晨登陇首",羌无故实使人思。
定知妙不关文字,已有千秋幼妇词[①]。

注

① 幼妇词:《世说新语·捷悟》:"魏武尝过曹娥碑下,杨修从。碑背上见题作'黄绢幼妇,外孙齑臼'八字。魏武谓修曰:'解不?'答曰:'解。'魏武曰:'卿未可言,待我思之。'行三十里,魏武乃曰:'吾已得。'令修别记所知。修曰:'黄绢,色丝也,于字为"绝"。幼妇,少女也,于字为"妙"。外孙,女子也,于字为"好"。齑臼,受辛也,于字为"辞"。所谓"绝妙好辞"也。'魏武亦记之,与修同,乃叹曰:'我才不及卿,乃觉三十里。'"

鉴赏

王士禛在这组仿金元好问的《论诗绝句》中,提出了一些自己的诗学主张和诗歌批评。《论诗绝句》这种用诗歌来评论诗歌的文学批评形式,最早可以追溯到唐代杜甫的《戏为六绝句》。从这首诗中可以看到,王士禛神韵诗学在理论上已经逐渐成熟,走向自觉。第一、二句,用了南朝梁钟嵘《〈诗品〉序》中的论述:"至乎吟咏情性,亦何贵于用事?'思君如流水',既是即目;'高台多悲风',亦惟所见。'清晨登陇首',羌无故实;'明月照积雪',讵出经史?观古今胜语,多非补假,皆由直寻。”钟嵘这里的意思是说,好的诗句,并不一定要多用典。徐幹《室思》中的“思君如流水,何有穷已时”,曹植《杂诗》里的“高台多悲风,朝日照北林”,朗朗上口,写的都是即目所见。又张华诗“清晨登陇首,坎壈行山难”,写得朴实无华,却又让人感动,里面什么典故也没有用;谢灵运《岁暮》里的“明月照积雪,朔风劲且哀”,这样的名句也不是出自经史。其实王渔洋作诗还是很喜欢用典故的,这里也有可能是读到钟嵘《诗品》序言,内心有所感触。

最后两句用了《世说新语·捷悟》篇中的典故,称赞好的文字,需要有言外之意。宋严羽《沧浪诗话·诗辩》中,批评宋诗的学问化倾向:“近代诸公乃作奇特解会,遂以文字为诗,以才学为诗,以议论为诗。夫岂不工,终非古人之诗也。盖于一唱三叹之音,有所歉焉。”这些思想,后来越来越被王渔洋所吸取。《沧浪诗话·诗辩》中还说:“诗者,吟咏情性也。盛唐诸人惟在兴趣,羚羊挂角,无迹可求。故其妙处,透彻玲珑,不可凑泊。如空中之音,相中之色,水中之月,镜中之象,言有尽而意无穷。”这里面当然受到了禅宗思想的影响。禅宗里的“指月喻”认为,这个世界的真实的意义,就好像月亮一样。语言就好像指向月亮的手指,好的读者和作者,不应该纠结在语言之上,就好像看月亮的眼睛,不应该去看手指一样。“如愚见指月,观指不观月。计著名字者,不见我真实。”(《楞伽阿跋多罗宝经》卷四)好的诗歌,既要借助文字,但又不能堆砌文字。作诗甚至就像参禅一样,这里体现出了一种玄学的神秘主义倾向。王渔洋晚年所编的《唐贤三昧集》,就是这种思想的集中体现。

戏仿元遗山《论诗绝句》三十二首(其五)

原文

杜家笺传太纷挐[①],虞赵[②]诸贤尽守株。
苦为《南华》求向郭,前惟山谷[③]后钱卢。

牧斋有《读杜小笺》,德水有《读杜微言》。

注

① 纷挐(rú):纷乱错杂貌。

② 虞赵:虞集(1272—1348),字伯生,号道园,祖籍成都仁寿,迁临川崇仁(今属江西)人。元代学者、诗人,官至翰林直学士。赵汸(1319—1369),字子常,休宁(今属安徽)人。仕元为枢密院都事,入明预修《元史》,著有《类注杜工部五言律诗》二卷。

③ 山谷:黄庭坚(1045—1105),字鲁直,号山谷道人,晚号涪翁,洪州分宁(今江西修水)人。北宋"江西诗派"的代表人物,"苏门四学士"之一。黄庭坚《大雅堂记》:"子美诗妙处,乃在无意于文。夫无意而意已至,非广之以《国风》《雅》《颂》,深之以《离骚》《九歌》,安能咀嚼其意味,闯然入其门邪!故使后生辈自求之,则得之深矣。使后之登大雅堂者,能以余说而求之,则思过半矣。彼喜穿凿者,弃其大旨,取其发兴,于所遇林泉人物、草木鱼虫,以为物物皆有所托,如世间商度隐语者,则子美之诗委地矣。"

鉴赏

此篇谈杜诗的笺注问题,渔洋所论,颇有不同于时论、别出心裁者。首句写为杜甫诗歌作注的人很多,宋代曾经有"千家注杜"的说法。第二句写元朝虞集的《杜律》、赵汸的《类注杜工部五言律诗》，就像守株待兔一样，过于拘泥守旧，不能令人感到满意。《杜律》注杜七言律，实为元张性的《杜律演义》。王渔洋这里只是沿用旧称，他自己在《池北偶谈》里，曾经说过“《杜律》乃张注”。明代这两本杜诗的七律和五律注曾经合刊过。

第三句引用历史上向秀、郭象注《庄子》的典故。据《世说新语·文学》：“初，注《庄子》者数十家，莫能究其旨要。向秀于旧注外为解义，妙析奇致，大畅玄风。唯《秋水》《至乐》二篇未竟而秀卒。秀子幼，义遂零落，然犹有别本。郭象者，为人薄行，有俊才。见秀义不传于世，遂窃以为己注。乃自注《秋水》《至乐》二篇，又易《马蹄》一篇，其余众篇，或定点文句而已。后秀义别本出，故今有向、郭二《庄》，其义一也。”向秀是魏晋间“竹林七贤”之一，郭象也是西晋的玄学家，两人都以注《庄子》而著名。所以这句的引申义是，杜诗的注本中到底谁比较好呢？最后一句给出答案，王渔洋觉得前有宋代的黄庭坚（传有《杜诗笺》），后有钱谦益和卢世㴶。钱谦益著有《钱注杜诗》、《读杜小笺》三卷、《二笺》二卷等。卢世㴶（1588—1653），字德水，德州（今属山东）人，明天启五年（1625）进士，历官户部主事，著有《读杜胥钞》十五卷、《读杜微言》等。不过《钱注杜诗》对山谷学杜评价并不高，其《略例》中云：“自宋以来，学杜诗者莫不善于黄鲁直，评杜诗者莫不善于刘辰翁。鲁直之学杜也，不知杜之真脉络，所谓前辈飞腾、余波绮丽者，而拟议其横空排奡、奇句硬语，以为得杜衣钵，此所谓旁门小径也。”

戏仿元遗山《论诗绝句》三十二首(其七)

原文

风怀澄澹推韦柳①,佳处多从五字求②。
解识无声弦指妙③,柳州那得并苏州?

注

① 韦柳:韦应物(约737—791),京兆万年(今陕西西安)人,安史之乱后,进士及第,历任滁州、江州、苏州刺史,世称"韦苏州",五言古体学陶渊明,冲淡闲远。柳宗元(773—819),字子厚,河东解县(今山西运城西南)人,世称"柳河东"。官终柳州刺史,又称"柳柳州"。"唐宋八大家"之一。

② "五字求"句:苏轼《次韵黄鲁直书伯时所画王摩诘》:"前身陶彭泽,后身韦苏州。欲觅王右丞,还向五字求。""五字"义指五言诗。

③ 无声弦指妙:《列子·汤问》:"(郑师文)弃家从师襄游,柱指钧弦,三年不成章。师襄曰:'子可以归矣。'师文舍其琴,叹曰:'文非弦之不能钧,非章之不能成。文所存者不在弦,所志者不在声。内不得于心,外不应于器,故不敢发手而动弦。且小假之,以观其后。'"

鉴赏

此首前两句称颂五言古诗韦、柳之风怀澹荡,据《渔洋山人自撰年谱》,王渔洋曾于康熙二十二年(1683)五十岁时编《古诗选》,实际成书也有可能更早一到二年。在《凡例》中,他评价自己所选的五位唐代五古诗人:"贞元、元和间,韦苏州古澹,柳柳州峻洁。"后两句推进一层,提出韦、柳如果作比较,谁更胜一筹呢?提出这样的疑问,是因为历史上已有一些这样的评论,王渔洋觉得评得有问题。如宋许颉《彦周诗话》中说:“柳柳州诗,东坡云在陶彭泽下,韦苏州上,若《晨诣超师院读佛经诗》,即此语是公论也。”王士禛晚年所作《分甘余话》卷三中说:“东坡谓柳柳州诗,在陶彭泽下,韦苏州上,此言误矣。余更其语曰:‘韦诗在陶彭泽下,柳柳州上。’余昔在扬州作《论诗绝句》有云……又常谓陶如佛语,韦如菩萨语,王右丞如祖师语也。”则韦应物五古的地位,甚至在王维之上。

那韦苏州到底在哪里胜过柳柳州呢?王渔洋认为要从“无声弦指妙”上去理解。这个典故出自《列子·汤问》,用来比喻真正的音乐需要超越手指、琴弦甚至声音这些有形的存在,而进入到心领神会的精神境界,才能得其妙处。所以《晋书·陶潜传》中写陶渊明“性不解音,而蓄素琴一张,弦徽不具,每朋酒之会,则抚而和之,曰:‘但识琴中趣,何劳弦上声!’”韦应物的诗意味深长,柳宗元的诗刻削枯槁,王渔洋更加欣赏前者。明王世贞《艺苑卮言》卷四:“韦左司平淡和雅,为元和之冠……宋人乃欲令之配陶陵谢,岂知诗者。柳州刻削虽工,去之稍远,近体尤卑凡,尤不足道。”从性格上来讲,柳宗元要更加激烈一点。其实韦、柳诗没有必要强分优劣,可以仁者见仁、智者见智。如仅就五古而言,则认为韦略高于柳也可以理解。

戏仿元遗山《论诗绝句》三十二首(其九)

原文

《草堂》乐府[①]擅惊奇，杜老哀时托兴微。
元白张王[②]皆古意，不曾辛苦学妃豨[③]。

注

① 《草堂》乐府：指唐代李白所作的乐府诗。《新唐书·艺文志》："李白《草堂集》二十卷，李阳冰录。"

② 元白张王：元稹(779—831)，字微之，河南洛阳人。与白居易齐名，并称"元白"，同为新乐府运动的倡导者。明经擢第，历官秘书省校书郎、左拾遗、监察御史、同中书门下平章事、武昌军节度史等，著有《元氏长庆集》。白居易(772—846)，字乐天，号香山居士，下邽(今陕西渭南)人。历官秘书省校书郎、翰林学士、江州司马、杭州刺史、秘书监、刑部侍郎等。倡导新乐府运动，著有《白氏长庆集》。张籍(约767—约830)，字文昌，和州乌江(今安徽和县)人。曾任水部员外郎，世称张水部。诗工乐府，与王建齐名。王建(约767—约830)，字仲初，颍川(今河南许昌)人，擅长乐府。

③ 妃豨(xī)：即妃呼豨，古乐府曲中的助声词。

鉴赏

此首可以代表王渔洋对于乐府诗的态度，称赞李白、杜甫、元稹、白居易、张籍和王建的乐府诗有创新性，间接批评了时人陈陈相因的摹拟之风。他在弟子何世璂的《然灯记闻》中，关于乐府诗也有相似的论述，与他青年时代写的这首诗中的观点基本一致:“古乐府原有句有音。在当日句必大书,音必细注。后人相沿之久,并其细注之音,而误认为句。附会穿凿,至于模拟剽窃,毫无意义,而自命为乐府,使人见之欲呕。如南中某公作乐府,有‘妃呼豨,豨知之’之语。夫‘妃呼豨’三字,皆音也。今乃认妃作女,认豨作豕,一似豕真有知,岂非笑谈?唐人乐府,唯有太白《蜀道难》《乌夜啼》,子美《无家别》《垂老别》,以及元、白、张、王诸作,不袭前人乐府之貌,而能得其神者,乃真乐府也。后人拟古诸篇,总是赝物。”

王渔洋认为,李白的乐府发唱惊挺,如《蜀道难》《远别离》等,都能够别开生面,属于乐府中的变调。杜甫的“三吏”“三别”,感时伤怀,托兴深微。元、白、张、王,创为新乐府,也都能够继承古意,自成一体。而同时代的一些人,则只是在学习乐府的皮毛,拙劣模仿,令人恶心。刘大勤《师友诗传续录》中记载王士禛语:“汉、魏乐府,高古浑奥,不可拟议。唐人乐府不一。初唐人拟《梅花落》《关山月》等古题,大概五律耳。盛唐如杜子美之《新婚》《无家》诸别,《潼关》《石壕》诸吏,李太白之《远别离》《蜀道难》,则乐府之变也。中唐如韩退之《琴操》,直溯两周;白居易、元稹、张籍、王建创为新乐府,亦复自成一体。若元杨维桢、明李东阳各为新乐府,古意寖远,然皆不相蹈袭。至于唐人王昌龄、王之涣,下逮张祜诸绝句,《杨柳枝》《水调》《伊州》《石州》等辞,皆可歌也。”说明他对杨维桢、李东阳还是有所肯定,但对于同时代人所作的乐府,总体来说评价不高,因为缺少创新性,所以认为拟古不必多作。

戏仿元遗山《论诗绝句》三十二首(其十四)

原文

苦学昌黎未赏音,偶思螺蛤见公心。
平生自负《庐山》[1]作,才尽禅房花木深。

欧公欲仿常尉[2]《破山寺》[3]作一联而不能,东坡云:"公厌刍豢,反思螺蛤耶?"

注

① 庐山:这里指北宋欧阳修所作《庐山高》诗。欧阳修(1007—1072),字永叔,号醉翁,晚号六一居士,吉州吉水(今属江西)人。北宋政治家、文学家、史学家。曾任知制诰、翰林学士、枢密副使、参知政事等职。"唐宋八大家"之一,曾主修《新唐书》,独撰《新五代史》。有《欧阳文忠公集》等。

② 常尉:即常建,唐代诗人,天宝中曾任盱眙尉。

③ 破山寺:即常建《题破山寺后禅院》:"清晨入古寺,初日明高林。竹径通幽处,禅房花木深。山光悦鸟性,潭影空人心。万籁此都寂,但余钟磬音。"

鉴赏

此则评论宋代欧阳修的诗歌。因为王士禛的《古诗选》中,七古宋代诗人选了欧阳修、王安石、苏轼、苏辙、黄庭坚、晁冲之、晁补之、陆游,所以我们也可以认为,他对欧阳修,总的来说,是持肯定态度的。《古诗选·凡例》中说:"宋承唐季衰陋之后,至欧阳文忠公始拔流俗,七言长句高处直追昌黎,自王介甫辈皆不及也。《庐山高》一篇,公所自负,然殊非其至者。”欧阳修对宋代文学,有振衰开辟之功,所以值得肯定。欧阳修在学习韩愈方面,投入了很多的心力。严羽《沧浪诗话·诗辩》:“国初之诗,尚沿袭唐人,王黄州学白乐天,杨文公、刘中山学李商隐,盛文肃学韦苏州,欧阳公学韩退之古诗,梅圣俞学唐人平淡处,至东坡、山谷始自出己意以为诗,唐人之风变矣。”王士禛《古诗选》中,七古对于杜甫、韩愈,都单独成卷,可以说是尤其重视。此诗第一句写欧阳修学习韩愈有所成就,但是真正把他难住的,倒不是在这个方面。

欧阳修晚年,曾作有一篇《题青州山斋》,当是作于他知青州时:“吾常喜诵常建诗云:‘竹径通幽处,禅房花木深。’欲效其语作一联,久不可得,乃知造意者为难工也。晚来青州,始得山斋宴息,因谓不意平生想见而不能道以言者乃为己有,于是益欲希其仿佛,竟尔莫获一言。夫前人为开其端,而物景又在其目,然不得自称其怀,岂人才有限而不可强?将吾老矣,文思之衰邪?兹为终身之恨尔。熙宁庚戌仲夏月望日题。”一代文豪,竟然因为不能效常建作一对联,而引为终身之恨,并且怀疑是不是因为自己年事已迈,才力消退。令人感到费解。苏轼对此的解释是:“常建诗‘竹径通幽处,禅房花木深’,欧阳文忠公最爱赏,以为不可及。此语诚可人意,然于公何足道,岂非厌饫刍豢,反思螺蛤邪?”(宋胡仔《苕溪渔隐丛话》前集卷二十)觉得欧阳修并不是真的江郎才尽，只是因为吃惯了像韩愈七古那样的大鱼大肉，想要换换口味，突然对常建诗这样的小海鲜感兴趣而已。但是实际情况真的是这样子吗？王士禛觉得可能并不完全如此。

欧阳修对于自己的《庐山高》一诗颇为自负，据宋叶梦得《石林诗话》："前辈诗文，各有平生自得意处，不过数篇，然他人未必能尽知也。毘陵正素处士张子厚善书，余尝于其家见欧阳文忠子棐以乌丝栏绢一轴，求子厚书文忠《明妃曲》两篇，《庐山高》一篇。略云：'先公平日，未尝矜大所为文，一日被酒，语棐曰：吾《庐山高》，今人莫能为，唯李太白能之。《明妃曲》后篇，太白不能为，唯杜子美能之；至于前篇，则子美亦不能为，唯吾能之也。因欲别录此三篇也。'"然而王渔洋认为，《庐山高》并不是欧阳修的代表作。至于为什么欧阳修会被常建的诗所难倒，说明作诗并不完全是靠学习、靠才力，还需要兴会与妙悟。而且境界也不是越大越好，王国维《人间词话》中就说："境界有大小，然不以是而分高下。"此首与第七首，王渔洋论诗与苏轼观点都不同，体现了自出己见的独创精神。

戏仿元遗山《论诗绝句》三十二首(其十五)

原文

林际春申[1]语太颠，园林半树[2]景幽偏。
豫章孤诣谁能解，不是晓人休浪传。

山谷谓“气蒸云梦泽，波撼岳阳城”，不如“云中下蔡[3]邑，林际春申君[4]”；“疏影横斜水清浅，暗香浮动月黄昏”，不如“雪后园林才半树，水边篱落忽横枝”也。

注

① 林际春申：宋陈师道《后山诗话》：“黄鲁直谓白乐天‘笙歌归院落，灯火下楼台’，不如杜子美云‘落花游丝白日静，鸣鸠乳燕青春深’也。孟浩然云‘气蒸云梦泽，波撼岳阳城’，不如九僧云‘云间下蔡邑，林际春申君’也。”

② 园林半树：宋胡仔《苕溪渔隐丛话》前集卷二十七：“山谷云：欧阳文忠公极赏林和靖‘疏影横斜水清浅，暗香浮动月黄昏’之句，而不知和靖别有《咏梅》一联云：‘雪后园林才半树，水边篱落忽横枝。’似胜前句，不知文忠何缘弃此而赏彼。文章大概亦如女色，好恶止系于人。苕溪渔隐曰：王直方又爱和靖‘池水倒窥疏影动，屋檐斜入一枝低’，以谓此句于前所称，真可处伯仲之间。余观此句，略尢佳处，直方何为喜之，真所谓一蟹不如一蟹也。”

③ 下蔡：古邑名，故城在今安徽凤台县。《文选》宋玉《登徒子好色赋》：“嫣然一笑，惑阳城，迷下蔡。”李善注：“阳城、下蔡二县名，盖楚之贵介公子所封，故取以喻焉。”

④ 春申君：即黄歇(？—前238)，楚国贵族，战国四公子之一，曾任楚令尹。

鉴赏

此则论解诗之难,黄山谷的赏鉴与一般人大不相同,这种孤诣只有山谷可以理解,一般人不要盲目模仿。“气蒸云梦泽,波撼岳阳城”,是唐代孟浩然《望洞庭湖赠张丞相》中的名句,写出了洞庭湖的浩瀚气势,但此诗的目的,其实仍然是为了向当时在相位的张九龄干谒,希望他能够赏识自己的才华,予以援引。而宋代九僧“云中下蔡邑,林际春申君”这两句,虽然全诗已不可考,伊应鼎《渔洋山人精华录会心偶笔》认为意象超越。九僧是宋代初期诗僧希昼、保暹、文兆、行肇、简长、惟凤、宇昭、怀古、惠崇等九人的并称。下蔡本是贵族、美女萃集之地,却在云中;春申君任楚相二十多年,权势倾天,却说林中。大概是九僧觉得自己虽然是出家人,但却过着优哉游哉的生活,不比下蔡邑、春申君差到哪里去。所以王渔洋觉得这两句诗写得有点癫狂。

“雪后园林才半树,水边篱落忽横枝”,出自林逋《梅花》诗,伊应鼎认为风标淡宕,如姑射仙子;而“疏影横斜水清浅,暗香浮动月黄昏”,虽景致清雅,如林下美人,所以稍有不如。的确,“疏影”句刻画过于工整,比起“雪后”句,后者要来得更加超逸。而王渔洋认为,“雪后”两句,景象偏幽。所以,这个里面的区别,其实是很细微的。“江西诗派”强调“不俗”,所以黄山谷才会有这样的评判。总的来说,王士禛是认可山谷的解诗的,尤其是对于梅花诗的解读。他在《渔洋诗话》中曾说:"梅诗无过坡公'竹外一枝斜更好'七字,及'雪后园林才半树,水边篱落忽横枝'。高季迪'雪满山中高士卧,月明林下美人来',亦是俗格。若晚唐'认桃无绿叶,辨杏有青枝',直足喷饭。"从这些细微的辨析中,可以看出神韵诗学的艺术追求,及其与"江西诗派"的因缘联系。

戏仿元遗山《论诗绝句》三十二首(其三十一)

原文

曾听巴渝[①]里社词,三闾[②]哀怨此中遗。
诗情合在空舲峡[③],冷雁哀猿和《竹枝》[④]。

注

① 巴渝:古蜀地名,泛指今四川、重庆一带。
② 三闾:指战国时楚国诗人屈原,他曾任楚三闾大夫。王逸《〈离骚〉序》:"屈原与楚同姓,仕于怀王,为三闾大夫。三闾之职,掌王族三姓,曰昭、屈、景。"
③ 空舲峡:即崆岭峡,长江三峡之一西陵峡的组成部分。北魏郦道元《水经注》:"江水自建平至东界峡,盛弘之谓之空舲峡。峡甚高峻,即宜都、建平二郡界也。"
④ 竹枝:即竹枝词,巴、渝一带民歌,声调凄婉。

鉴赏

此篇论诗情、诗兴,需通过环境与江山来激发,而不是光从书本中来。王士禛在他晚年所作《分甘余话》卷一中这样写到:"唐郑綮云:'诗思在灞桥驴子背上。'胡擢云:'吾诗思若在三峡间闻猿声时也。'余少在广陵作《论诗绝句》,其一云:'诗情合在空舲峡,冷雁哀猿和《竹枝》。'用擢语也。后壬子(1672)秋典蜀试,归舟下三峡,夜泊空舲,月下闻猿声。忽悟前诗,乃知事皆前定尔。"郑綮是唐昭宗时期宰相，宋魏庆之《诗人玉屑》卷十论诗思：“诗之有思，卒然遇之而莫遏；有物败之，则失之矣。故昔人言覃思、垂思、抒思之类，皆欲其思之来；而所谓乱思、荡思者，言败之者易也。郑綮诗思，在灞桥风雪中驴子上；唐求诗，所游历不出二百里。则所谓思者，岂寻常咫尺之间所能发哉！前辈论诗思，多生于杳冥寂寞之境，而志意所如，往往出乎埃溘之外。苟能如是，于诗亦庶几矣。”这些，都是在讨论诗思是怎么来的。

胡擢所言，则出自《宣和画谱》卷十五：“胡擢，不知何许人也。博学能诗，气韵超迈，飘飘然有方外之志。尝谓其弟曰：‘吾诗思若在三峡之间闻猿声时。’其高情逸兴如此。一遇难状之景，则寄之于画，乃作草木禽鸟，亦诗人感物之作也。”三峡闻猿声，让人联想到郦道元《水经注》卷三四：“每至晴初霜旦，林寒涧肃，常有高猿长啸，属引凄异，空谷传响，哀转久绝。故渔者歌曰：‘巴东三峡巫峡长，猿鸣三声泪沾裳。’”风雪驴背，三峡闻猿，这种幽情幽境，都能够催生诗人的诗情。所以王渔洋这首诗想表达的是，巴渝民歌，哀怨感人，受到了屈原《离骚》的影响。这些诗情是怎么产生的呢？只有在三峡这样风景如画的地方，空中冷雁飞过，两岸猿声凄厉，听着《竹枝》之词，好的诗歌才会发生。渔洋论诗，注重“江山之助”，反对向壁虚构，强调“身到处，莫放过”，每到一处必有题咏，这些都是神韵诗学的重要内涵。

甓湖[①]舟夜读《渭南集》[②]偶题长句

原文

少陵不作昌黎死，大峨仙人[③]落儋耳。
渭南老子来堂堂，郁律[④]蛟龙蟠笔底。
半世功名梁益[⑤]间，拓弦横槊剑门关[⑥]。
白头镜水江湖梦，夜夜山南射虎还。

注

① 甓(pì)湖：即甓社湖，在今江苏高邮西北。
② 《渭南集》：南宋陆游所作。陆游(1125—1210)，字务观，号放翁，越州山阴(今浙江绍兴)人。南宋文学家、史学家、爱国诗人。晚封渭南伯，自号陆渭南。著有《剑南诗稿》《渭南文集》等。
③ 大峨仙人：指北宋苏轼。苏轼(1037—1101)，字子瞻，号东坡居士，眉州眉山(今属四川)人。北宋文学家、书画家。宋哲宗时，曾任翰林学士、礼部尚书等职。晚年被贬惠州、儋州。与父苏洵、弟苏辙合称“三苏”。
④ 郁律：声音被闭而不宏畅，可用于形容雷声。
⑤ 梁益：梁州故治在今陕西汉中。益州治所在今四川成都。
⑥ 剑门关：古关门。位于今四川省广元市剑阁县城东北，地势险要，自古为兵家必争之地，是入蜀的咽喉要道。

鉴赏

这是一首七古，作于康熙三年(1664)，王渔洋游高邮甓湖之时。作者夜晚在舟中读陆游集，有感于陆游的传奇人生与豪情壮志而作。第一、二句写杜甫、韩愈都已经作古,坡仙苏轼晚年也是流落儋耳。三、四句写陆游的一生是多么豪放,笔底如有雷电和蛟龙在盘走一样。五、六句写放翁最难忘的那些岁月,是在川、陕度过的。他的《楼上醉书》诗中,这样写到:“丈夫不虚生世间,本意灭虏收河山;岂知蹭蹬不称意,八年梁益凋朱颜。三更抚枕忽大叫,梦中夺得松亭关。中原机会嗟屡失,明日茵席留余潸。”《忆山南》(其一)诗:“貂裘宝马梁州日,盘槊横戈一世雄。怒虎吼山争雪刃,惊鸿出塞避雕弓。”乾道八年(1172),陆游骑驴入川。淳熙二年(1175),范成大统帅蜀州,陆游为参议官,二人成为莫逆之交。陆游一生亲临抗金前线,其实是在乾道七年(1171)的大散关,历时八个月。所以在剑门关,其实并不是作战第一线,可以说颇不得志。最后两句写陆放翁的晚年,谁会想到,他会在绍兴鉴湖归隐终老度过最后的三十多年。一腔爱国豪情,只能夜夜在梦里,回忆自己昔日曾经在陕西的南山射虎。陆游在晚年的《予以淳熙戊戌(1178)岁自蜀归时年五十四今三十有二年矣犹复强健得小诗自贺》诗中是这样写的:“入玉门关到酒泉,昔人想望若登天。岂知万里西征客,归卧家山三十年。”所以此诗最后一句“夜夜山南射虎还”,正是王渔洋最擅长的神韵诗,多少的感慨和悲愤,都在言语以外。陆游的一生,一直主张北伐恢复,但当时的南宋小朝廷,并没有这样的实力和决心,所以最后壮志未酬。王渔洋对陆游的七古评价甚高,他在《古诗选·凡例》中说:“南渡气格,下东都远甚。唯陆务观为大宗，七言逊杜、韩、苏、黄诸大家，正坐沉郁顿挫少耳。要非余人所及。”在王渔洋的心目中，陆游是南宋最重要的诗人。

登鸡鸣寺[①]

原文

鸡笼山[②]上鸡鸣寺，绀宇[③]凌霞鸟路长。
古埭尚传齐武帝[④]，风流空忆竟陵王[⑤]。
白门柳色残秋雨，玄武湖波澹夕阳。
下界销沉陵谷异，枫林十庙[⑥]晚苍苍。

注

① 鸡鸣寺：位于今江苏南京鸡笼山东麓，始建于西晋永康元年(300)，明太祖时重建。寺东有胭脂井，相传为陈后主与张丽华、孔贵嫔避隋兵藏身处。

② 鸡笼山：在今江苏省南京市玄武区，为紫金山延伸入城余脉，以山势浑圆，形似鸡笼，故名。

③ 绀(gàn)宇：佛寺的别称。

④ “古埭(dài)”句：古埭，谓鸡鸣埭。《南史·后妃列传》：“(齐武帝)车驾数幸琅琊城，宫人常从。早发，至湖北埭，鸡始鸣，故呼为鸡鸣埭。”

⑤ 竟陵王：即萧子良(460—494)，字云英，齐武帝萧赜次子，仕宋为会稽太守。齐武帝即位，册封竟陵郡王，官至太傅。齐永明年间，有文士集合于竟陵王左右，其中最著名有萧衍、沈约、谢朓、王融、萧琛、范云、任昉、陆倕等八人，文学史上称“竟陵八友”。据《南史》卷四十四：“(竟陵王)移居鸡笼山西邸，集学士抄《五经》百家，依《皇览》例为《四部要略》千卷。招致名僧，讲论佛法，造经呗新声，道俗之盛，江左未有。”

⑥ 十庙：明初于鸡笼山下建功臣十庙。

鉴赏

此诗作于康熙三年(1664)，王渔洋因公务至金陵，闰六月二十日，饭后循秦淮过覆舟山，登临鸡鸣山胜迹。首联作远距离的概述。鸡鸣寺历史悠久，坐落在鸡笼山上。登临此处，下瞰台城，也就是东晋与南朝的皇宫与台省所在地；北边玄武湖，即是南朝帝王的游乐之地，在刘宋元嘉年间湖里还两次出现"黑龙"，因而得名。此处还是陈霸先大战高齐之处，为陈朝的建立奠定了基业。鸡鸣寺是南京最古老的皇家寺庙，寺边的胭脂井，据说是陈后主躲避隋兵时的藏身之处。总之，这里无论是自然风光，还是历史遗迹，无不令人浮想联翩。

颔联转入对历史旧事的回忆与缅怀。据说齐武帝喜欢射雉，又经常在早上来这里一带宫中巡视，鸡鸣埭的名称由此而来。又想到这里曾是风雅之地，竟陵王萧子良曾在这里集合文士，编纂《四部要略》。"竟陵八友"与诗歌史上著名的"永明体"也有着密切的联系。萧子良提倡佛教，自己也身体力行，笃信不已，促进了佛教文化的发展。颈联转写眼前之景。秋雨过后，白门柳色亦显萧瑟；玄武湖波，正沐浴在淡淡的夕阳之中。尾联写世事变迁，沧海桑田，暮色中隐隐可见枫林中的明代祀功臣中山王等的十庙。王渔洋此行还作有《游鸡鸣山乌龙潭诸胜记》，其末云："十庙皆在山麓，帝王庙尤荒阒，童竖数人，眠于辇路。羸马脱羁，龁草阶下。为太息久之。"十庙包括帝王庙、城隍庙、真武庙、卞壸庙、蒋忠烈庙、刘越王庙、曹武惠王庙、元卫国公庙、功臣庙、五显庙、关羽庙等，号称"十庙"。全诗用短短八句，写出了登临凭吊的所思、所见与所感，令人回肠荡气，意犹未尽。

昭阳顾符稹[1]画《栈道图》歌

原文

顾生画学李思训[2]，尤工栈道兼骡纲[3]。
丹青金碧妙铢黍[4]，近形远势穷毫芒。
褒斜[5]山色一千里，子规啼处烟苍苍。
女郎祠[6]边人迹绝，但见哀猿连臂叫啸青崖旁。
江水如油下南郑[7]，阁道[8]似发通陈仓[9]。
红毡裹背笠覆首，人物结束疑唐装。
车马班班入云际，如蚁缘垤[10]相扶将。
秦川[11]渭水[12]望不到，蚕丛[13]直上天茫茫。
仰家扇子[14]冰雪色，一茎斑竹磨潇湘。
如何方寸怀袖里，宛然置我蜀道青天长。
扬一益二[15]古天险，谯周鬻国[16]谋非臧。
阿瞒[17]四纪作天子，青骡西幸何仓皇。
三十年来蜀道塞，况从古史论兴亡。
因君妙迹发遥慨，如听铃声替戾冈[18]。

注

① 顾符稹(1635—1718)，清代画家。字瑟如，号小痴，江苏兴化人。能诗善书画，山水人物学小李将军(唐代画家李昭道)，工细入毫发。昭阳，兴化四大古镇之一。

② 李思训(651—716)，陇西狄道(今甘肃临洮)人，唐宗室，书画家。

玄宗开元初官右武卫大将军,人称“大李将军”。擅长山水,尤其是青绿重色的工细山水。明人董其昌尊其为“北宗”画派之祖。

③ 骡纲:结队而行驮载货物的骡群。

④ 铢黍:即一铢一黍,比喻微小之物。

⑤ 褒斜:即褒斜道,位于今陕西省秦岭山区,因取道褒水、斜水两河谷而得名。南起褒谷口(旧褒城县北),北至斜谷口(今陕西省眉县斜峪关口)。

⑥ 女郎祠:位于今陕西汉中勉县,用来祭祀张鲁女张琪瑛。传说张鲁投魏,琪瑛与马超相爱却未能结合,不愿入三辅,继续留在汉中传天师教。

⑦ 南郑:今陕西省汉中市南郑区。北魏郦道元《水经注》卷二十七:“(南郑)县,故褒之附庸也。”汉高祖刘邦为汉王时曾以南郑为都城,东汉张鲁以五斗米道在此建立政教合一的政权近三十年。

⑧ 阁道:即栈道。

⑨ 陈仓:今陕西省宝鸡市陈仓区,有陈仓山。刘邦为汉王时,曾经明修栈道,暗度陈仓,袭击雍王章邯,还定三秦。

⑩ 垤(dié):小土堆。

⑪ 秦川:古地区名。泛指今陕西、甘肃秦岭以北平原地带。

⑫ 渭水:黄河的最大支流,主要流经今甘肃天水、陕西宝鸡、咸阳、西安、渭南等地。

⑬ 蚕丛:相传为蜀王的先祖,教人蚕桑。李白《蜀道难》:“蜀道之难,难于上青天!蚕丛及鱼凫,开国何茫然!”

⑭ 仰家扇子:王士禛《池北偶谈》卷十七:“近日一技之长,如雕竹则濮仲谦,螺甸则姜千里,嘉兴铜炉则张鸣岐,宜兴泥壶则时大彬,浮梁流霞盏则昊十九(号壶隐道人),江宁扇则伊莘野、仰侍川,装潢书画则庄希叔,皆知名海内。”

⑮ 扬一益二:《资治通鉴·唐昭宗景福元年》:“先是扬州富庶甲天下,时人称‘扬一益二’。”此处用来形容扬州和成都的富庶。

⑯ 谯周鬻(yù)国:《三国志·蜀书·后主传》:“(景耀六年)冬,邓艾破卫将军诸葛瞻于绵竹。用光禄大夫谯周策,降于艾。”鬻,卖。

⑰ 阿瞒:唐玄宗自称。

⑱ 替戾冈:《晋书·艺术传·佛图澄》:“及曜(刘曜)自攻洛阳,勒(石勒)将救之,其群下咸谏以为不可。勒以访澄,澄曰:‘相轮铃音云:

秀支替戾冈,仆谷劬秃当。此羯语也。秀支,军也。替戾冈,出也。仆谷,刘曜胡位也。劬秃当,捉也。此言军出捉得曜也。'"后因以"替戾冈"作为"出"的隐语。

鉴赏

这是王士禛为明末清初的遗民画家顾符稹的《栈道图》所题诗歌。据《渔洋诗话》卷上:"昭阳顾符稹工画,余尤爱其《栈道图》,为赋长歌。凡扇头、绢幅、屏幛间,皆令作《栈道图》。后壬子(1672)、丙子(1696)两使蜀,此其谶也。"说自己喜爱《栈道图》,扇子、屏幛上皆作有此图。晚年想到自己于康熙十一年为四川乡试官,康熙三十五年奉命祭告西岳西镇江渎,两度入川,则此诗真是谶语。此诗一韵到底,酣畅淋漓,古色古香,布置得体。前四句写顾瑟如的画风学习唐代大李将军,属于青绿山水,金碧辉煌,刻画入微,无论远山近景,都能够穷形极相,尤其擅长画骡纲和栈道。据元汤垕《画鉴》:"(王右丞)平生喜作雪景、剑阁、栈道、骡纲、晓行、捕鱼、雪渡、村墟等图。"可见很早就有人从事栈道、骡纲这些绘画题材的创作。接下来开始刻画从陕西汉中到四川成都一路的自然风景与历史名胜。褒斜道地处秦岭,自战国起,就有人在谷中凿石架木,修筑栈道。一路到蜀地,上千里山色,烟雾缭绕,似乎能听到子规鸟的啼叫。传说子规为蜀帝杜宇的魂魄所化,常夜鸣,声音凄切。这里有人迹罕至的女郎祠,里面祭祀的是忠于爱情的张鲁女张琪瑛。崖畔猿猴哀鸣,道路险峻,不禁令人心生愁怨。

江水澄鲜如油，从南郑流淌而下，通往陈仓的栈道，在画图里细得就像头发一样。里面的人物，背裹红毡，头戴斗笠，正在攀木缘崖，就像当年邓艾带兵入川一样。但他们的装束，却又是唐代的服装。山间车马络绎不绝，像要进入云端；又像是蚂蚁在爬小土堆。这里已经看不到秦川与渭水，只是一直向上爬，要去向天那边的蚕丛的国度，即巴蜀之地。

最后几句笔锋一转，开始写画有此《栈道图》的扇子的精妙并发表议论。这把扇子白得就像冰玉一样，是出自江宁仰侍川名家之手，竹子来自潇湘，上面似乎还带着湘妃的泪痕。平时方寸大小，可以置于怀袖之间，没想到却能够把我带到千里之外的蜀道青天之上。成都是仅次于扬州的富裕之地，又有天险可守，只有谯周这样的卖国庸臣，才会劝刘禅投降，而不去决一死战。又想到唐玄宗在位四十多年，却落得骑骡入蜀的悲惨下场。回想最近三十年来，蜀道闭塞，清初张献忠入川，导致四川人口锐减。再回想起历史上蜀道所发生的各种风云事变，怎不令人感慨万千？这其中的妙处，就像当年佛图澄听塔铃一样，我已了然于心。可能因为王士禛题咏此诗，后来翁方纲也对顾的《栈道图》作了题咏。至于王士禛为什么喜欢《栈道图》，甚至至老不衰，可能和他身处清初官场，一直是如履薄冰的心态，但是又勇于进取，所以必须借“蜀道难”来不断提醒自己小心谨慎有一定关系。

题文与也[1]为梁曰缉画《江村读书图》二首(其二)

原文

停云[2]家世红栏[3]里，相国风流[4]异代传。
昨见明窗写江练，诸孙才调又翩翩。

注

① 文与也：文点(1633—1704)，字与也，长洲(今江苏苏州)人，文震孟孙，为遗民画家、诗人。王士禛《分甘余话》卷三："长洲文点，衡山裔孙，画有家法。常为鄢陵梁曰缉(熙)作《江村读书图》。"

② 停云：停云馆，文徵明斋名。文徵明(1470—1559)，名璧，字徵明，自号衡山居士，长洲(今江苏苏州)人，祖籍衡山。正德末年，曾任翰林院待诏，人称"文待诏"。明代画家、书法家、文学家。与祝允明、唐寅、徐祯卿并称为"吴中四才子"。

③ 红栏：指苏州木桥。唐时苏州木桥的木梁、木栏，均涂以红漆，称为红栏。

④ 相国风流：文震孟(1574—1636)，长洲(今江苏苏州)人。南宋文天祥之后裔，文徵明曾孙。天启二年(1622)状元，崇祯朝特擢为礼部左侍郎兼东阁大学士，入阁参预机务，相当于宰相。

鉴赏

这是王士禛为明末清初的遗民画家、诗人文点所作的题画诗。此诗作于康熙七年(1668)，当时王士禛在礼部仪制司员外郎任。文点崇尚气节，入清以卖书画为生。而这首诗里提到的梁熙(1622—1692)，是河南开封府鄢陵县人，曾任云南道监察御史，是一名清官。此诗开篇点明文点是名门之后，明代吴门大画家、书法家、诗人文徵明的后代。据朱彝尊《曝书亭集》卷七十四《处士文君墓志铭》："文氏之先，自庐陵徙衡州，载徙徐州，复自徐徙杭。居吴自社学教读惠始。惠子涞水儒学教谕洪，洪子中顺大夫知温州府事林，林仲子翰林院待诏徵明，徵明子国子监博士赠文林郎彭，海内所称三桥先生是已。是为君高祖。曾祖元发，朝列大夫、同知卫辉府事。祖震孟，累官嘉议大夫、礼部左侍郎兼东阁大学士，赠尚书，谥文肃。考秉，承荫官生，经乱，隐居不仕。"这篇文章追述了文氏在江南数代经营最杰出的人物，从文惠、文洪、文林到文徵明。后面又传到文彭、文元发、文震孟。文点的祖父文震孟是文徵明的曾孙，在明末官至礼部左侍郎兼东阁大学士，相当于宰相，他抵制阉党，刚直清正。而文点能够在易代之际保持自己的节操，同时精通诗、画，可谓不坠家声。相传他作画喜好在松树、山石上，点上些密集的细点，所谓"攒点"，几乎幅幅都是这样。不过这也招致了一些批评，如汪琬《说铃》："文处士作画，颇得待诏家法，然多率尔之笔。予规之曰：'此事定须霞思云想，刻意经营，奈何颓唐落墨，便布人间？'"

关于此诗，还有一段趣闻，属于王士禛与好友汪琬间的调侃。汪琬(1624—1691)，字苕文，号钝庵，又号钝翁，世称尧峰先生，长洲(今江苏苏州)人。清代学者、散文家，亦能诗。晚年自删所作为《尧峰文抄》五十卷。据汪氏《说铃》:“予题梁曰缉《江村读书图》,其首章落句云:‘鄢陵野色平于掌,也有江南此景无?’王阮亭见之,呵曰:‘吴子辈乃尔轻薄?’予笑曰:‘行当及君矣。’因续嘲阮亭所题云:‘仿佛春江绿树阴,几回展卷几沈吟。江南与汝干何事,赋得愁心尔许深?’”鄢陵属于今河南许昌,地势平坦,所以汪琬和梁熙开玩笑。接着又调侃王渔洋,你既然那么喜欢江南,为什么还跑去京师做官?对于王渔洋来说,随着诗名越来越大,离开扬州去京师做官,也有着某种必然性。此后,一些山水题画诗,对于他来说,很多时候寄托了对于江南的思念,并不可以单纯看作是在故作姿态。

冬日读唐宋金元诸家诗，偶有所感，各题一绝于卷后，凡七首(其三)

原文

庆历文章宰相才①，晚为孟博②亦堪哀。
淋漓大笔千年在，字字《华严》法界来③。子瞻

注

① “庆历”句：元脱脱《宋史·曹皇后传》：“苏轼以诗得罪，下御史狱，人以为必死。后违豫中闻之，谓帝曰：‘尝忆仁宗以制科得轼兄弟，喜曰：吾为子孙得两宰相。今闻轼以作诗系狱，得非仇人中伤之乎？”

② 孟博：《宋史·苏轼传》：“母程氏亲授以书，闻古今成败，辄能语其要。程氏读东汉《范滂传》，慨然太息。轼请曰：‘轼若为滂，母许之否乎？’程氏曰：‘汝能为滂，吾顾不能为滂母邪！’”范滂(137—169)，字孟博，汝南征羌(今河南漯河市召陵区)人。东汉大臣、名士。举孝廉出身，迁汝南郡功曹。因弹劾权贵，后遭遇党锢之祸。灵帝建宁二年(169)英勇就义，死时年仅三十三岁。

③ “字字”句：钱谦益《初学集》卷八十三《读苏长公文》：“吾读子瞻《司马温公行状》《富郑公神道碑》之类，平铺直序，如万斛水银，随地涌出，以为古今未有此体，茫然莫得其涯涘也。晚读《华严经》，称性而谈，浩如烟海，无所不有，无所不尽，乃喟然而叹曰：子瞻之文，其有得于此乎？文而有得于《华严》，则事理法界，开遮涌现，无门庭，无墙壁，无差择，无拟议，世谛文字，固已荡无纤尘，又何自而窥其浅深，议其工拙乎？朱少章云：‘东坡未作《胜相经藏》及《大悲阁记》，尝与陈季尝论文曰：某独不曾作《华严经》耳。季尝指鱼魫冠曰：请拟《华严经》颂之。坡索笔疾书，不易一字。’少章知《鱼魫冠颂》之为《华严》，而不知他文之皆《华严》也。……然则子瞻之文，黄州已前，得之于庄；黄州已后，得之于释。吾所谓有得于《华严》者信也。中

唐已前，文之本儒学者，以退之为极则；北宋已后，文之通释教者，以子瞻为极则。”

鉴赏

神韵诗派一般被认为是宗唐的，但其实王渔洋对于宋诗，甚至元、明诗都有肯定与学习。这首诗表达了他对于苏轼人格与诗才的崇敬。首句写苏轼的才华，在仁宗朝就已经得到了皇帝的赏识与肯定。苏轼不仅诗文过人，而且是宰相之器。虽然他在哲宗朝，最高只有做到翰林学士、侍读学士、礼部尚书等职，可谓未尽其才；晚年还被贬惠州、儋州，从个人遭际来看，其实是不幸的。第二句写东坡为什么会遭遇这样不公平的命运呢？因为他从小就接受母教，长大想要做一个像东汉范滂那样的人。范滂是东汉的大臣、名士，与郭林宗、宗慈、巴肃、夏馥、尹勋、蔡衍、羊陟并称为“八顾”，也就是能以德行引导他人的人。范滂清廉正直，不畏奸佞。临终前与母亲依依惜别，母亲对他说：“汝今得与李（膺）、杜（密）齐名，死亦何恨！既有令名，复求寿考，可兼得乎？”（《后汉书·党锢列传》）而苏轼一生的个性，就如他在《思堂记》里的说得那样：“言发于心而冲于口，吐之则逆人，茹之则逆余。以为宁逆人也，故卒吐之。君子之于善也，如好好色；其于不善也，如恶恶臭。岂复临事而后思，计议其美恶，而避就之哉！是故临义而思利，则义必不果，临战而思生，则战必不力。若夫穷达得丧，死生祸福,则吾有命矣。”觉得想要说的话,一定要说出来,宁可得罪人,也不可以对不起自己的良心。所以他一生的贬谪,都与不肯与当时的新党妥协有关;甚至旧党做得不对的地方,他也要出来说一些公道话。

最后两句写苏轼的诗文,就如钱谦益说的那样,“如万斛水银,随地涌出”,“事理法界,开遮涌现”,已经达到了一种随心所欲的自由境界。黄州以前,苏轼受到《庄子》的影响很大;黄州以后,更多受到佛教的影响。而佛教的影响,除了禅宗以外,《华严》对他的影响也很大。《华严经》,全称《大方广佛华严经》,属于大乘佛教的要典之一。元丰二年(1079)苏轼知湖州时,曾作《送刘寺丞赴余杭》:“我老人间万事休,君亦洗心从佛祖。手香新写《法界观》,眼净不觑登伽女。”《法界观》即唐宗密所作《注华严法界观门》,是华严宗的重要著作。法界观有三重之别:第一重真空观,相当于四法界中之理法界。乃观一切诸法原无实性,色即是空,空即是色,空与色无碍,而泯绝无寄。第二重理事无碍观,相当于理事无碍法界。乃观差别之事法与平等之理性炳然而存,两者相遍、相成、相害、相即、相非,无碍镕融。第三重周遍含容观,相当于事事无碍法界。乃观事事物物之大小相融、一多相即,遍摄无碍而交参自。(星云大师、慈怡编《佛光大辞典》)这样的一种世界观,一方面使得苏轼能够以更加坦然的心态来面对生活中的各种逆境与打击,同时在文学艺术方面,也能够触类旁通,挥洒自如。王渔洋崇敬苏轼的高尚人格与文学天才，在《渔洋诗话》卷上引杜濬诗："杜于皇咏坡公云：'堂堂复堂堂，子瞻出峨眉。早读《范滂传》，晚和渊明诗。'龚端毅每诵之，以为二十字说尽东坡一生。余因忆宋人一诗云：'东坡谪岭南，时宰欲杀之。饱吃惠州饭，细和渊明诗。'二作殆不易轩轾。"宋人诗指黄庭坚《跋子瞻和陶诗》。

冬日读唐宋金元诸家诗，偶有所感，各题一绝于卷后，凡七首(其四)

原文

一代高名孰主宾，中天坡谷两嶙峋①。
瓣香只下涪翁拜，宗派江西第几人②？鲁直

注

① “中天”句：王士禛《古诗选·凡例》：“苏文忠公凌踔千古，独心折山谷之诗，数效其体，前人之虚怀如此，后世腐儒乃谓山谷与东坡争名，何其陋邪！山谷虽脱胎于杜，顾其天姿之高，笔力之雄，自辟庭户。宋人作《江西宗派图》，极尊之，配食子美，要亦非山谷意也。”

② “瓣香”二句：金元好问《论诗三十首》(其二十八)：“古雅难将子美亲，精纯全失义山真。论诗宁下涪翁拜，未作江西社里人。”黄庭坚，字鲁直，自号山谷道人，晚号涪翁。

鉴赏

此篇谈对黄庭坚诗歌的评价问题。前两句主要谈东坡、山谷之优劣。王渔洋晚年在《古诗选·凡例》中，也涉及到了这个问题。他认为苏轼凌踔千古，却特别喜欢山谷的诗，数效其体，并不是两人要争名，而是虚怀若谷，互相学习。又他在《池北偶谈》卷十八中说：“许彦周《诗话》云：‘东坡诗不可轻议，词源如长江大河，飘沙卷沫。枯槎束薪，兰舟绣鹢，皆随流矣。珍泉幽涧，澄泽灵沼，无一点尘滓，只是体不似江河耳。’林艾轩论苏、黄云：‘譬如丈夫见客，大踏步便出去；若女子便有许多妆裹，此坡、谷之别也。'"认为东坡的诗，如长江大河，无施不可；而山谷如女子，过于修饰。则其实对于苏的评价，要略高于黄。

但王士禛对黄庭坚又是十分尊重的，所以此诗后两句，是在翻金元好问《论诗三十首》（其二十八）的案。元好问认为，山谷之诗其实在古雅方面，并没有达到杜甫的境界；在精纯方面，也未得李商隐真传。所以他作诗不愿意学习黄庭坚，也不屑于做江西诗派中人。而王渔洋与元好问的论点不同。他认为山谷是值得学习的，但不一定要做江西社里人。他在《居易录》卷十七中，曾对同时代的张泰来《江西诗派图录》表示疑问。认为宋代刘克庄在《江西诗派总序》里，已经对吕本中《江西诗社宗派图》提出质疑。"其次第则首山谷，次后山、韩子苍、徐师川、潘邠老、三洪（龟父、驹父、玉父）、夏均父、二谢（无逸、幼槃）、二林（子仁、子来）、晁叔用、汪信民、李商老、三僧（如璧即饶德操、祖可、善权）、高子勉、江子之、李希声、杨信祖、吕紫微，合山谷为二十四人。"总之，他认为这个表在宋代就已经说法不一，所以不必过于拘泥。

题施愚山《卖船诗》后[1]

原文

国家急廉吏，将以风百僚。
如何十年来，吏道纷吴敖[2]。
哀哉此下民，鞭朴分安逃。
鲁山与阳城[3]，斯人竟难招。
江西饱乱离，白骨填蓬蒿。
石田废不治，遗黎杂山魈[4]。
一二老寡妻，茕茕困征徭。
昔者数守令，为政严风飙。
峻令盛诛求，细不遗龀龆[5]。
金玉竞辇致，乐哉共宣骄。
宪府[6]前上寿，鞠跽[7]一何劳。
公堂侮下民，意气一何豪。
寡妻哭向天，血泪埋荒郊。
乱后几子遗，乃以资汝曹。
是时宛陵公，持节吉临[8]交。
为政贵简易，洁己先清翛[9]。
放衙苔藓净，飞鸟营其巢[10]。
赋诗《弹子岭》[11]，慷慨同《石壕》。

白鹿与青牛[12]，斯道谁鼓橐[13]。
公独奋百世，皋比[14]陈唐尧。
廉耻存纲维，义利穷毫毛。
兰芷变荆棘，孔鸾革鸱枭。
汝曹即不仁，宁终肆阚虓[15]。
七载一舸归，无物充官艘。
两郡万黔首，留公但号咷。
读公《卖船诗》，中心何忉忉[16]。
填膺抒此词，庶以备风谣。
他年韦丹碑[17]，会见留江皋。
翘首望宇中，烟火尚萧条。
安得百施公，为时激顽浇[18]。

注

① 施愚山：施闰章(1618—1683)，字尚白，号愚山，江南宣城(今属安徽)人，明末清初诗人。历官江西布政司参议、翰林侍讲、翰林院侍读等。与宋琬齐名，有"南施北宋"之誉。有《愚山诗文集》等。其《卖船行》诗："谁言在官有余禄，倒箧购书犹不足。谁言薄宦无长物，故人赠船如大屋。载书千卷船未满，四坐词人命弦管。清江白鹭伴往还，楚歌骚激吴歌缓。自拟相将汗漫游，归来萧索妻孥愁。亲朋环顾只空手，不如弃此营菟裘。近日括船军令急，战舰连樯如雨集。大船被执小船破，长年窜伏吞声泣。去官那敢说官船，泛宅终输枕石眠。欲藏无壑卖不售，且系青溪芦荻边。"

② 吴敖：《诗经·周颂·丝衣》："不吴不敖"。吴，喧哗。敖，通"傲"，傲慢。

③ 鲁山与阳城：鲁山，即元德秀(696—754)，字紫芝，唐河南(今河南

洛阳)人。为鲁山令时,清正廉洁,名重当时。阳城(736—805),字亢宗,唐定州北平(今河北满城)人。为道州刺史,治民如治家。

④ 山魈(xiāo):传说中的山间鬼怪。

⑤ 龀(chèn)龆(tiáo):龀与龆均指儿童换牙,代指儿童。

⑥ 宪府:御史台。这里代称监察御史。

⑦ 鞠跽(jì):鞠,弯曲。跽,长跪。意为折腰小跪。

⑧ 吉临:指吉安府、临江府。

⑨ 清翛(xiāo):清静、自得。

⑩ 飞鸟营其巢:《太平御览》卷九二一:"《益部耆旧传》曰:'广汉景毅,益州太守,鸠巢于厅事,雏卵孕育。'"

⑪《弹子岭》:即施闰章《弹子岭歌》诗,诗题下注:"岭在新喻县北,距城百里。"其诗云:"渝川捕民如捕贼,鸟惊兽骇各南北。有时怒臂聚群力,遣骑飞符呼不得。仰天峰外蒙山高,中有仄径缘秋毫。夹路荆榛虎豹嗥,负嵎走险容尔曹。巉岩更有弹子岭,居人半入青天影。隔山十里越邻境,百年风俗成顽梗。吾闻此乡山水奇,重岩邃壑多幽姿。如何输税独无期,忍使催科困有司?及此不戢后难治,破巢歼灭中心悲。尔不见,黄木江,前年杀人如薙草,区区弹子何足道。(黄木江,新喻县地,先是二年,以民顽用兵。)"

⑫ 白鹿:即庐山白鹿洞书院。南唐开元中建学馆,以李善道为洞主,掌其教授。青牛:即庐山青牛谷。据马令《南唐书》:"郑元素,华原人也,少习《诗》《礼》。避乱南游,隐居于庐山青牛谷,高卧四十余年,采薇食蕨,弦歌自若。构椽剪茅于舍后,会集古书,至千余卷。"

⑬ 鼓橐(tuó):鼓动风箱,这里指倡导。

⑭ 皋比:即虎皮。

⑮ 阚(hǎn)虓(xiāo):《诗经·大雅·常武》:"进厥虎臣,阚如虓虎。"阚如,虎怒貌。虓,亦作哮,虎吼。如虎一样吼叫,喻凶顽。

⑯ 忉(dāo)忉:忧愁的样子。

⑰ 韦丹碑:韦丹(753—810),字文明,京兆万年(今陕西西安)人。唐朝时期循吏,曾任江南西道观察史等。《新唐书·循吏列传》:"太和中,裴谊观察江西,上言为丹立祠堂,刻石纪功,不报。宣宗读《元和实录》,见丹政事卓然,它日与宰相语:'元和时治民孰第一?'周墀对:'臣尝守江西,韦丹有大功,德被八州,殁四十年,老幼思之不忘。'乃诏观察使纥干臮上丹功状,命刻功于碑。"

⑱ 顽浇：愚钝浇薄者。

鉴赏

此诗作于康熙十年(1671)，当时王士禛在京师任户部福建清吏司郎中。作诗的缘由，当是因为读到了好友施闰章的《卖船诗》。施闰章年长于王渔洋，两人很早在济南就有交往。顺治十八年(1661)，施闰章调任江西布政司参议，分守湖西道。在官期间，他关心民瘼，为官清廉。康熙六年(1667)，清廷裁撤道使，施闰章被罢官。当地父老想要挽留他，集资建龙冈书院，请他讲学三天。临走前，两袖清风，只有数千卷书。御史送的官船因为太轻，老百姓只好争着买石膏来压舱。过湖后，因为缺乏旅资，想把船卖掉，却又卖不掉。施闰章把这些都写到了《卖船诗》里。数年后，王渔洋读到了这首诗，有感于施闰章的廉洁，以及贪官污吏的腐败，写下了这首诗。这在王渔洋的集子里，也是不多的直面现实黑暗的作品。

此诗一韵到底，翁方纲认为可以和元结的《舂陵行》相颉颃。诗中写到，良吏难得，元德秀和阳城，都只是出现在古代的历史书里而已。江西贫瘠之地，民不聊生。百姓流离失所，村里只剩下一些老人和寡妇，过着鬼畜一样的生活。地方官却征求不已，连小孩子都不放过。聚敛而得的财物，被用车运载，去讨好上司。他们为监察御史上寿，前倨后恭，是多么地谦卑；在衙门里欺负小老百姓，又是另外一副面孔。到处都是白骨和乱坟,施闰章就是在这样的情况下,来到江西的。他分管吉、临、袁三州,为政务清静,以稳定民心。他志趣高远,衙门里都长出了苔藓,有鸟在里面做巢。他还写了一系列的好诗,如《弹子岭》,就像当年杜甫写《石壕吏》一样。他敢于为民众发声,控诉官逼民反,老百姓为躲避苛政,都跑到和外界难于交通的山岭上去生活了。他还兴办书院,亲自主讲,宣扬礼义廉耻,维持国家法纪。经他努力,终于移风易俗,把当地恶劣的民风改良了过来。为官七载,坐着一艘空船回家。吉安、临江两府的百姓,因为舍不得他离开,而在江边号啕痛哭。作者读了他的《卖船诗》之后,控制不住内心的激愤。相信施公的名声,一定会像唐代的韦丹碑那样,留在江边。环顾宇内,因为多年的战火,很多地方还很萧条。多么希望能够有更多像施公这样的人,来改变官场的不良风气。让人觉得讽刺的是,施闰章在当地做出了这么多的成绩,却反而因此有可能引起了清廷的猜忌,而被列为裁汰之列。关于这些,王渔洋并没有在诗中去多写,而让读者自己去思考其中的原因。

题张魏公[1]墨迹后

原文

淮西白骨接苻离[2]，三十年中几丧师。
太息长城君自坏，军中空卓曲端旗[3]。

注

① 张魏公：张浚（1097—1164），南宋大臣。字德远，汉州绵竹（今属四川）人。出入将相，封魏国公。志在抗金，屡遭败绩。有人以为其伤军误国，志大才疏。

② “淮西”句：绍兴七年（1137）八月，南宋军队原隶属刘光世所部的统制官郦琼等发动叛乱，带领全军四万余人，并裹胁百姓十余万投降金人傀儡伪齐刘豫，史称“淮西兵变”。有史家认为，这与张浚调度无方，不听岳飞劝告，以王德为淮西都统使，郦琼副之，而琼、德关系素不睦有关。隆兴元年（1163），宋孝宗以张浚为都督，主持北伐。苻离之战，因部将不协，诸将相继违令逃遁，金军追击，宋军大溃。

③ “军中”句：宋罗大经《鹤林玉露》：“曲端在陕西，甚有威望。张魏公宣抚，首擢用之。金人万户娄室与撒离曷等寇邠州，端击败之。至白店原，又大败之。撒离曷乘高望师，惧而号哭，金人因目之为‘啼哭郎君’。后以端恃功骄恣，废不用。又惧其得士心，竟杀之。自端之死，众心稍离。金人再入，战于富平。我师诈张端旂以惧敌。娄室知端已死，拊掌笑曰：‘何绐我也！’于是尽锐力攻，我师败绩，自是陕西非我有矣。”

鉴赏

此诗讨论南宋大臣张浚的功过与评价问题，指出张浚一生的很多重大失误。而写作此诗的缘由，据《居易录》卷一：“江盈科进之集中咏张浚一绝句云：‘禹圣安能盖鲧凶，曲端冤与岳飞同。何人为立将军庙，更把顽金铸魏公。’予昔于慈仁寺市睹浚墨迹，极劣，因题一诗跋其后云：‘淮西白骨接苻离，三十年中几丧师。太息长城君自坏，军中空卓曲端旗。’宋岳侍郎珂著《桯史》，述曲端本末甚详。”这首诗短短四句，其实内涵十分丰富。

前两句写张浚因为指挥失当，从绍兴七年（1137）到隆兴元年（1163），三十年不到的时间内造成南宋军事上的两次失败，其实远远不止这些。“淮西兵变”主要是由于刘光世骄惰怯敌被罢军职，而张浚当时任都督，不同意把刘的旧部并给岳飞，以刘光世部将王德任左护军都统制，郦琼任副都统制。因为王、郦关系一直不好，结果导致郦琼谋叛，率全军四万人渡淮，降刘豫。朱熹对此事的评价是：“光世在当时贪财好色，无与为比，军政极是弛坏，罢之未为不是，但分付得他兵马无着落。”（《朱子语类》卷一百三十一）意思是罢免刘光世并非毫无道理，只是没有能够把他的部下安顿好。当时张浚屯兵淮上，正准备讨伐伪齐。因为出了这样的疏漏，被贬谪罢相。隆兴元年，宋孝宗锐意北伐，张浚进枢密使，都督江南东西路军马。虽初战告捷，结果又因为宋军在符离被金军攻击，邵宏渊坐视不战，其子又率先逃窜，李显忠被迫退兵，宋军溃败。此战对南宋打击重大，遂被迫议和，宋对金称侄皇帝，不再称臣。每年向金贡献银、绢二十万两匹，史称“隆兴和议”。

后两句又写张浚早年在川陕处理曲端的问题上，已经有所失误。建炎四年(1130),曲端在两次邠州之战和彭原店之战中,屡屡击败金兵。建炎三年(1129)张浚在任川陕宣抚处置使时,起先想利用曲端的威名,曾拜曲端为威武大将军、宣州观察使、宣抚处置使司都统制。但后来因为曲端不服从指挥,被张浚夺去军权,贬为海州团练副使,安置到万州。绍兴元年(1131)曲端又被抓进监狱,屈死在狱中。这种自坏长城的行为,导致的直接结果是富平之役战败,宋朝西师主力尽失,陕西六路渐趋沦丧。绍兴二年,张浚被罢宣抚处置使,仍知枢密事。张浚虽然有很多过错,但也并非一无是处。所以历史上仍然有很多人对他评价很高,杨万里甚至称他为"身兼文武之全才,心传圣贤之绝学","中兴以来,一人而已"。(明杨士奇等《历代名臣奏议》卷二十二)总之,张浚是一个有争议的人物,而且争议很大。主要原因在于他虽然有很多失误,但仍然在抗金方面,有不少功劳。很多时候,他的主观动机也许是好的,但因为格局不够,导致用人不当,经常在一些关键的时刻,功亏一篑。但这也并不能说都是他一个人的过错,而是与整个南宋的君臣猜忌、综合国力都有很大的关系。作为一首绝句来说,王渔洋对张浚一生的评价,称得上是言简意赅,观点鲜明。另外王渔洋擅长书法,写这首诗,不排除因为他看到张浚的书法不佳,所以由字及人,对其能力产生了怀疑。

碧云寺[1]魏阉[2]葬衣冠墓

原文

恭显坐中书，能死前将军[3]。
《赤伏》尽钩党[4]，祸始诛李云[5]。
读史长太息，闵彼汉运屯。
我来西山游，极目多丘坟。
何人穿复土[6]，双阙高嶙峋。
天禄与辟邪，夹道纷错陈。
大书复深刻，似欲骄千春。
冢中玉蟾蜍，变化亦有神。
岂知穷奇骨，不得安穸窀[7]。
牢石与五鹿[8]，弹指随飙尘。
嗟哉阳司隶[9]，毅魄为青燐。
狐貉同一丘，无事劳沾巾。
松风催落日，泥饮当千巡。
西望咸阳原[10]，石马断荆榛。

注

① 碧云寺：在今北京香山公园内，明天启三年(1623)，魏忠贤扩建碧云寺，并修建坟墓。

② 魏阉：魏忠贤(1568—1627)，北直隶肃宁(今属河北)人，明朝末年宦官。明熹宗时期，出任司礼秉笔太监，极受宠信，被称为“九千

岁”。崇祯帝继位后，打击惩治阉党，治魏忠贤十大罪，被捕后自缢而亡。

③ “恭显”句：石显（？—前32），字君房，济南（今山东章丘）人，汉宣帝至汉元帝时期宦官。弘恭（？—前47），西汉沛（治今安徽濉溪）人。宦官，宣帝时为中书令。元帝时与石显共擅朝政。《汉书·佞幸传》：“恭为令，显为仆射。元帝即位数年，恭死，显代为中书令。是时，元帝被疾，不亲政事，方隆好于音乐，以显久典事，中人无外党，精专可信任，遂委以政。事无小大，因显白决，贵幸倾朝，百僚皆敬事显。”前将军萧望之上书元帝，希望他远离阉人，由此得罪恭、显。最后望之因为受到诬告，服毒自尽。

④ “《赤伏》”句：《后汉书·光武帝纪》：“光武先在长安时，同舍生彊华，自关中奉《赤伏符》，曰：‘刘秀发兵捕不道，四夷云集龙斗野，四七之际火为主。’”《后汉书·灵帝纪》：“制诏州郡，大举钩党。于是天下豪杰及儒学行义者，一切结为党人。”

⑤ 李云（？—159），字行祖，东汉甘陵（治今山东临清东北）人。因“露布上书”，忠言直谏，惹怒桓帝，最后屈死狱中。

⑥ 复土：挖掘洞穴放下棺木，再用所挖的泥土覆盖于棺上。

⑦ 穸（xī）窀（zhūn）：墓穴。

⑧ “牢石”句：《汉书·佞幸传》：“显与中书仆射牢梁、少府五鹿充宗结为党友，诸附倚者皆得宠位。民歌之曰：‘牢邪石邪，五鹿客邪！印何累累，绶若若邪！’言其兼官据势也。”

⑨ 阳司隶：指阳球（？—179），东汉大臣。字方正，渔阳泉州（今天津市武清西南）人。好申韩之学。光和二年（179）迁司隶校尉，疾中常侍王甫等乱政及太尉段颎阿附宦官，上奏收甫、颎等。王甫父子死于杖下，颎亦自杀，由是权贵震动。后为宦官陷害下狱，被杀。这里以阳球借指明朝杨涟（1572—1625），字文孺，号大洪，湖广应山（今湖北广水）人。“东林六君子”之一，因疏列魏忠贤二十四大罪，被诬陷受贿，历经拷打，惨死狱中。《后汉书·酷吏传》：“时，中常侍王甫、曹节等奸虐弄权，扇动外内，球尝拊髀发愤曰：‘若阳球作司隶，此曹子安得容乎？’”

⑩ 咸阳原：今陕西咸阳一带，多古代帝王陵墓，这里指代明朝皇帝的昌平十三陵。

鉴赏

此诗作于康熙十一年(1672),此年王渔洋在户部福建清吏司郎中任。这首五古一韵到底,当作于正月与宋琬、谢重辉、兄西樵同游西山之时。魏忠贤是明朝末年的大太监,在熹宗朝把持朝政,卖官鬻爵,加速了明朝的灭亡。崇祯皇帝上台后,整治宦党,魏忠贤在阜城畏罪自杀。王渔洋游碧云寺,发现魏阉的衣冠冢仍赫然存在,而且规模逾制,不禁感慨系之。此诗前三句,先从汉代的宦官之祸写起。弘恭、石显都是《汉书·佞幸传》中的人物,他们年少时因为犯法受了腐刑,后来都成了太监、中书令,权倾一时。前将军萧望之因为上书元帝,希望皇帝能够远离宦官佞人,更置士人,得罪了弘恭、石显,后遭构陷,不愿受捕,服毒自尽。西汉是这样,东汉又何尝不是如此?虽然《赤伏符》里面说刘秀是天命所归,但到了灵帝时,最终因为党锢之祸,十常侍独霸朝纲,还是难逃覆灭。而这一切的起因,就是由于桓帝时,李云“露布上书”直谏,被下狱处死开始的。每次读史到此,怎不让人感叹!

后五句写自己来到西山游玩,看到这里丘垅很多。有人复土堆叠,双阙高耸,道路两边还有天禄与辟邪。墓前碑文大书深刻,似乎想要流传千秋万代一样。就和春秋时代的昏君晋灵公一样,墓中居然还有神奇的玉蟾蜍。《西京杂记》卷六:“晋灵公冢甚瑰壮,四角皆以石为玃犬捧烛,石人男女四十余，皆立侍。……其余器物皆朽烂不可别，唯玉蟾蜍一枚，大如拳，腹空，容五合水，光润如新。”接下来七句，王渔洋对魏阉的衣冠冢，进行了不留情面的抨击。他认为魏忠贤死后被肢解，这个生前造的墓其实并没有派上用场；明正德中，太监于经也在这里造墓，结果下狱死。两个太监最后都没什么好下场，就好像名山有灵，不为他们藏尸一样。历史上那些声势赫赫、趋炎附势的人，就如石显结纳牢梁与五鹿充宗，弹指间灰飞烟灭。杨涟的品格是多么高尚，抗击阉党，宁死不屈。这种埋藏狐貉的地方，不值得凭吊。松林间夕阳西下，不如一醉方休。向西瞻望昌平十三陵，往事都已经消散在历史的烟云里，只有石马屹立在乱草丛中。

据《香祖笔记》卷一记载，康熙四十年(1701)，江南道监察御史张瑗题《逆恶之罪，既已正典于前朝；私竖之碑，岂宜传流于后世，亟请乾纲敕毁，以儆奸邪，以垂鉴戒事》，其中写到：“臣奉命巡视西城，前往西山一带查阅，至香山碧云寺，寺后峻宇缭墙，覆压数里，郁葱绵亘，金碧辉煌。疑是前代王侯寝宫，询之土人，乃知为故明罪恶滔天磔尸身后逆珰魏忠贤之墓。”张认为“夫魏忠贤者，在故明天启时窃操国柄，屠毒忠良，恶贯满盈，一时群小皆出其门，德碑生祠，几遍天下，神人共愤，道路以目。至崇祯初年，罪状发露，押往祖陵，潜行自尽，磔尸河间。迄今公论在人，尚恨戮尸不足以蔽厥辜，乃畿辅近地，尚留此秽恶之迹，僭越之制，何以儆巨憝、昭大法哉！”后康熙下旨命令“仆毁铲平”。张瑗是王士禛康熙三十年（1691）所取会元，此事在当时受到很多人的称颂。而其实王士禛在三十年前，就已经在诗中表达过这样的愿望。可以认为，这些描写明代事迹的诗歌，也比较曲折地表达了王渔洋的故国之思。

故明景帝[1]陵怀古

原文

金山南临裂帛湖[2]，荒陵十里鸺鹠[3]呼。
夺门事[4]往二百载，行人过此犹欷歔。
红墙剥尽古瓦落，莓苔溜雨生铜铺。
老松离立[5]色枯槁，但穴虫蚁余根株。
菆涂龙輴礼本杀[6]，矧乃劫火经樵苏。
咫尺天寿[7]云气接，抔土独葬西山隅。
洪宣老臣[8]稍凋丧，国成一旦归刑余[9]。
勃鞮之问[10]史所贬，讵有宦寺干征诛。
黄沙惨澹鼓声死，万乘一掷成累俘[11]。
国有君矣社稷重[12]，孙申谋郑[13]无差殊。
白登城南翠华返[14]，钱塘司马[15]功难诬。
纷纷南渡议和战，乃知计左非良图。
仝寅[16]之占信奇中，朝衣东市[17]嗟何辜。
剑南[18]归来西内闭，唐家父子输庞奴[19]。
处人骨肉事非易，子臧[20]季札今则无。
功罪千秋有特笔，九鼎一发须人扶。
谥同泉鸠[21]理太酷，纪年犹幸无革除。
裁令流水良亦足，宁论玉匣还珠襦[22]。

欲落不落夕阳下，吊古且复留斯须。
残碑灭没牛砺角[23]，石�[24]横卧苍髯须。
君臣一代尽宿草，雍门[25]太息当何如。

注

① 明景帝：朱祁钰(1428—1457)，史称明景帝、景泰帝、明代宗。明宣宗朱瞻基次子，明英宗朱祁镇(1427—1464)弟。正统十四年(1449)"土木之变"，英宗被俘。朱祁钰即帝位，击退蒙古瓦剌部入侵。英宗获释后于景泰八年(1457)发动"夺门之变"，复帝位。朱祁钰死后以亲王礼葬于金山口，嘉靖时改建为帝陵。

② 裂帛湖：明刘侗《帝京景物略》卷七："去(玉泉)山不数武，遂湖，裂帛湖也。泉迸湖底，伏如练帛，裂而珠之，直弹湖面，涣然合于湖。"

③ 鸺(xiū)鹠(liú)：猫头鹰的别名，是鸱鸮的一种。

④ 夺门事：《明史·英宗后纪》："天顺元年春正月壬午，昧爽，武清侯石亨，都督张軏、张輗，左都御史杨善，副都御史徐有贞，太监曹吉祥以兵迎帝于南宫，御奉天门，朝百官。徐有贞以原官兼翰林学士，入阁预机务。日中，御奉天殿即位。下兵部尚书于谦、大学士王文锦衣卫狱。"

⑤ 离立：并立。

⑥ "菆(zōu)涂"句：《礼记·檀弓上》："天子之殡也，菆涂龙輴以椁。"孔颖达疏："菆，丛也。谓用木菆棺而四面涂之，故云菆涂。龙輴者，殡时輴车载柩而画辕为龙。"杀，礼有隆杀，隆指隆重，杀指简省。

⑦ 天寿：天寿山，在今北京昌平，明十三陵俱在其麓。

⑧ 洪宣老臣：洪熙、宣德老臣，指张辅、杨士奇、杨荣、杨溥、胡濙诸人。

⑨ 刑余：阉人，即太监。

⑩ 勃鞮(dī)之问：《左传·僖公二十五年》："晋侯问原守于寺人勃鞮。"

⑪ "万乘"句：指"土木之变"。正统十四年(1449)瓦剌首领也先攻明。宦官王振挟持英宗率五十万大军亲征，至大同，闻前方失利，惊慌撤退。后于土木堡为瓦剌军击败，明军死伤过半，英宗被俘。

⑫ "国有"句：李梦阳《空同集》卷四十一《少保兵部尚书于公祠重修碑》："贼酋拥太上皇大同城下，勒降也。大同人登城谢曰：'赖天地

宗社之灵,国有君矣!'至宣府城下,宣府人登城谢曰:'赖天地宗社之灵,国有君矣!'至京城下,京城人又谢曰:'赖天地宗社之灵,国有君矣!'于是公飏言曰:'岂不闻社稷为重,君为轻。'斯言也,事以之成,疑以之生者欤?"

⑬ 孙申谋郑:《左传·成公九年》,晋人执郑伯,"郑人围许,示晋不急君也。是则公孙申谋之,曰:'我出师以围许,为将改立君者,而纾晋使,晋必归君。'"

⑭ "白登"句:《明史·景帝纪》,景泰元年(1450)八月,"上皇还京师,帝迎于安东门,入居南宫"。

⑮ 钱塘司马:于谦(1398—1457),字廷益,号节庵,浙江钱塘(今杭州)人。"土木之变"后,英宗兵败被俘,他力排南迁之议,坚请固守,升任兵部尚书。英宗复辟,含冤遇害。弘治二年(1489),追谥"肃愍"。万历间改谥"忠肃"。

⑯ 仝寅,字景明,山西安邑(今夏县)人,明朝占卜之士。

⑰ 朝衣东市:《史记·袁盎晁错列传》:"吴楚七国果反,以诛错为名。及窦婴、袁盎进说,上令晁错衣朝衣斩东市。"

⑱ 剑南:即剑南道,唐太宗贞观元年(627)置,开元以后治益州(今成都)。

⑲ "唐家父子"句:以唐玄宗与其子唐肃宗来指代英宗与景泰帝兄弟间的复杂关系。清查继佐《罪惟录》卷二十七:"上皇居南宫,锦衣卫指挥卢忠上变告,景帝怒,杀中官阮浪,犹穷治不已。忠冀大得志,请寅(仝寅)筮。寅叱咤曰:是大凶兆,死不足赎。忠惧而佯狂。上皇复辟,忠坐诛。授寅锦衣卫百户,辞,不许。"

⑳ 子臧,春秋时期曹国公族,曹宣公之子,有让国之贤。

㉑ 泉鸠:即泉鸠里。汉戾太子刘据,汉武帝嫡长子,为政以德,后因遭构陷出逃,死于泉鸠里(在今河南灵宝)。

㉒ 玉匣、珠襦:《西京杂记》:"汉帝送死皆珠襦玉匣。匣形如铠甲,连以金缕。"

㉓ 牛砺角:韩愈《石鼓歌》:"牧童敲火牛砺角。"

㉔ 玃(jué):古书上说的一种大猴子。

㉕ 雍门:指雍门子周,古之善琴者。宋吴淑《事类赋》:"《说苑》曰:雍门周以琴见孟尝君。孟尝君曰:'先生鼓琴能令我悲乎?'周曰:'所能令悲者先贵后贱,先富后贫,屈折摈压,无所告诉。今足下千乘之君,虽有善琴,未能使足下悲也。然千秋万岁之后,高台倾,曲池堑,

坟墓既以平，婴儿竖子樵采者踯躅其足而歌其上曰：夫以孟尝君尊贵，乃若是乎？'孟尝君遂泣下垂脸。周引琴而鼓之，徐动宫徵，拂羽角。孟尝君涕泣增哀，下而就之曰：'闻先生鼓琴，立若破国亡邑之人也。'"

鉴赏

这又是一首怀古之作。作者经过金山裂帛湖，看到明代宗朱祁钰的景帝陵一片荒芜，不禁心生感慨。明英宗朱祁镇夺门之事已经过去二百多年了，后人来到这里，想起往事，仍是唏嘘不已。景泰陵红墙斑驳，古瓦残破。遍地苔藓，人迹罕至。老松并立，颜色枯槁，根株里也布满蚁穴，没人打理。明代宗于景泰八年(1457)正月，突然得了重病。正当大家在担忧皇储的问题时，徐有贞等人突然发动"迎驾夺门"，英宗重新登基。二月，朱祁钰离奇死亡。英宗废其帝号，赐谥号为"戾"，称"郕戾王"，这是一个恶谥。他被按照亲王的礼制，葬在北京西山，所以代宗成了明代唯一一位在迁都北京后，没有葬在帝王陵寝的明代皇帝。可就是这样一座陵墓，仍然几同废弃，历经劫火与采伐。再看看昌平那些云气缭绕的十三陵，更衬托出明景帝身后的凄凉。作者觉得这样做是不公平的，因为明代宗临危受命，其实对保存大明的江山，是有功劳的。

再下来诗作回顾英宗正统十四年(1449)的土木堡之变。洪、宣老臣已经渐渐凋丧，想当年朱祁镇登基时，年仅十岁；正统八年(1443)正式亲政，宠信王振，导致宦官专权。历代宦官专权的政权，都没有什么好结果。《左传》里面，晋文公问寺人勃鞮，谁来守原，不能公议于朝，准备委派赵衰，受到了后人的讥议。英宗这次也犯了同样的错误，面对瓦剌太师也先的进犯，不顾朝臣的反对，听从宦官王振的意见，御驾亲征，最后一再错失撤退时机，战败被掳，二十万军队被击溃，从行的数十位文武官员全部战死。在此千钧一发之际，大臣于谦坚持保卫都城北京，反对迁都南京。由于皇太子朱见深年仅两岁，于谦等又奏明皇太后，立明英宗的弟弟朱祁钰为帝。所以当也先用明英宗来要挟明军投降时，大同、宣府、京城的守军都说我们已经有皇帝了。于谦还说："社稷为重，君为轻"，这当然深深刺痛了身在敌营的英宗。之所以这样做，因为《左传》里也记载有郑成公被晋抓去，公孙申出主意，故意让郑国去围许国，让晋国觉得郑国要另立国君了，这样扣着郑公没什么用，就会放回。事实也果然如此，朱祁镇被关了一年就被放回。不管怎么说，于谦在北京保卫战中是有功的。当大家都在讨论南迁时，是他坚决主张保卫北京，守卫祖宗基业和陵园，并取得了最后的胜利，避免了南北割据对峙的局面。其实，明英宗的命运，仝寅都已经为他算中了，是无法避免的。一代名臣、民族英雄于谦，最终在明英宗复辟成功后，含冤遇害。当时的老百姓，都为他的事迹所感动，就和汉代的晁错一样，天底下还有比这更加无辜的事情吗？

明英宗和朱祁钰是亲兄弟，英宗冒险出征蒙古瓦剌时，委派郕王朱祁钰留守京师。明代宗登基时,遥尊明英宗为太上皇,但没想到第二年哥哥就被送回来了。兄弟俩简单寒暄后,代宗把哥哥软禁在南宫,一锁就是七年。他密切监视朱祁镇的一举一动,还把明英宗儿子朱见深的皇太子地位给废了,换成了自己的儿子朱见济,但朱见济做了一年皇太子就夭折了。王渔洋感慨英宗父子这段时间确实没有得到善待,遭际就和从成都回到长安的唐玄宗差不多,吃穿不足,惶惶不安。骨肉之间的关系确实不好处理,像子臧、吴季札这样的让国之贤,如今是见不到了。英宗复辟后,代宗被贬为郕王,去世后英宗又加他恶谥。代宗的历史贡献,后人自有公论,能够在国家最危急的关头,挽狂澜于既倒。恶谥之于代宗就像对待汉代的戾太子刘据一样,实在是太过分了。幸亏景泰的年号还是保留了下来,没有被废除掉。不过景帝的陵墓终究还是太简单了,不要去讲什么玉匣和珠襦,能够像汉光武帝说的那样“无为山陵陂池,裁令流水而已”就已经不错了。夕阳西下,且让我在这里多待一会,凭吊古迹。碑文上面的文字,就像石鼓文被牛角磨平一样,已经漫漶不清。石猴也横卧在乱草丛中。看着君臣一代俱已化为陈迹,我就像听雍门周弹琴的孟尝君一样,叹息伤感不已。

全诗叙述历史事件,富于层次。要而不烦,巧妙化用了很多典故。悼念代宗,其实也是怀念明王朝。翁方纲评云:“此渔洋七古最整顿之作。”

国士桥[1]

原文

国士桥边水，千年恨未穷。
如闻柱厉叔，死报莒敖公[2]。

注

① 国士桥：传说豫让漆身报赵襄子处。
② “如闻”二句：《列子·说符》：“柱厉叔事莒(jǔ)敖公，自为不己，去，居海上。夏日则食菱芰，冬日则食橡栗。莒敖公有难，柱厉叔辞其友而往死之。其友曰：‘子自以为不知己，故去。今往死之，是知与不知无辨也。’柱厉叔曰：‘不然。自以为不知，故去。今死，是果不知我也。吾将死之，以丑后世之人主不知其臣者也。’凡知则死之，不知则弗死，此直道而行者也。柱厉叔可谓怼以忘其身者也。”

鉴赏

此诗作于康熙十一年(1672)，王渔洋奉命典四川乡试途中。据他自己写的《蜀道驿程记》：“过蒙城驿。驿北有桥，曰豫让桥，地在太平、曲沃界，与赵城国士桥皆传疑也。”可见对于这座桥的来历，他还是有所怀疑的。河北邢台也有豫让桥，见于南宋潘自牧《记纂渊海》卷二十一，称在顺德府北，是目前史籍中的最早记录。此诗虽然短小，但意味深长。前两句写国士河边的水，虽然两千多年过去了，但似乎仍然意不能平。据《史记·刺客列传》，豫让是晋人，起先事范氏和中行氏，没有什么名声。后来改事智伯,智伯对他很赏识。智伯伐赵襄子,赵、魏、韩联手灭了智伯,三分其地。赵襄子最恨智伯,还漆智伯头做了饮器。豫让逃到山中,出于“士为知己者死”的观念,发誓要为智伯报仇。他隐姓埋名,躲在赵襄子的厕所里,意欲行刺,结果没有成功。赵襄子看他是个义士,而且智伯没有后代,豫让为智伯报仇,也不是为了什么好处,所以就把他放了。豫让又遍体涂漆,引起恶疮,吞炭破坏自己的嗓音,行乞于市,连妻子都已经认不出他了。朋友却还认得他,问他为什么要这样自残,其实只要假装投诚赵襄子,就能找到机会下手。豫让说,做人臣不能怀有二心。自己之所以做这样难做的事,就是为了让天下那些为人臣而怀有二心去事君的人惭愧。最后,他躲在桥下,想行刺赵襄子,又没有成功。赵襄子责问他,你不是曾经事过范氏、中行氏吗?智伯把他们都灭了,你为什么不为他们报仇,却还要来为智伯报仇?豫让回答,范氏、中行氏以众人遇我,所以我以众人报之;智伯以国士遇我,所以我以国士遇之。豫让请求赵襄子能够脱下一件衣服,他持剑对着衣服三跃而击之,然后伏剑自尽。

王渔洋至此又想起《列子》中柱厉叔的故事。柱厉叔事莒敖公,没有得到重用,就去海边过起了艰苦的隐士生活。当听说莒敖公有难时,柱厉叔打算去赴死。朋友对他说,你是因为他不重用你才离开的,现在去为他死,岂不是违背初衷?柱厉叔回答,不是的,当初离开是因为不能知遇我,现在去死是因为果然不知遇我。我就是要去死,我要让那些不能知遇臣子的国君在历史上留下臭名。王渔洋把这豫让和柱历叔放在一起比较,也可谓用心良苦。豫让是死知遇自己的人,柱历叔是死不知遇自己的人。两个人都是此恨绵绵无绝期,有什么相似之处呢?《吕氏春秋·恃君览》中,同时收有这两个故事,主要用意在于激励节操。王渔洋这首诗写得含蓄不尽,主要用意在于一个"恨"字。在恨什么呢?豫让当然是恨壮志未酬,不能为知己复仇;柱历叔则是恨空有一片忠心,却无人赏识,最后的结局颇似屈原。王渔洋晚年在《古夫于亭杂录》卷五中,针对此还有一番议论:"明世宗读《孟子》,至对齐宣王'礼,为旧君有服'云云,几罢配享。今观'寇仇,何服之有'一语,亦诚过矣。以此垂训后世,且为乱臣贼子口实。……总之,此等议论,犹是战国谲诈相倾气习,如豫让不报中行氏而报智伯,皆是此一种见解。只从恩怨起见,非天理民彝之正。余昔《题国士桥》一绝句云……此诗自谓可以敦薄。"这里所说的"天理民彝之正",在康熙朝更多强调的是忠君思想,甚至对《孟子》也提出了质疑,体现了王士禛思想保守的一面。

观 音 碥

本名闫王碥，贾中丞改今名。壁上有宋荔裳赋《栈道平歌》，沈绎堂书。

原文

观音碥险绝[①]，连山列天仗。
奔峭汹波涛，大石蹴龙象[②]。
造物郁磊砢，及兹乃一放。
急瀑何砰訇，盘石成巨防[③]。
渟为千丈湫，潭潭[④]不流宕。
怪物中屈蟠，岂无锁纽壮。
傥燃牛渚犀[⑤]，穷此精灵状。
颇闻贾中丞[⑥]，于此铲叠嶂。
故人推沈宋[⑦]，诗笔各雄长。
星宿森光芒，虬龙怒倔强。
解鞍苔石滑，高歌一神王。
更须巨灵手，运斤出天匠。
镵我《郙阁铭》[⑧]，敌彼《小海唱》[⑨]。

注

① “观音碥”句：王士禛《蜀道驿程记》卷上：“发马道，渡青桥河，食青桥驿，再渡沙河。自马道至此，山顽劣少竹。至观音碥(旧名阎王碥，贾中丞汉复易今名)，奇石插天，犀株林立，飞湍箭激，凝为深

渊,其色黝黑,潭而不流,凭高下瞰,令人魂悸。有旧碑在道左,大书‘云栈首险’。近陕抚贾中丞煅石开道,自此迄宝鸡,凡木石之工九百三十八丈有奇,又于此劖大石,置栏楯,行旅便之。余在京师时,友人宋荔裳(琬)作《栈道平歌》纪其事,语最豪健,沈绎堂(荃)书之,时称‘二绝’,今已陷石嵌绝壁。余踏危石奔浪,仰视略见仿佛,因赋诗怀二君。"

② 龙象:鸠摩罗什译《维摩诘所说经·不思议品》:"譬如龙象蹴踏,非驴所堪,是名住不可思议解脱菩萨智慧方便之门。"

③ 巨防:巨大的屏障。

④ 潭潭:深峻貌。

⑤ 牛渚犀:牛渚矶在今安徽省马鞍山市西南长江边,又名采石矶。《晋书·温峤传》:"而后旋于武昌,至牛渚矶,水深不可测,世云其下多怪物,峤遂燬犀角而照之。须臾,见水族覆火,奇形异状,或乘马车着赤衣者。峤其夜梦人谓己曰:‘与君幽明道别,何意相照也?’意甚恶之。"

⑥ 贾中丞:贾汉复(1605—1677),字胶侯,山西曲沃人,清初名臣,曾为河南、陕西巡抚,兵部尚书。

⑦ 沈宋:沈荃(1624—1684),字贞蕤,号绎堂,华亭(今上海松江)人。累官至翰林院侍读学士、礼部侍郎,书法尤有名。宗法米芾、董其昌。宋琬(1614—1674),字玉叔,号荔裳,山东莱阳人。清初著名诗人,诗学杜、韩,与施闰章并称"南施北宋"。官至四川按察使司按察使。

⑧ 《郙(fǔ)阁铭》:王士禛《香祖笔记》卷八:"汉《郙阁铭》在宁羌州,州陋甚,在五丁峡西南。予尝过之,不知有此古物,未及访碑刻所在,殊以为憾。"郙阁,汉阁道名。故址在今陕西略阳县西嘉陵江边。

⑨ 《小海唱》:《晋书·隐逸列传》:"伍子胥谏吴王,言不纳用,见戮投海,国人痛其忠烈,为作《小海唱》。"

鉴赏

此篇写赴蜀途中,途经观音碥所见的险绝奇幻风景,并介绍沿途的人文景观。所谓碥,指急流之中斜着伸出来的险峻的山石。《正字通·石部》:“蜀江自嘉州至荆门,水路有燕子碥、阎王碥,皆险地。”首句开门见山,总括全篇。写山石险怪,两边的连山犹如天子的仪仗一样。接着写激流汹涌,水中的巨石就像龙象在奔踏。不禁感叹大自然的鬼斧神工,犹如不平之气,发泄于此。飞溅的瀑布发出鼓怒之声,巨大的石块构成了屏障。深峻不流之处,凝为渊潭,其色幽黑,让人从高处看后,为之心悸。神情恍惚之际,想到水底是不是有怪物屈蟠,有没有很粗的铁链将之锁住。这里用了韩愈《石鼓歌》中“金绳铁索锁纽壮,古鼎跃水龙腾梭”的诗句。如果能像温峤当年那样,点燃犀牛角去照一下水底的世界,一定也是精灵遍布,奇形异状,无所不有吧?接下来从自然景观转入人文,称颂陕抚贾汉复,从宝鸡到此地,锻石开道,铲除屏障,阙功甚伟。好友宋琬又作有《栈道平歌为贾胶侯尚书作》,以纪其事,诗句豪迈:“君不见梁州之谷斜与褒,中有栈道干云霄。仰手可以扪东井,下临长江浩汗汹波涛。大禹胼胝恐未到,帝遣五丁开神皋。巨灵运斧地维坼,然后南通巴蜀西羌髳。蛇盘萦纡六百里,千回万曲缘秋毫。悬车束马弗可以径度,飞腾绝壁愁猿猱。”又有沈荃的书法,诗、笔雄长,堪称“二绝”,刻在悬崖峭壁上。我踏危石,蹈巨浪,只能看个大概。犹如星宿发出寒光,又如虬龙愤怒倔强。我解鞍来到平处休息,高声吟咏,但觉神旺。多么希望能有巨灵之手,运斤如天匠一般。把传说是蔡邕所写的《郙阁铭》凿于崖壁上,就像夏统为贾充歌《小海唱》一般，云雨响集，雷电昼鸣。惠栋注引王渔洋弟子陈奕禧《益州于役记》："新城《蜀道集·题碥诗》，极尽奇幻之趣。予于夫子所历名胜，讽咏佳篇，不敢复有所作，诚如李白所云'眼前有景道不得，崔颢题诗在上头'也。"

年来钱牧斋、吴梅村、周栎园诸先生，邹讦士、陈伯玑、方尔止、董文友诸同人相继徂谢，栈道感怀怆然有赋[①]

原文

载酒题襟处处同，平生师友廿年中。
九原可作思随会[②]，四海论交忆孔融[③]。
春草茫茫人代速，落花寂寂墓门空。
白头骑马嘉陵路，惟有羊昙恨未穷[④]。

注

① 周栎园：周亮工(1612—1672)，字元亮，号栎园。祥符(今河南开封)人。博学多通，治学广泛。著有《赖古堂集》。邹讦士：邹祗谟，字讦士，江南武进(今江苏常州)人。工词，与王士禛合编《倚声集》。陈伯玑：陈允衡，字伯玑，南昌(今属江西)人。明亡后居芜湖，杜门穷巷，以诗歌自娱。方尔止：方文(1612—1669)，字尔止，号嵞山，安徽桐城人。入清不仕，以气节自励，工诗，著有《嵞山集》。董文友：董以宁(1630—1669)，字文友，江南武进(今江苏常州)人。性豪迈，工填词。

② “九原”句：《礼记·檀弓下》：“赵文子与叔誉观乎九原，文子曰：死者如可作也，吾谁与归?”随会，指随武子，晋国卿，名士会。

③ “四海”句：《后汉书·孔融传》：“融闻人之善，若出诸己，言有可采，必演而成之，面告其短，而退称所长，荐达贤士，多所奖进，知而未言，以为己过。故海内英俊皆信服之。”

④ “惟有”句：《晋书·谢安传》：“羊昙者，太山人，知名士也，为安所爱重。安薨后，辍乐弥年，行不由西州路。尝因石头大醉，扶路唱乐，不觉至州门。左右白曰：‘此西州门。’昙悲感不已，以马策扣扉，诵

曹子建诗曰：'生存华屋处，零落归山丘。'恸哭而去。"

鉴赏

此诗为康熙十一年（1672）赴蜀途中悼念故友徂落而作，深挚感人。据《渔洋文集》卷一《〈感旧集〉序》："仆自弱冠，薄游京辇，浮湛江介，入官中朝，常与当代名流，服襄骖驾。自虞山、娄江、合肥诸遗老，流风未沫，老成具存，咸相与上下其议论，颇窥为文之诀。时年力壮盛，无穷愁忧生之嗟，加名师益友，近在家庭，忽忽不自知其乐也。弹指已往，才如夙昔，遂多死生契阔之感。康熙壬子（1672）秋，以王事于役巴蜀，行褒斜谷中，回忆旧游，不胜羊昙华屋之痛。"这里途经的褒斜栈道，就是刘邦被项羽封为汉王时，听从张良建议，"烧绝所过栈道，示天下无还心，以固项王意"（《史记·留侯世家》）的地方。三国时，蜀将邓芝、赵云拒魏，烧毁赤崖栈道，之后诸葛亮组织人力修治。作者途经此地，怀念昔日师友，很多已经不在人世，感到无比悲痛。这些师友包括钱谦益、吴伟业、周亮工，邹祗谟、陈允衡、方文与董以宁等。首联写作者想起过去二十年间，向他们游学问字，往事历历在目，是多么地难忘。载酒，这里用了《汉书·扬雄传》的典故："雄以病免，复召为大夫。家素贫，耆酒，人希至其门。时有好事者载酒肴从游学，而巨鹿侯芭常从雄居，受其《太玄》《法言》焉。"颔联写真希望这些昔日的师友，能够从地下重新活过来，就像当年赵文子在晋国士大夫的墓地九原巡视，觉得食邑于随的士会值得追随："我则随武子乎！利其君，不忘其身；谋其身，不遗其友。"（《礼记·檀弓下》）这些好友的才能与德行，四海皆知，就像三国时代的孔融一样。颈联写人生如春草般来去匆匆，人死入土，一切皆空，墓门前唯有落花寂寥。尾联写自己也已步入中年，骑马走在嘉陵道上，一路向蜀而行，内心的悲伤，就像当年羊昙恸哭自己的舅舅谢安一样。作者后来编选《感旧集》，据《序言》所云："因念二十年中，所得师友之益为多，日月既逝，人事屡迁，过此以往，未审视今日何如。而仆年事长大，蒲柳之质，渐以向衰，岁月如斯，讵堪把玩？感子桓'来者难诬'之言，辄取箧衍所藏平生师友之作，为之论次，都为一集。"则《感旧集》编选的缘起，正在褒斜谷道之上，目的之一就是为了纪念那些逝去的友人。

虎跳驿[①]

原文

路逗苍溪县[②]，荒凉破驿存。
漉金[③]稀见艇，畏虎早关门。
水合南江[④]壮，山连大剑[⑤]昏。
巴西兵马后，多少未招魂。

注

① 虎跳驿：清陈奕禧《益州于役记》："驿属昭化县，烟火百许家，树色苍翠，朝烟翳空，山水相映，颇胜于县。"在今四川广元市南嘉陵江东岸虎跳镇。
② 苍溪县：《隋书·地理志》："旧曰汉昌，开皇末改名焉。"今属四川广元。
③ 漉金：明曹学佺《蜀中广记》卷六十七："常璩曰：晋寿县本葭萌城，有金银矿，民今岁岁取洗之。《梁州记》曰：益昌县东山西北有金铜溪，出金。"
④ 南江：即锦江，在成都市南。
⑤ 大剑：刘昫《旧唐书·地理志》："于方期驿城置剑门，县界大剑山，即梁山也。其北三十里所有小剑山。大剑山有剑阁道。"

鉴赏

此首写蜀道所见战后民生凋弊残破景象。虎跳驿地属今四川广元，地处蜀北。作者路过苍溪地界，小作停留。这里山水盘纡，经过明末张献忠起义、摇黄等的战乱，四川人口大量减少，城池残毁，村墟寥落，放眼看去，一片荒凉。

昭化，本汉葭萌县地，属广汉郡，刘宋置益昌县。这里的水中产金，但却见不到淘金的小艇；驿在大道，却猛虎横行，家家都早早关上了门。岷江、嘉陵江，都是长江的重要支流，声势浩荡；这里重山叠嶂，地势险要，有着大小剑山和剑阁。作者感叹，我此行前来，正值兵燹之后，大好河山，却残骸遍野，孤魂野鬼，无人为之招魂，令人魂悸。据《后汉书·陈宠传》："(宠)转广汉太守。……先是，雒县城南，每阴雨，常有哭声闻于府中，积数十年。宠闻而疑其故，使吏案行。还言：'世衰乱时，此下多死亡者，而骸骨不得葬，傥在于是?'宠怆然矜叹，即勅县尽收敛葬之。自是哭声遂绝。"巴西，相当于今四川阆中以东，广安以北，万源以西地区。全诗直书所见，而又含蓄不尽。百感交集，却又欲哭无泪。伊应鼎评此诗为"悲壮沉郁，得老杜之神"。王渔洋虽然诗宗神韵，但是在残酷的现实面前，有时他也具有直面的精神。

天柱山[1]

原文

朝出玄武门[2]，云垂雨忽冻[3]。
登登天柱山，千盘堕澒洞。
峥嵘逾巴阆，槎牙过秦凤[4]。
陟岭如累棋，下谷如入瓮。
心俯尻益高，足缩目先送。
敢嗟鸟兽群，稍喜徒旅众。
我有大羽箭，丽龟[5]辄命中。
於菟[6]昂其首，饮羽乃不动。
道旁松合抱，巨可任梁栋。
惜哉野蔓缠，不蒙匠石用[7]。
绝顶见岷山[8]，青城亦伯仲。
一气连诸蕃，三州[9]实西控。
太平幸无事，左髻[10]时入贡。
念彼松姚[11]戍，坐甲苦饥冻。
俯临陆海[12]雄，仰视天宇空。
长啸千仞冈，出险忽如梦。

注

① 天柱山：王士禛《蜀道驿程记》："二十八日。雨。西门渡江，即登天

柱山。盘折而上二十里，路峻泥滑，徒侣鲜不颠踣。……自闰七月朔入栈，时逾旬月，途历二千，至此始出山。杜诗‘连山西南断，始见千里豁’，信为实录。”山在中江县西南，今属四川德阳。

② 玄武门：王士禛《蜀道驿程记》：“午后，次中江县，本汉五城，隋曰元武，宋易今名。……元武山在县东南，南江、东江合流其下，为中江，流入射洪、遂宁与涪江会，下合州与嘉陵江会。”

③ 雨忽冻：冻即涷（dōng）。郭璞《尔雅注》：“今江东呼夏月暴雨为涷雨。”

④ 巴阆、秦凤：《渔洋精华录》惠栋注：“保宁阆中，汉属巴郡，其属有巴州，即古巴子国，故称巴阆。汉中凤县，本秦陇西郡，有凤岭最高，故称秦凤。”

⑤ 丽龟：射中禽兽背部隆起的中心处。《左传・宣公十二年》：“射麋丽龟”。杜预注曰：“丽，著也；龟，背之隆高当心。”

⑥ 於（wū）菟（tú）：虎的别称。《左传・宣公四年》：“楚人谓乳穀，谓虎於菟。”

⑦ 匠石：《庄子・人间世》：“匠石之齐，至乎曲辕，见栎社树。其大蔽数千牛，絜之百围；其高临山十仞而后有枝，其可以为舟者，旁十数。观者如市。匠伯不顾，遂行不辍。”

⑧ 岷山：在四川省中北部，绵延川、甘二省边境。为岷江、嘉陵江发源地。宋祝穆《方舆胜览》：“（岷山）即汶山，去青城石山百里，天色晴明望见成都。山岭停雪，当深百丈，夏月始泮。”

⑨ 三州：谓姚、维、松三州。

⑩ 左髻：左思《魏都赋》：“或魋髻而左言。”《文选》李善注：“扬雄《蜀记》曰：蜀之先代，人椎结左语，不晓文字。”左语，指外藩语言，因与内地语言相左。

⑪ 松姚：即松州和姚州。清顾祖禹《读史方舆纪要》卷五：“松州，古西羌地，唐武德初置松州，亦曰交川郡，领嘉城等县三。今为松潘卫。”“姚州，汉益州郡，唐武德四年置姚州，亦曰云南郡，领姚成等县三。即今姚安军民府。”

⑫ 陆海：一般指物产富饶的高原地区。《华阳国志》卷三：“（李）冰乃壅江作堋，穿郫江、检江，别支流，双过郡下，以行舟船。岷山多梓柏大竹，颓随水流，坐致材木，功省用饶。又溉灌三郡，开稻田。于是蜀沃野千里，号为‘陆海’。”

鉴赏

此篇写作者闰七月末到达潼川中江天柱山，冒雨攀爬，高岩重岭，陟降甚于栈道，从闰七月初到达宝鸡入栈道始，历时将近一月，终于走出群山。作者一大早，就从中江县的西门出发渡江，突然遇到大雨。雨中登山，云雾弥漫，上下四方，无可谛视。这里的险峻，比起前面走过的阆中、凤岭，有过之而无不及。奋力攀登，危若累棋；小心翼翼地下到峡谷，又好像入瓮一样。因为想俯下身去，结果把屁股翘得老高；足下胆怯，每迈一小步，都要先观察好地形。孔子在《论语·微子》中，曾经对子路说过："鸟兽不可与同群，吾非斯人之徒与而谁与？"意思是这个世界再污浊，我也要和世人在一起，而不会隐居到山林里去。此时作者想到的是，幸亏一路随从甚众，所以遇到鸟兽也不用过分惊慌。一路怪石林立，作者想到了李广射石的典故："广出猎，见草中石，以为虎而射之，中石没镞，视之石也。因复更射之，终不能复入石矣。"（《史记·李将军列传》）那一块块巨石，就像李广射过的"老虎"一样，中了箭都昂首不动了。又写道旁的巨松，皆可合抱。《世说新语·言语》中说："孙绰赋《遂初》，筑室畎川，自言见止足之分。斋前种一株松，恒自手壅治之。高世远时亦邻居，语孙曰：'松树子非不楚楚可怜，但永无栋梁用耳！'孙曰：'枫柳虽合抱，亦何所施？'"作者这里反用典故，写这些松树都笔直粗大，和孙绰种的松树不一样，足为梁栋之用。只可惜都被藤蔓所缠绕，就像《庄子》笔下的栎社树一样，没有得到重用，在深山老林里终其天年。登高望远，一览无遗。岷山、青城山都隐约可见，这里连接着吐蕃，控制着三州，地形极为重要。所喜现在是太平盛世，这里的外藩都能按时进贡。诗人由此想到那些镇守着松、姚的边将和守兵，成年在冰雪中披甲不卧，忍饥挨冻，朝廷应该多加体恤。蜀国沃野千里，古称“陆海”，能够把这里治理好，则真是“海阔凭鱼跃，天高任鸟飞”，可以垂拱而治。而作者此时的心情，也由先前的雨中愁苦一转而为兴奋激昂。不禁想如左思《咏史诗》中所写的那样：“振衣千仞冈，濯足万里流”，险境已尽，恶梦忽醒，依天长啸，一何快哉！难怪杜甫有诗句：“连山西南断，始见千里豁”（《鹿头山》），只有到过以后才知道，确实是所言不虚啊。

整首诗写景、抒情、用典、议论，并作一气，在写法上也是镕铸唐宋，既有杜诗的嶙峋风骨，又有宋诗的穷形极相。典故化用，尤其高超，深得山谷之神髓，堪称渔洋《蜀道集》中的得意之作。

叙州流杯池[1]、泸州使君岩[2]，皆山谷先生旧游，都不及访，怅然赋此

原文

忆昨登凌云[3]，江边踏乱石。
兴剧罢鞍马，逍遥散轻策。
径危草露多，处处见虎迹。
东林雨新霁，初日射青壁。
浩荡三江[4]流，安稳平如席。
西笑揖峨眉，遥连雪山白。
酒酣挂帆去，矫若生羽翮。
心知流杯池，遗迹在巴僰[5]。
俗物败人意[6]，交臂轻一掷。
今日使君岩，南望还咫尺。
通词托微波[7]，蹇修[8]空脉脉。
平生一瓣香，敢为涪翁惜。
如何万里游，虚此几两屐[9]。
回首望南云，蛮江日将夕。

注

① 流杯池：王士禛《蜀道驿程记》："郡（叙州府）有东楼，见杜诗；西楼，见陆诗。山谷先生谪此，有味谏轩、无等院、流杯池诸遗迹。池隔江五里而近，欲往游，不果。"流杯池在今四川宜宾市郊催科山下。

② 使君岩：《蜀道驿程记》："旧闻泸城南使君岩为山谷先生游憩地，滴乳岩亦有题字，州人皆不能知。许生云：'隔江有东月岩，犹存山谷所题江天二字。'未详即使君岩抑滴乳岩耶？日将午，舟人催发，不及往游。"使君岩在今四川泸州市南。

③ 凌云：这里指乐山大佛所在的凌云山，古名青衣山，因青衣江得名，山顶有凌云寺。

④ 三江：凌云山位于乐山城东的岷江、青衣江、大渡河三江汇合处。

⑤ 巴僰(bó)：僰，西南古族名。郦道元《水经注》："(僰道)县，本僰人居之。"

⑥ "俗物"句：《世说新语·排调》："嵇、阮、山、刘在竹林酣饮，王戎后往。步兵曰：'俗物已复来败人意。'"

⑦ "通词"句：曹植《洛神赋》："无良媒以接欢兮，托微波而通辞。"

⑧ 蹇修：《离骚》："解佩纕以结言兮，吾令蹇修以为理。"王逸注："蹇修，伏羲氏之臣也。"

⑨ 几两屐：《世说新语·雅量》："祖士少好财，阮遥集好屐，并恒自经营。同是一累，而未判其得失。人有诣祖，见料视财物。客至，屏当未尽，余两小簏，著背后，倾身障之，意未能平。或有诣阮，见自吹火蜡屐，因叹曰：'未知一生当着几量屐？'神色闲畅。于是胜负始分。"

鉴赏

这首诗写作者途经宜宾的流杯池、泸州的使君岩，这两处都是黄庭坚当年被贬谪到戎州(宜宾)时，曾经游历过的名胜，王渔洋因为公务在身，失之交臂，未能探访，所以觉得十分遗憾，怅然作诗，并在诗中表达了对山谷的崇敬。全诗先从登乐山大佛写起，从中可以看到作者的行踪。王渔洋的《蜀道驿程记》的记载可与此印证："初二日。晴。遣行李入舟，余以小艇，由东门截流渡江，四子从行。既登岸，诸子请候舆马，余屐而登焉。草深石滑，登顿甚苦。二里许，泉流夹道，石壁书‘凌云第一重’五大字。上下山谷间，草露沾衣，泥中虎迹交错于路。又四五里，始及山门。”作者在江边弃舟登岸，山路陡峭，沿途居然还能看到老虎经过的脚印。登高望远，雨过天晴，但见三江浩荡，平稳如席，正如苏轼诗句中所写的“奔腾过佛脚”“少年不愿万户侯，亦不愿识韩荆州。颇愿身为汉嘉守，载酒时作凌云游”。峨眉雪山，遥遥可见。作者解缆东下，“是时风日流丽，澄江如练，顺见荡桨，倏忽数十里，回望嘉州城郭，居然金粉画图；大峨峰顶，奇云片片，作白毫光”。酒后乘舟，疾如羽翼，真是一次畅快的壮行。《蜀道驿程记》中写道：“余此行所历名山，太行、霍太山、姑射、中条、太华、终南、太白、岷山、青城诸胜，惟太华与峨嵋差相伯仲。昨一望于九盘，再望于高望楼，又望于玉清绝顶，望于凌云，虽身未到，八十四盘佳处已领其要，可谓‘归去得雄夸’矣。”

诗的下半段写未能畅游宜宾、泸州的失落，与上半段正好形成对照。作者从乐山一路向东，先经过流杯池，是催科山下一处巨石裂成的天然峡谷，黄庭坚当年经常邀当地的文人雅士在此聚会，并留有真迹。池与长江只相隔五里，作者不禁感叹同行多为俗物，居然与这样的胜地，失之交臂。而今天到了泸州，城南的使君岩又是近在咫尺，黄庭坚到达泸州时，太守王献可曾为他接风洗尘，两人都游历过此地，如今却因为舟人催发，不及往游。作者内心惆怅，就像《洛神赋》中，曹植与宓妃人神不得交接一样；又如

《离骚》中，屈原请蹇修代为转达一样。宓妃是伏羲氏的女儿，溺洛水而死，遂为河神。作者怅望着江水，不知道说什么好，只好通过微波来传达心意。他想说，自己一生最钦佩的诗人，其实就是黄庭坚啊。朱弁《风月堂诗话》："陈无已与晁以道俱学文于曾子固。子固曰：'二人所得不同，当各自成一家。然晁文必以著书名于世，无已晚得诗法于鲁直。'他日，二人相与论文。以道曰：'吾曹不可负曾南丰。'又论诗，无已曰：'吾此一瓣香，须为山谷道人烧也。'"怎么万里迢迢，来到此地，就差这最后几步呢。作者回看南云，江面上夕阳西下，一如惆怅的心情。翁方纲评此诗："渔洋先生、山谷绝不同调，而能知山谷之妙，此所谓：'满院木樨香，吾无隐乎尔。'山谷诗境质实，渔洋则空中之味也。然同时朱竹垞学最博，全以博学入诗，宜其爱山谷矣。乃竹垞最不嗜山谷，而渔洋反最嗜之，其故何也？"道出了渔洋诗与山谷诗的暗中消息相通。

白帝城谒昭烈[1]武侯庙

原文

赤甲山[2]头云气苍，枫林萧瑟落微霜。
鱼人[3]故垒生秋草，鸟道寒空挂夕阳。
当日君臣真洒落，至今祠庙有辉光。
江流薄暮闻笳鼓，回首中原泣数行。

注

① 白帝城：位于今重庆奉节瞿塘峡口的长江北岸，东白帝山上，为西汉末年割据蜀地的公孙述所建。昭烈：汉昭烈帝是刘备的谥号。

② 赤甲山：夔门（瞿塘峡口）北侧的高山。

③ 鱼人：《左传·文公十六年》："唯裨、儵、鱼人实逐之。"杜预注曰："裨、儵、鱼，庸三邑。"杨伯峻《春秋左传注》："裨、儵、鱼恐俱是庸人所帅'群蛮'之部落名，……鱼则当在今四川省奉节县东五里。"

鉴赏

此首写典蜀归途，登临夔州白帝城，谒刘备、武侯庙，感慨当年君臣之相得，而武侯最终赍志以殁，令人怅恨。王士禛《蜀道驿程记》："连骑而东，石路颇坦迤。山上女墙曰子阳城；下为下关城，稍折而南，即白帝城，二城犬牙相连。城枕白帝山，石垣缭绕，上极青冥。"白帝城东依夔门，西傍八阵图，雄踞水陆要津，为兵家必争之地。刘备讨伐东吴，兵败夷陵，临终前曾在此向诸葛亮托孤。夔门，又名瞿塘关。两岸高山凌江夹峙，是长江从四川盆地进入三峡的大门。夔门两侧的高山，南名“白盐山”，北曰“赤甲山”，拔地而起，高耸入云。此诗前四句极写景物之凄惨。赤甲山头，云气缭绕；枫林萧瑟，已到白露为霜的深秋时节。鱼人故垒，荒草飘零，一望无际的鸟道寒空，夕阳惨淡。《蜀道驿程记》：“羊肠数转，始达绝顶，正俯瞿唐两崖，滟滪石在其西，孤峙江面。南向为昭烈庙，规制宏丽，明良殿凡五楹，中祀昭烈皇帝，以武侯、关张配食，像设古雅。”五、六句写作者来到祠庙拜谒，想起刘备与诸葛亮，君臣之间，推心置腹。这样的一种彼此信任，是多么洒落，历史上恐怕除了北宋的宋神宗与王安石以外，再难找到了。这样的一种精气神，让祠宇看上去益显辉光。伊应鼎评：“昭烈、武侯君臣鱼水之契，只以‘洒落’二字形容都尽。洒落者，超脱之意。一德一心，形迹俱忘，昭烈之推心置腹，武侯之感激驰驱，精神鼓舞，千载如生。若高祖之疑忌功臣，子房之谢病归隐，萧何之请田宅以自污，总是不洒落者所为耳。”末两句写黄昏于江上闻笳鼓之声，回首中原，想到武侯晚年为了报答先主的知遇之恩，鞠躬尽瘁，死而后已，而大业未竟，不禁悲从中来。正是杜甫“出师未捷身先死，长使英雄泪满襟”之意。

登虾蟆碚[1]

原文

黄牛打鼓朝发船[2]，碧波白鸟争清妍。
回首名山大川阁[3]，乌尾已捩西陵烟[4]。
三峡欲尽尚迤逦，云十二碚[5]纷钩连。
颇闻中有第四泉[6]，康王谷水差随肩。
峡穷碚转诧奇事，忽见飞瀑流琤潺[7]。
爬沙终古此岩侧，青冥无路谁夤缘[8]。
昌黎诗："爬沙脚手钝，谁使汝解缘青冥。"
江风吹笠冷毛发，峡云挟雨鸣船舷。
大索瓶盎[9]贮飞雪，旋去屐齿[10]穷危巅。
横斜拾级一径上，藤梢橘刺[11]相纠缠。
皴疱[12]槎牙涩苔藓，清泉百道争涓涓。
阴洞终古閟白日，神瀵喷薄[13]钟乳坚。
石壁粗恶艰砻错，题名岂辨唐宋年。
永叔涪翁诗不灭，谁为好事重锤镌。
名山蒙顶压顾渚[14]，蒙山茶，出蜀名山县。
春芽开裹劳烹煎。山谷诗："巴人漫说虾蟆碚，试裹春芽来就煎。"
下岩转舵未忍去，下牢关[15]外斜阳悬。

注

① 虾(há)蟆(ma)碚(bèi)：王士禛《蜀道驿程记》："自此下黄牛滩，历扇子峡，数十里间皆土山戴石，峰峦森削。至虾蟆碚，泉从岩腹洞中流注虾蟆口鼻间，成水帘，下入于江，溅珠喷玉，望之极可爱。虾蟆形尤肖似，放翁谓其'头鼻吻颔绝类，而背脊疱处尤逼真'。果然。"虾蟆碚在峡州(今湖北宜昌)扇子峡。

② "黄牛"句：《世说新语·豪爽》篇刘孝标注："(王)敦尝坐武昌钓台，闻行船打鼓，嗟称其能。"《水经注》卷三十四："(黄牛山)下有滩，名曰黄牛滩，南岸重岭叠起，最外高崖间有石，色如人负刀牵牛，人黑牛黄，成就分明。既人迹所绝，莫得究焉。此岩既高，加以江湍纡回，虽途径信宿，犹望见此物。故行者谣曰：'朝发黄牛，暮宿黄牛。三朝三暮，黄牛如故。'言水路纡深，回望如一矣。"

③ 名山大川阁：《蜀道驿程记》："登名山大川阁，望天柱诸峰。"

④ "乌尾"句：乌尾，桅杆上的乌鸦形风向仪。捩(liè)，捩柁，拨转船舵。西陵，西陵峡。

⑤ 十二碚：陆游《入蜀记》："过荆门十二碚，皆高崖绝壁，崭岩突兀，则峡中之险可知矣。"

⑥ 第四泉：欧阳修《大明水记》："(李)季卿所说二十水：庐山康王谷水第一，无锡惠山石泉第二，蕲州兰溪石下水第三，扇子峡虾蟆口水第四。"

⑦ 琤潺：琤，琤琤，象声词，玉器相击声，可形容琴声或水流声。潺，潺潺，水流声。

⑧ 夤(yín)缘：攀缘，攀附。

⑨ 大索瓶盎：《蜀道驿程记》："踏江中乱石，溯瀑而上，从虾蟆背至洞中。水自洞出，声如风雷；中有巨石，泉汇其下为池，清冷沁骨。巡览壁间，都无前人题字，盖石质粗疏，不任刻画，尤易剥蚀故也。循碚左而下，衣履尽湿。大索舟中瓶盎，止得三四，尽汲贮之。此水水品列在第四，山谷《记》云：'泉味亦不极甘，冷熨人齿。'惜自蜀来，无佳茗试发之耳。顺流下西陵峡，蜀江之险始此，即东来入峡之首也。"

⑩ 旋去屐齿：《宋书·谢灵运传》："登蹑常著木履，上山则去前齿，下山去其后齿。"

⑪ 藤梢橘刺：杜甫《将赴成都草堂途中有作先寄严郑公》："竹寒沙碧浣花溪，橘刺藤梢咫尺迷。"

⑫ 皴(cūn)疱(páo)：粗糙而有疙瘩。韩愈《答柳柳州食虾蟆》："虽然两股长，其奈脊皴疱。"

⑬ 神瀵(fèn)喷薄：《列子·汤问》："禹之治水土也，迷而失涂，谬之一国。滨北海之北，不知距齐州几千万里。其国名曰终北，不知际畔之所齐限。无风雨霜露，不生鸟兽虫鱼草木之类。四方悉平，周以乔陟。当国之中有山，山名壶领，状若甔甀。顶有口，状若员环，名曰'滋穴'。有水涌出，名曰'神瀵'。臭过兰椒，味过醪醴。一源分为四埒，注于山下。"

⑭ "名山"句：王士禛《陇蜀余闻》："蒙山，在名山县西十五里，有五峰。最高者曰上清峰。其巅一石，大如数间屋。有茶七株，生石上无缝罅，云是甘露大师手植。每茶时叶生。智炬寺僧辄报有司，往视，籍记其叶之多少；采制，才得数钱许。明时，贡京师，仅一钱有奇。别有数十株，曰陪茶，则供藩府诸司而已。其旁有泉，恒用石覆之，味清妙在惠泉之上。"顾渚，山名，在今浙江长兴西北，产名茶。

⑮ 下牢关：在今湖北宜昌市西北。陆游《入蜀记》："过下牢关，夹江千峰万嶂，有竞起者，有独拔者，有崩欲压者，有危欲坠者，有横裂者，有直坼者，有凸者，有洼者，有罅者，奇怪不可尽状。"

鉴赏

此篇写登临三峡口宜昌虾蟆碚，溅珠喷玉，望之可爱，想到黄山谷、陆放翁在此都有题咏；又顺流下西陵峡，终于出三峡，江面平缓，顿时感到天朗日清。

全诗以作者登山的游踪为线索，移步换景，展现三峡一带独特的自然与人文风光。作者一早在鼓声中从黄牛山坐船出发，但见波碧鸟白，景色清妍。一路顺风顺水，回首名山大川阁、天柱峰都已在身后，三峡中最险峻的西陵峡就要走完。谁曾想三峡走到最后仍然险象不断，还要过盘亘雄踞的荆门十二碚。据唐代张又新《煎茶水记》里面说，陆羽曾为刺史李季卿说二十水，扇子峡虾蟆口水排第四，庐山康王谷水排第一，可以说是不相上下。宋代欧阳修则认为此说与陆羽《茶经》不符，对此表示怀疑。

两岸峡谷森削，不觉来到了虾蟆碚，只见瀑布从岩腹洞中流到虾蟆口腹间，水声琤琮悦耳，真是让人惊叹。作者在岩石的侧边艰难地爬索，连山路都找不到。江风吹笠，手足冰凉，天空中又下起了雨来，拍打在船舷上。为了去打泉水，把所有能找到的瓶盎都带上，向着峰顶尽力攀登。山路弯弯绕绕，终于找到一条道路，拾级而上，一路上藤梢、橘刺牵连不断。终于来到了那个粗糙而有疙瘩的虾蟆石面前。只见上面长满了苔藓，清泉百道争涌而出，注入虾蟆的口鼻间，甚是逼真。走进虾蟆石背后的洞中，水自洞出，终年不见天日。里面有很多坚硬的钟乳石，泉汇为池，犹如传说中的仙水一样。石壁粗糙，不太适合题刻，所以无从知道那些唐代或者宋代的遗迹。欧阳修、黄庭坚都在这里作过诗，希望哪天能够有好事者，把这些诗句刻上去。蜀地名山县的蒙山茶名满天下，甚至超过了江南的顾渚；如果是在春天，来这里煎茶，那将是多么美好。可惜作者此行没有带好茶，只好依依不舍地离去，顺流下西陵峡，过下牢关，夕阳已经西下。《蜀道驿程记》："此下即荆江，江流洪阔舒缓，远山映带。自入峡七百里，重峦叠嶂，亏蔽霄汉，至此始觉天日清朗。杜诗云：‘始知云雨峡，忽尽下牢边。’欧阳《至喜亭记》云：‘蜀舟至此者，必沥酒再拜相贺，以为更生。’万里征人饱历三巴、夔、巫之险，至此而慰藉可知也。”诗人内心的喜悦甚至得意可以想见。

襄阳口号

原文

岂有酖人羊叔子①，更无悔过窦连波②。
残碑堕泪③回文锦，一种销沉可奈何。

注

① 酖(zhēn)：以毒酒杀人。羊叔子：即羊祜(221—278)，西晋大臣，字叔子。《晋书·羊祜传》："祜与陆抗相对，使命交通，抗称祜之德量，虽乐毅、诸葛孔明不能过也。抗尝病，祜馈之药，抗服之无疑心。人多谏抗，抗曰：'羊祜岂酖人者！'时谈以为华元、子反复见于今日。"

② 窦连波：即窦滔，字连波。《诗话总龟·歌咏门》："《璇玑图序》云：前秦安南将军窦滔，有宠姬赵阳台，歌舞之妙，无出其右。滔置之别所。妻苏知之，求而获焉，苦加挞辱，滔深恨之。阳台又专伺苏之短，谗毁交至，滔益忿。苏氏年二十一，滔镇襄阳，与阳台之任，绝苏氏之音问。苏悔恨自伤，因织锦回文，题诗二百余首，计八百余字，纵横反复，皆为文章，名曰《璇玑图》。遣苍头赍至襄阳，滔览锦字，感其妙绝，因送阳台之关中，而具车从迎苏氏，恩好愈重。"

③ 残碑堕泪：《晋书·羊祜传》："襄阳百姓于岘山祜平生游憩之所建碑立庙，岁时飨祭焉。望其碑者莫不流涕，杜预因名为'堕泪碑'。"

鉴赏

此首写作者到达襄阳的所思所感。襄阳这座历史名城人杰地灵，历代名人有宋玉、刘秀、孟浩然等，而作者这里想到的，是曾经坐镇襄阳的西晋荆州都督羊祜。羊祜(221—278)，字叔子，兖州泰山郡南城县(今山东平邑南)

人。西晋名将，汉末才女蔡文姬的外甥。他曾与东吴名将、陆逊之子陆抗相抗，因为陆抗出奇计，遭遇西陵（今湖北宜昌西北）之败，还好损失不大，遂对陆抗采取以德服人的对抗策略，不再主动进攻，等待时机成熟再灭吴。陆抗也是有德之人，两个人互相信任，使命交通。有次陆抗生病，羊祜送去自己调配的药，陆抗服用毫无疑心。很多人要他小心羊祜下毒，陆抗说这怎么可能呢？当时人赞叹他们的德行，觉得是春秋时的华元、子反再世，这两位虽是分属敌国，居然在阵前互相透露底细，所谓“我无尔诈，尔无我虞”。

作者又想到武则天《璇玑图诗序》里，与襄阳相关的一个故事。讲的是前秦安南将军窦滔，字连波，有宠姬赵阳台，擅长歌舞，窦滔金屋藏娇，对她很沉迷。但这事被他的妻子苏蕙知道了，她把赵阳台抓来，苦加挞辱。窦滔知道后很是不满。再加上阳台善于挑拨，收集了不收苏的短处，对她进行污蔑，窦滔更加恼火了。窦滔被派去镇守襄阳，他带上了阳台，不再理睬苏氏。苏蕙悔恨自己妒忌心太强，又自伤孤寂凄惨，用织绵回文的方式，题诗二百多首，共八百多字，正读倒读，回环往复，都读得通，名曰《璇玑图》。她让仆人带着《璇玑图》到襄阳，窦滔读后，深感她的情意，就把阳台送回关中，派车去把苏蕙接了过来，两人的感情比以前更好了。

这两件事情本身没有什么交涉，写在一首诗中，王渔洋想要表达什么呢？诗中第一句说，像羊叔子这样没有害人之心的君子，现在已经遇不到了；第二句说，像窦连波这样注重感情，能够及时改过的人，如今也更是没有了。第三句写羊祜去世以后，襄阳百姓为了怀念他，在他平时喜欢游憩的岘山上建碑立庙，岁时祭飨。看到碑的人，都会掉下眼泪，接替他职位的好友杜预，称之为“堕泪碑”。据《晋书·羊祜传》：“祜乐山水，每风景，必造岘山，置酒言咏，终日不倦。尝慨然叹息，顾谓从事中郎邹湛等曰：‘自有宇宙，便有此山。由来贤达胜士，登此远望，如我与卿者多矣！皆湮灭无闻，使人悲伤。如百岁后有知，魂魄犹应登此也。’”最后一句写羊祜、苏蕙，都是富于道德与才华之人，千古无二。一为事功，一为家庭，但这些人都已经消散在历史的迷雾中了，怎么不令人怅恨！这首绝句很好地体现了神韵派咏史诗的风范。

戴嵩[①]牛图

原文

一川莎草烟蒙蒙，晓来雨过开牛宫[②]。
三尺短箠两觳觫[③]，午阴掉尾[④]嬉凉风。
一头摩角一头龁[⑤]，寝讹[⑥]有态何其工。
江干笛材老烟竹，横吹仿佛穿林丛。
绢素惨澹[⑦]神理在，是耶非耶传戴嵩。
田家风物宛在眼，但有耕作亡兵戎。
我行峨下逾万里，青衣江上平羌东[⑧]。
翠藤红树乱烟雨，风景略与图中同。
一从羽书急滇海，瓯粤秦楚交传烽[⑨]。
益部[⑩]迢遥隔天末，旧游有梦寻巴賨[⑪]。
旄牛徼外阻王会[⑫]，万蹄骄马高缠騣[⑬]。
千村万落长荆棘[⑭]，何时金甲销春农[⑮]。
童牛不牿[⑯]可三叹，卷图风雨来长松。

注

① 戴嵩，唐代画家，韩滉弟子，韩滉镇守浙西时，戴嵩为巡官。擅画田家、川原之景，画水牛尤为著名，得“野性筋骨之妙”（《唐朝名画录》），与韩幹之画马，并称“韩马戴牛”，传世作品有《斗牛图》。

② 牛宫：古代国家饲养禽畜的处所。汉袁康《越绝书 · 吴地传》：“桑里东，今舍西者，故吴所蓄牛羊豕鸡也，名为牛宫。”

③ “三尺”句：黄庭坚《题竹石牧牛》：“阿童三尺箠，御此老觳觫。”箠

(chuí),鞭子。觳(hú)觫(sù),形容老牛惧怕战栗的样子,语出《孟子·梁惠王上》:“王曰:‘舍之,吾不忍其觳觫。’”这里指代牛。

④ 掉尾:摇尾。

⑤ 龁(hé):咬,这里指吃草。

⑥ 寝讹:《诗经·小雅·无羊》:“或寝或讹”。讹,动。《渔洋诗话》卷上:“《无羊》之‘或降于阿,或饮于池,或寝或讹。尔牧来思,何蓑何笠,或负其糇。麾之以肱,毕来既升。’字字写生,恐史道硕、戴嵩画手,未能如此极妍尽态也。”

⑦ 绢素惨澹:元陶宗仪《南村辍耕录》:“唐及五代绢素粗厚。宋绢轻细。望而可别也。”

⑧ “青衣”句:青衣江,大渡河支流,以青衣羌国而得名,在今四川省中部。平羌,平羌江,一般指青衣江。

⑨ “一从”句:康熙十二年(1673)冬十二月,吴三桂据云南反。桂、川、黔、湘、闽、粤诸省响应,战乱波及赣、陕、甘等省。康熙十七年(1678),吴三桂在湖南衡州称帝,国号周,改元昭武。同年八月,病死。

⑩ 益部:古益州(今西南地区)。

⑪ 巴賨(cóng):即“賨人”,秦至南北朝时期巴人的称谓。

⑫ “旄牛”句:《后汉书·南蛮西南夷列传》:“至天汉四年,并蜀为西部,置两都尉,一居旄牛,主徼外夷。一居青衣,主汉人。”《旧唐书·南蛮传》:“中书侍郎颜师古奏言:‘昔周武王时,天下太平,远国归款,周史乃书其事为《王会篇》。今万国来朝,至于此辈章服,实可图写,今请撰为《王会图》。’从之。”

⑬ 高缠騣(zōng):騣,马鬃,马颈上的长毛。《乐府诗集·清商曲辞·青骢白马曲》:“可怜白马高缠騣,著地踯躅多徘徊。”

⑭ “千村”句:杜甫《兵车行》:“君不闻,汉家山东二百州,千村万落生荆杞。”

⑮ 金甲销春农:杜甫《诸将五首》(其三):“肯销金甲事春农。”

⑯ 童牛不牿(gǔ):牿,牛角上所加之横木。《易·大畜·六四》:“童牛之牿,元吉。”

鉴赏

此诗作于康熙十四年(1675),渔洋三年前典蜀归里,为太夫人守孝庐居三年。这年夏天，以父命赴京师。戴嵩是唐代画家韩滉的弟子，以善画田家、川原，尤其是水牛而著称。此诗先写披图所见，雨过天晴，草色迷蒙，早上打开牛栏的大门，水牛们神态悠闲，纷纷出来嬉戏食草。牧童举着三尺短鞭，两头水牛神情淡定，在午荫下摇着尾巴享受凉风。一头在用石头磨角，一头正在吃草。牛群就像《诗经》里描写的那样，有的在睡觉，有的在走动，多么生动。牧童还手持横笛，悠扬的曲声在树林里回荡。虽然因为岁月的积淀，承载画作的绢素已经有些模糊不清，但是真迹的神理仍在。据说这是戴嵩的真品，但是也不能完全确定。画面上一片农耕社会祥和景象，其乐融融，没有兵燹之灾。

写到这里，作者宕开一笔，回到现实中来。三年前我入蜀壮游，行程万里。船过峨嵋山下，青衣江上，漫天烟雨，翠藤红树，风景与画中没有什么两样。但是自从康熙十二年(1673)，吴三桂在云南叛清，战火烧遍西南，福建、广东、陕西、湖南等地都有响应。西南一下了交通阻隔，我只有在梦中，才能常常回到那些巴山蜀水的旧游之地。到处都是兵荒马乱，不见了周代《王会篇》中的外夷来服的安定气象。千村万落，荆棘密布，田地荒废，无人耕作。不知要到何时，才能够重销金甲，恢复农种。《周易》中的小牛，因为在角上加上了横木，所以不会触伤人、物，也不会自伤其角，被认为是大吉大利，但是现实是如此让人担忧。作者合上图卷,窗外已是风雨大作。惠栋补注引《诗观》评此诗:“有紧笔,有宽笔,有近势,有远势。尽力渲染,皆觉纵送如意。”此诗结尾从读图联想到现实,以“童牛不牿”暗讽西南逆叛,增加了题画诗的意义内涵,在艺术上有值得借鉴之处。

和沈石田《钩弋夫人歌》[1]过河间作

原文

汉宫窈窕千蛾眉[2]，春华未谢秋风吹[3]。
《落叶哀蝉》[4]明怨惜，复道佳人葬桐柏[5]。
一朝望气来河间[6]，玉钩乍启回天颜[7]。
朝侍宸游陪豹尾[8]，暮归别馆幸甘泉[9]。
容华未老君恩歇，西弄回头成决绝[10]。
云阳南去女陵[11]旁，怨粉零香水呜咽。
汉家竞说贰师功，卫霍勋名甲第同[12]。
青史只今怜赵父[13]，茂陵烟草亦连空。

注

① 沈石田：沈周(1427—1509)，字启南，号石田，长洲(今江苏苏州)人。明代画家、书法家、文学家。与文徵明、唐寅、仇英并称“明四家”，是吴门画派的创始人。钩弋夫人，姓赵，西汉河间(今河北献县东)人，汉武帝刘彻妃，汉昭帝弗陵的生母。沈周《钩弋夫人》：“河洲窈窕天下奇，气不閟灵占者知。深拳握玉春满把，临河一笑为君披。与君七十仍生子，周公负之画图里。好而不爱情则疑，主少母壮乃媒死。云阳十里吹香风，丝履故在黄肠空。不应青鸟有遗爱，飞绕灵台怅望中。”

② “汉宫”句：《汉武故事》：“又起明光宫，发燕赵美女二千人充之。率取年十五以上、二十以下，满四十者出嫁。掖庭令总其籍，时有死出者补之。凡诸宫美人可有七八千。建章、未央、长乐三宫，皆辇道相属，悬栋飞阁，不由径路。”

③ “春华”句：《汉书·外戚传》：“赵之王夫人、中山李夫人有宠，皆蚤

卒。后有尹倢伃、钩弋夫人更幸。”

④ 《落叶哀蝉》：东晋王嘉《拾遗记》：“汉武帝思怀往者李夫人，不可复得。时始穿昆灵之池，泛翔禽之舟。帝自造歌曲，使女伶歌之。时日已西倾，凉风激水，女伶歌声甚遒，因赋《落叶哀蝉》之曲。”

⑤ “复道”句：《汉书·外戚传》：“卫后立三十八年，遭巫蛊事起，江充为奸，太子惧不能自明，遂与皇后共诛充，发兵，兵败，太子亡走。诏遣宗正刘长乐、执金吾刘敢奉策收皇后玺绶，自杀。黄门苏文、姚定汉舆置公车令空舍，盛以小棺，瘗之城南桐柏。”

⑥ “一朝”句：《汉书·外戚传》：“孝武钩弋赵倢伃，昭帝母也，家在河间。武帝巡狩过河间，望气者言此有奇女，天子亟使使召之。既至，女两手皆拳，上自披之，手即时伸。由是得幸，号曰拳夫人。”

⑦ “玉钩”句：刘向《列仙传·钩翼夫人》：“武帝披其(钩弋夫人)手，得一玉钩，而手寻展，遂幸而生昭帝。”

⑧ 豹尾：天子属车上的饰物，借指天子属车。《汉书·扬雄传》：“是时赵昭仪方大幸，每上甘泉，常法从，在属车间豹尾中。”颜师古注引服虔曰：“大驾属车八十一乘，作三行，尚书御史乘之。最后一乘县豹尾，豹尾以前皆为省中。”

⑨ 甘泉：指甘泉宫。《汉书·外戚传》：“钩弋倢伃从幸甘泉，有过见谴，以忧死，因葬云阳。”

⑩ “西弄”句：《史记·外戚世家》：“上居甘泉宫，召画工图画周公负成王也。于是左右群臣知武帝意欲立少子也。后数日，帝谴责钩弋夫人。夫人脱簪珥叩头。帝曰：‘引持去，送掖庭狱！’夫人还顾，帝曰：‘趣行，女不得活！’夫人死云阳宫。时暴风扬尘，百姓感伤。”

⑪ 女陵：《汉书·外戚传》颜师古注：“(云阳)在甘泉宫南，今土俗人呼为女陵。”

⑫ “汉家”句：李夫人兄李广利为贰师将军，封海西侯。卫子夫弟卫青为将军，击匈奴有功，封长平侯。子夫姐子霍去病，亦以军功为冠军侯、大司马、骠骑将军，都是外戚。

⑬ “青史”句：《汉书·外戚传》：“先是其(钩弋夫人)父坐法宫刑，为中黄门，死长安，葬雍门。……昭帝即位，追尊钩弋倢伃为皇太后，发卒二万人起云陵，邑三千户。追尊外祖赵父为顺成侯，诏右扶风置园邑二百家，长丞奉守如法。……赵氏无在位者，唯赵父追封。”

鉴赏

此诗作于康熙十四年(1675),诗人归里经过河间。河间是汉武帝妃钩弋夫人的故里,明代著名画家、诗人沈周曾有诗悼念,作者感慨钩弋夫人的传奇身世与不幸遭遇,作和诗发抒思古之幽情。此诗一共十六句,转了四次韵,每次转韵也伴随着主题的推进。前四句写汉武帝一代雄主,其实也是好色之君,在历史上可以说是绝无仅有。据《汉武故事》,他后宫佳丽有七八千人,建章、未央、长乐三宫,都是由辇道相通,不由径路。除了皇后卫子夫以外,他还宠爱赵国的王夫人、中山国的李夫人,但因为都死得早,所以后面又有了尹倢伃、钩弋夫人。据说他对李夫人有着很深的感情,在她去世后,由于思念,而赋《落叶哀蝉》之曲。而在平阳公主家认识的卫子夫,在取代了陈皇后,成功进身皇后后,因为色衰,又加上巫蛊之祸,最后落得自尽以表心迹,被葬在长安城南桐柏亭。接下来四句正面描写钩弋夫人的身世以及得宠经过。据《汉书·外戚传》和《列仙传》,汉武帝在巡狩经过河间的时候,望气者说此地有奇女,于是就派使者去寻访。当她来到汉武帝面前时,两手握拳;武帝把她的手掰开,里面藏着一只玉钩。汉武帝喜欢这个女孩,后来和她生下一子,就是未来的汉昭帝。从此她经常不离汉武帝的左右,白天宸游则在豹尾之列,暮归别馆则从幸甘泉。哪知命运无常,一个巨大的不幸正在向她袭来。

下面四句写钩弋夫人的悲惨命运。据《史记·外戚世家》,汉武帝很喜欢钩弋夫人生的儿子刘弗陵,他出生时武帝已经七十岁,武帝觉得这个儿子像自己,就想把他立为太子。但又担心孩子太小,才只有五岁,将来母亲会把持朝政,汉初吕后就是一个例子。他在甘泉宫时,召画工画周公负成王图,于是大臣们都明白了武帝想要立少子。过了几天,他谴责钩弋夫人侍奉不周,要把她下牢。钩弋夫人叩头回顾,希望武帝能够念及旧情,但武帝却对她说:“快点走,你活不成。”后夫人死于云阳宫,被葬于女陵。死的那天,暴风扬尘,遮蔽天日,百姓感伤。《列仙传》里说:“后武帝害之,殡尸不冷而香一月间”,则事迹近乎神异。最后四句写汉代的外戚,曾经煊赫一时,包括贰师将军李广利,卫青、霍去病等。而钩弋夫人家中,最后得到追封的,就只她父亲一人。但这些又算得了什么呢?都是过眼烟云,那位掌握生杀大权的汉武帝所葬的茂陵,如今也已长满了宿草。

据作者晚年《古夫于亭杂录》卷一:“常疑汉武杀钩弋事不可解,或以为雄猜之主不近人情,事亦有之耳。考之《西京杂记》,钩弋夫人从幸甘泉,告上曰:‘妾相运,应为陛下生一男,年七岁,妾当死。今必死于此,不得归矣。愿自爱。’言终而卒,香闻十余里,因葬云陵。上哀悼之,发冢开视,惟衣履存。乃为起通灵台于甘泉。据此则钩弋去来,皆非常人常理，安得有‘去去不得活’之语邪！”则作者对于司马迁《史记》中对于汉武帝的秉笔直书，有点表示怀疑。他认为钩弋夫人非常人，这不免是在为汉武文过饰非。其实《史记·外戚世家》里写得很清楚：“其后帝闲居，问左右曰：‘人言云何？’左右对曰：‘人言且立其子，何去其母乎？’帝曰：‘然。是非儿曹愚人所知也。往古国家所以乱也，由主少母壮也。女主独居骄蹇，淫乱自恣，莫能禁也。女不闻吕后邪？’”司马迁最后感慨到：“故诸为武帝生子者，无男女，其母无不谴死，岂可谓非贤圣哉！昭然远见，为后世计虑，固非浅闻愚儒之所及也。谥为‘武’，岂虚哉！”这段话似褒实贬，王渔洋岂能不知？他并没有司马迁的勇气，敢于直斥当时的最高统治者，但他又是一个存有良知的诗人，所以全诗结尾又流入“神韵”，让人在一种怅怅不平中结束。

朱璧[1]《揭钵图》[2]歌

原文

方寸水精钵，中有宁馨儿[3]。
崔巍青莲座，上有人天师。
一人窈窕美且颀，回风髣髴捎云旗[4]。
作使群鬼无不为[5]，神奸万亿连尻脽[6]。
震电烨烨雷车[7]驰，修罗刀鼻雨不訾[8]。
飞龙衙衙势躨跜[9]，前有饥蛟后肥遗[10]。
或骑朱虎骖文狸[11]，猰貐駃犎驺吾夔[12]。
蹄者角者毛髟髟[13]，铜弩蹶张齐发机[14]。
彤弓兹矢[15]射丽龟，鼘鼘[16]伐鼓声振悲。
师子之铠剑钑铍[17]，悬橦度索上骑危[18]。
牙齿栈齴肩隐颐[19]，左担鸡足移须弥[20]。
威容广大调御[21]姿，不闻不见坐若尸[22]。
天花青绀下葳蕤[23]，山鬼邪揄不得施[24]。
授女五戒[25]跪涕洟，岂悟前因羯肌夷？
宾伽解脱母性慈，山河墨点无疮痍[26]。
顾陆不作作者谁？昆山朱璧能继之。
绢素黕[27]晕丹粉漓，神彩浮动穷毫厘。
城北徐公虎头痴[28]，三日不食坐茅茨[29]。

抱持此卷忘朝饥，大雪叩门索我诗。
开卷一引千留犁[30]，呵冰炙砚[31]为此词，
十指皲瘃两肘胝[32]。
杜陵老叟不可追，金粟神妙徒嗟咨[33]。

注

① 朱璧：朱玉（1293—1365），字君璧，一作均璧，元代昆山（今属江苏）人。喜绘事，闻佳山水，每翛然独往。又拜善界画的王振鹏为师，获师传。曾奉命画《大藏经》引首佛像，方不盈矩，曲尽其妙。而意度横生，不束于绳墨。

② 揭钵图：元人朱玉所作佛教题材画。描写鬼子母暴虐，杀人子女为食。佛祖闻之，将其幼子藏于琉璃钵中。鬼子母穷其神力，不能救子。最终发誓不再杀人，皈依佛门。佛祖即从钵中放还其子。事见《杂宝藏经》。

③ 宁馨儿：晋宋时俗语，即这样的孩子。后多用于美称。《晋书·王衍传》："衍字夷甫，神情明秀，风姿详雅。总角尝造山涛，涛嗟叹良久，既去，目而送之曰：'何物老妪，生宁馨儿！然误天下苍生者，未必非此人也。'"

④ "回风"句：《楚辞·九歌·少司命》："乘回风兮载云旗。"

⑤ "作使"句：王世贞《弇州续稿》卷一百七十一《朱君璧摹劫钵图》："相传鬼子母有五百子在人间，食人精血殆尽。佛愍之，乃摄其所爱最少子，置之琉璃钵中。母求佛出其子不得，则竭魔力与其魔众举此钵，复不得，则四百九十九子各以所从鬼兵数万，排山倒海，掣雷电以击佛，枪刃矢石所抵，皆化为莲花。盖愈恚愈不得，技穷而后改意回向。"

⑥ 尻脽（shuí）：臀部。

⑦ 雷车：据《搜神后记》：义兴人姓周，永和中出都。日暮，道边有一新草小屋，一女子出门，望见周。周曰："日暮求寄宿。"向一更中，闻外有小儿唤阿香，官唤汝推雷车。女乃辞去。明朝视宿处，乃是一新冢。

⑧ “修罗”句：修罗，即阿修罗，为佛教六道之一，初为善神，后又转为恶神之名。訾(zī)，计量。

⑨ “飞龙”句：衙衙，行走貌。躨跜，盘曲蠕动貌。

⑩ 肥遗(wèi)：即肥𧔥，《山海经》中的异兽。《山海经·西山经》：“(太华之山)削成而四方，其高五千仞，其广十里，鸟兽莫居。有蛇焉，名曰肥𧔥，六足四翼，见则天下大旱。”

⑪ “或骑”句：《楚辞·九歌·山鬼》：“乘赤豹兮从文狸。”

⑫ “猰(yà)貐(yǔ)”句：猰貐，《尔雅·释兽》：“猰貐类貙，虎爪，食人，迅走。”䱝(yǎng)坌(fèn)，《山海经·中山经》：“(依轱之山)其上多杻、橿，多苴。有兽焉，其状如犬，虎牙有甲，其名曰獜，善駚坌，食者不风。”郭璞注云：“跳跃自扑也。”驺吾，《山海经·海内北经》：“林氏国，有珍兽，大若虎，五采毕具，尾长于身，名曰驺吾，乘之日行千里。”夔(kuí)，《山海经·大荒东经》：“东海中有流波山，入海七千里。其上有兽，状如牛，苍身而无角，一足，出入水则必风雨。其光如日月，其声如雷，其名曰夔。”

⑬ 耏(ér)耏：多须貌。

⑭ “铜弩”句：蹶(juě)张，以脚踏强弩，使之张开。机，弩牙，弓弩钩弦的部件。

⑮ 玈(lú)矢：黑弓的箭。玈，亦作卢，黑色。《左传·僖公二十八年》：“彤弓一，彤矢百，玈弓矢千。”

⑯ 鼘(yuān)鼘：鼓声。

⑰ “师子”句：师子，即诃梨跋摩，又译作师子铠，古印度佛教思想家，著有《成实论》。《广弘明集》卷二十梁简文帝《庄严旻法师成实论义疏序》：“中天竺国婆罗门子名诃梨跋摩，梁云师子铠。四种《围陀》，在家必习。三品慧藏，入道弥通。”钑(sà)，铁把小矛。铍(pī)，兵器，形如刀，两边有刃。

⑱ “悬橦(chuáng)”句：橦，竹杆。悬橦，指溪谷不通，以绳索相引而渡。欲渡者以绳缚人于橦上，自以手缘索而进。骑危，《史记·魏世家》：“(范)痤因上屋骑危。”指上了屋顶，骑在屋脊上。

⑲ “牙齿”句：栈齴(yǎn)，张衡《西京赋》：“栈齴巉崄。”高峻貌。肩隐颐，出自《庄子·人间世》：“支离疏者，颐隐于脐，肩高于顶。”

⑳ “左担”句：鸡足，鸡足山，位于云南大理，为佛教名山。须弥，须弥山，原为印度神话中之山名，意为“妙高”，是人们所住世界的中心。

佛教沿用之。

㉑ 调御：即调御丈夫，为佛教世尊十号之一。

㉒ 坐若尸：《礼记·曲礼》："坐如尸。"像祭祀中装扮的受祭人那样坐得端正。尸，即代死者受祭的活人。孔颖达疏："尸居神位，坐必矜庄。"

㉓ 葳(wēi)蕤(ruí)：草木茂盛，枝叶下垂的样子。

㉔ "山鬼"句：《世说新语·任诞》刘孝标注引孙盛《晋阳秋》："同府人有得郡者，(桓)温为席起别，(罗)友至尤晚。问之，友答曰：'民性饮道嗜味，昨奉教旨，乃是首旦出门，于中路逢一鬼，大见揶揄。云：我只见汝送人作郡，何以不见人送汝作郡？民始怖终惭，回还以解，不觉成淹缓之罪。'温虽笑其滑稽，而心颇愧焉。"

㉕ 五戒：为在家男女所受持之五种制戒。即不杀生，不偷盗，不邪淫，不妄语，不饮酒。

㉖ "山河"句：《法华经·化城喻品》："譬如三千大千世界所有地种，假使有人磨以为墨，过于东方千国土乃下一点，大如微尘；又过千国土，复下一点。如是展转，尽地种墨，于汝等意云何？"

㉗ 皯(gǎn)：黑。

㉘ "城北"句：指徐夜(1611—1683)，字东痴，山东新城(今桓台)人。为王士禛表兄。明末诸生，入清不仕，纵游山水间。康熙十八年(1679)举博学鸿儒科，力辞不就。著有《东痴诗钞》。

㉙ "三日"句：《渔洋文集》卷一《徐诗序》："癸丑春，予与先西樵、东亭两兄过其村居。老屋三间，雨久穿漏，若将压焉。"

㉚ 留犁：古时匈奴人使用的饭匕。北周庾信《周上柱国齐王宪神道碑》："挠留犁之酒，经略不前；失燕支之山，下马而去。"

㉛ 呵冰炙砚：唐徐坚《初学记》卷二十一："鱼豢《魏略》曰：'颜斐为河东太守，课人输租车，便致薪两束。为寒冰，炙笔砚。'"

㉜ "十指"句：皲(jūn)瘃(zhú)，《汉书·赵充国传》："将军士寒，手足皲瘃，宁有利哉？"颜师古注引文颖曰："皲，坼裂也；瘃，寒创也。"指手足受冻坼裂，生冻疮。胝(zhī)，手上、脚上皮肤因为劳动或运动被摩擦而变硬成茧。

㉝ "金粟"句：杜甫《送许八拾遗归江宁觐省甫昔时尝客游此县于许生处乞瓦棺寺维摩图样志诸篇末》："虎头金粟影，神妙独难忘。"金粟，即金粟如来，指维摩诘之前身。

鉴赏

此诗题咏元代昆山画家朱玉(字君璧)的《揭钵图》,写得怪怪奇奇,想象奇特,使用佛典较多,体现了王渔洋神韵诗风以外,也有重学问、宋诗化的另一种倾向。据王渔洋《池北偶谈》卷十一朱璧揭钵图:"《揭钵图》,凡见数本,最后见朱璧本,有邓文原、赵仲穆及秋壑、钤山二相图书,最为奇古。旧为先伯祖太师公所藏,今归徐隐君东痴。后有董思白书《宝积经》宾伽罗事,又有吴匏庵、沈石田二跋。予所见太师故物,此卷与李伯时摹《支道元十六应真》、周文矩《说剑图》而三耳。《说剑图》今入秘府。"此画真迹,今存两本,一在浙江博物馆,一在美国,都属佛教题材绘画中的珍本。画作表现的故事是鬼子母喜食别人的孩子,却又很爱自己的孩子,佛用自己的法力将她降伏,体现了鬼子母兽性向人性的回归。

诗歌一开始没有作过多的铺垫,而是直接把读者带到了画面的最中心位置,这里也是鬼子母故事的最高潮部分。小小的琉璃钵里面,藏着鬼子母的孩子。佛为了教化鬼子母,故意施展法术,设计了这么一出戏,把她的孩子藏了起来,让她找不到,而焦急万分。琉璃钵前,高高的青莲座上,佛陀慈祥安坐,一副济世度人的样子。鬼子母美若天仙,心如毒蝎,因为最小的爱子被佛藏在了琉璃钵里,爱子心切,发动魔兵向佛杀来。一时间天昏地暗,狂风大作,旌旗招展，杀气腾腾。鬼兵鬼将，成千上万，摩肩接踵，呼啸而来。接下来王渔洋用了大量的笔墨，来描摹激烈的战斗场面，与群鬼的丑状，以反衬佛法的高妙。但见天空中雷电交加，大雨不止，阿修罗们手持兵器，长相奇特。飞龙乱舞，盘曲蠕动，前面是饿蛟，后面是《山海经》中像蛇一样六足四翼的肥遗。妖魔鬼怪们有的坐着朱虎，有的骑着文狸，在一起的还有食人迅走的猰貐、犬状虎爪的駚犮、似虎五彩的驺吾、牛状一足的夔等，披毛戴角、长着蹄爪的怪兽也都一起滚滚而来。妖怪们弓箭齐发，在激昂的鼓声中，朝着佛陀冲杀过来。有的穿着狮子的铠甲，有的挥舞着剑矛；有的利用绳索滑了过来，有的骑到了屋顶上。妖怪们的长相也是奇形怪状，龇牙咧嘴，一口狗牙，身体畸形，脸和肚脐连在一起，肩比头顶还要高。它们妄想挑战佛的法力。

接下来写佛法的广大，只见佛不慌不忙，视之如等闲，禅定危坐，就像什么也没发生一样。但见空中天花乱坠，鬼怪们的伎俩全部落空。鬼子母痛哭流涕，向佛求饶，下跪受戒，终于明白自己的前身，是羯腻王第七小女，因为不肯持戒，才成了鬼形。最后佛把鬼子母的儿子宾伽放了出来，鬼子母从此变得像慈母一样爱护孩子，人世间再也没有恶鬼横行。诗写到这里，王渔洋笔锋一转，开始对这幅画进行评论。他感慨顾恺之、陆探微都已成陈迹，昆山朱玉的《揭钵图》真是神品。笔墨淋漓，神采飞动，穷形尽相。

又感慨自己的外从兄弟、遗民徐夜，真是一个像顾虎头一样的痴人，因为不愿仕清，穷得家徒四壁。宁可三天不食也没有关系，却在一大早，抱着这幅画来找作者索要题诗。于是作者一边喝酒一边打开画卷，在冰天雪地里，呵冰炙砚写下这首诗，直写得十指冻伤，手肘生胝。最后作者自谦，只可惜自己没有像杜甫那样的题画才能，所以只好在这样美好的佛画前，徒生咨嗟。

题陈其年[①]《填词图》

原文

玉梅花下交三九[②]，其年词句红杏尚书[③]枉擅名。
记得微吟倚东阁[④]，梅花如雪扑帘旌。

注

① 陈其年：陈维崧（1625—1682），字其年，号迦陵，明末清初宜兴（今属江苏）人，"明末四公子"之一陈贞慧子。词人、骈文家。康熙十八年（1679），举博学鸿词科，授官翰林院检讨，任《明史》纂修官。著有《湖海楼全集》等。

② "玉梅"句：王士禛《池北偶谈》卷十一："陈（维崧）有《乌丝词》三卷，多瑰奇，闺房游侠之词尤妙。如'春阴帘外天如墨'，又'玉梅花下交三九'，虽秦、李不能过也。"《迦陵词全集》卷六《蝶恋花·纪艳十首》其一："拂晓相逢花弄口。如此天寒，何事清晨走。小院绿熊铺褥厚，玉梅花下交三九。　招入绣屏闲写久，斜送横波，郎莫衣单否？袖里任郎沾宝兽，雕龙手压描鸾手。（围炉）"

③ 红杏尚书：胡仔《苕溪渔隐丛话》引《遁斋闲览》："张子野郎中以乐章擅名一时，宋子京尚书奇其才，先往见之，遣将命者，谓曰：'尚书欲见云破月来花弄影郎中乎？'子野屏后呼曰：'得非红杏枝头春意闹尚书耶？'遂出，置酒尽欢。"

④ 微吟倚东阁：杜甫《和裴迪登蜀州东亭送客逢早梅相忆见寄》："东阁官梅动诗兴，还如何逊在扬州。此时对雪遥相忆，送客逢春可自由。"

鉴赏

此诗作于康熙十七年（1678），王士禛在翰林院侍读任，闰三月直南书房。这年释大汕为陈维崧绘《迦陵填词图》,陈携此画入京应博学鸿词科试,一时名士多有题咏。关于《填词图》原件的画面内容,清乾隆五十九年(1794)陈淮刻本沈初序曾述及:“设色横幅。髯敷地衣坐,手执管,伸纸欲书若沉吟者,意象洒如。旁一蕉叶坐丽人,按箫将倚声,云鬟铢衣,望若神仙也。”“髯”指陈维崧,“丽人”是他已经去世五年的家优兼伴侣徐紫云,因为两人感情很深,所以陈请大汕为他在五年前所作《天女散花图》之外,重作《填词图》。清谢章铤《赌棋山庄词话》卷一:“《迦陵填词图》为释大汕作,掀髯露项,旁坐丽人拈洞箫而吹。是图近日有刻本,其中洪稗畦、蒋铅山二套南北曲最佳。昨在都门于袁筱坞(保恒)侍郎处见其原卷,抽妍骋秘,词苑大观也。惜大汕人品不堪,宗风扫地。以工为秘戏图,得当路欢心,卒以违禁取利毙于法。详王渔洋《分甘余话》。此图出其手,是一大玷耳。”原件今已不存,有乾隆五十九年(1794)刻本,清嘉庆间摹本等。

诗歌首句引迦陵词《蝶恋花·纪艳·围炉》中的名句,晚清陈廷焯《词则》中,称赞“玉梅花下交三九”为“大雅”,又称此词下阕写出了“泥人情态”。这首词写词作者与自己喜爱的女子,在三九寒冬的清晨相遇,一起相约去看梅花。两人又一起回到室内读书写字,女子担心作者穿得太少,让他把手伸入自己袖里,用手炉为他取暖。王渔洋《池北偶谈》认为,陈维崧的《乌丝词》,瑰丽雄奇,喜写闺房游侠,可以直追秦观、李清照。这样的才气,让写出“红杏枝头春意闹”的宋祁，也黯然失色。诗的三、四句回忆与陈维崧在扬州唱和时的意气风发。据蒋景祁《陈检讨诗词序》：“其年先生幼工诗歌，自济南王阮亭先生官扬州，宣导倚声之学，其上有吴梅村、龚芝麓、曹秋岳诸先生主持之。先生内联同郡邹程村、董文友，始朝夕为填词。然刻于《倚声》者，过辄弃去，间有人诵其逸句，至哕呕不欲听，因厉志为《乌丝词》。”《乌丝词》是陈维崧在康熙五年（1666）第一次结集的词集，早期词作因为多经自已删减，目前能见到的就是邹祗谟、王士禛合编词选《倚声初集》中有三十九首，大多沿袭《花间》《草堂》余风，是受云间派词风影响的作品。扬州期间，陈维崧词风经历了成熟和转变。王渔洋《香祖笔记》卷七：“余少时官广陵，与诸名胜修禊红桥，即席赋《冶春诗》二十四首。陈其年后至，赠余诗曰：‘玉山筵上颓唐甚，意气公然笼罩人。’”王渔洋这首题画诗的成功之处，在于紧扣梅花，既写出了迦陵词的大雅不俗，又巧用南朝诗人何逊在扬州的典故，牵出两人当年在扬州红桥、在如皋冒辟疆居所的欢聚往事。康熙元年（1662）《渔洋山人诗集》完成编撰，陈维崧为序者之一，两人交谊非同一般。但此后陈维崧在仕途上，与王渔洋形成了鲜明的对照。陈在经历了七试落榜之后，终于在康熙十八年（1679），通过博学鸿词科，被授予了翰林院检讨，三年后即下世。所以末句“梅花如雪扑帘旌”，其实也是作者对身为遗民之后、刚刚来京的老友的身世，寄予了无限的感慨。

送毛斧季[1]归常熟故处士晋子也

原文

昆湖[2]有真隐，金粟[3]缅高风。
桑海遗民老，襄阳耆旧[4]空。
人言虞仲[5]里，又得小毛公[6]。
廿载淮南别，吴江几落枫。

注

① 毛斧季：毛扆(1640—1713)，字斧季，号省庵，江苏常熟人。毛晋之子。清初著名藏书家、校勘家、出版家，精于小学。

② 昆湖：汉袁康《越绝书·吴地传》："昆湖，周七十六顷一亩，去县一百七十五里。一名隐湖。"

③ 金粟：顾瑛(1310—1369)，一名阿瑛、德辉，字仲瑛，昆山(今属江苏)人。元朝末年，他尽散家财，削发为在家僧，自称金粟道人。

④ 襄阳耆旧：《襄阳耆旧记》，晋习凿齿著。

⑤ 虞仲，周太王的次子、吴泰伯之弟，名仲雍，因大王欲立幼子季历，与兄泰伯同避江南，共建吴国。泰伯死后，为吴国的第二任君主。

⑥ 小毛公：毛苌，为古文诗学"毛诗"传授者。西汉赵(郡治今河北邯郸)人。曾任河间献王博士。

鉴赏

此诗作于康熙二十年(1681)，王渔洋在国子祭酒任。这是一首送别诗，所送之人毛扆，是明末藏书家毛晋(1599—1659)的儿子。毛晋原名凤苞，字子久，后改字子晋,号潜在,别号汲古主人。江苏常熟昆承湖七星桥(亦名曹家滨)人,是明末著名的藏书家、出版家、刻书家、文学家、经学家。他一生爱书如命,无意仕进,集藏书、刻书、校书、著书、读书于一身,雄视东南,其子毛扆也深得乃父真传。王渔洋并没有在诗中罗列他们的学术成就与藏书、刻书之富,而是更多称赞他们不慕荣利、恬退自守的文化品格。

首联把他们和元末隐居不仕的顾瑛相比,顾瑛年轻时外出经商,三十岁后,弃商从文,轻财好客。与杨维桢等人往来甚多,在活着时就为自己建造生圹。他不愿为官,风流豪爽,削发为在家僧,自称金粟道人。颔联点出毛氏家族的遗民身份,明末鼎革,沧海桑田,毛扆能够继承父业,不坠宗风,环顾海内,耆旧已经所剩无几了,更显难能可贵。颈联写毛扆的故里常熟,也是泰伯的弟弟仲雍墓所在之地,泰伯兄弟俩当年为了把王位让给弟弟季历,也就是周文王的父亲,都选择了逃出关中,来到吴地,传播中原文化。如今毛扆著述丰富,考订精详,精于小学,俨然就如当年赵国注释《诗经》的小毛公毛苌一样。尾联回忆自己二十年前曾壮游江南,在寒山寺边写过"疏钟夜火寒山寺,记过吴枫第几桥"(《夜雨题寒山寺寄西樵礼吉二首》其一)的诗句,如今送毛扆归故里,江南对于身处京师的自己而言,已经成了一种归隐的梦想,可望而不可即。翁方纲评此诗:"此亦足以备故实。"

元祐党籍碑[①]

原文

天津桥上啼杜鹃[②]，耕父已见清泠渊[③]。
宫中尧舜不可作，厚陵社饭悲年年[④]。
二惇二蔡秉国轴[⑤]，同文馆狱纷钩连[⑥]。
衣冠相望走岭表[⑦]，一网尽矣嗟群贤[⑧]。
司空手籍元祐党，京自署司空、尚书右仆射兼门下侍郎。
大书深刻相磨镌[⑨]。
彗星下扫文德殿，毁碑夜半何喧阗[⑩]。
攸攸狒狒[⑪]一儿戏，可惜宋社成南迁。
潭州死骨尚有臭[⑫]，党人名字光中天。
西南荒徼八桂郡，此碑千载人争传。
上云垂戒万万世，其词何异诛共驩[⑬]。
从来青蝇[⑭]乱白黑，三代遗直今如弦[⑮]。
小人勿用《易》所戒[⑯]，崇宁偾辙[⑰]无忘旃。

注

① 元祐党籍碑：宋王明清《挥麈后录》卷一："元祐八年九月三日，崇庆撤帘，泰陵亲政。时事鼎新，首逐吕正愍、苏文定。明年，改元绍圣。四月，自外拜章子厚为左仆射。时东坡先生已责英州。子厚既至，蔡元度、邓温伯迎合，以谓《神宗实录》诋诬之甚，乞行重修。繇是立元祐党籍，凡当时位于朝者，次第窜斥。初止七十三人，刘器之亦尝以语胡德辉珵，见之《元城道护录》。其间亦自相矛盾，如川、洛二党

之类，未始同心也。徽宗登极，复皆召用，有意调一而平之。蔡元长相矣，使其徒再行编类党人，刊之于石，名之云'元祐奸党'，播告天下。但与元长异意者，人无贤否，官无大小，悉列其中，屏而弃之，殆三百余人。有前日力辟元祐之政者，亦饕厕名，愚智混殽，莫可分别。元长意欲连根固本牢甚，然而无益也，徒使其子孙有荣耀焉，识者恨之。"

② "天津"句：邵伯温《邵氏闻见录》卷十九："康节先公先天之学，伯温不肖，不敢称赞。平居于人事禨祥，未尝辄言。治平间，与客散步天津桥上，闻杜鹃声，惨然不乐。客问其故，则曰：'洛阳旧无杜鹃，今始至，有所主。'客曰：'何也？'康节先公曰：'不三五年，上用南士为相。多引南人，专务变更，天下自此多事矣。'"

③ "耕父"句：《山海经·中山经》："又东南三百里，曰丰山。有兽焉，其状如猿，赤目、赤喙、黄身，名曰雍和，见则国有大恐。神耕父处之，常游清泠之渊，出入有光，见则其国为败。"

④ "宫中"二句：《宋史·后妃列传》称宋英宗的妻子高氏为"女中尧舜"，神宗病逝后，她遵神宗遗诏辅立幼主，被尊为太皇太后，垂帘听政，历时九年。高氏让哲宗学习宋仁宗圣德，千万不能学他父亲宋神宗。去世后，与宋英宗同葬永厚陵。据徐乾学《资治通鉴后编》卷九十，元祐八年九月，太后临终前，"帝令大防以下，皆往太皇太后。曰：'老身没后，必多有调戏官家者，宜勿听之。公等亦宜早求退，令官家别用一辈人。'乃呼左右，问曾赐出社饭否，因谓大防曰：'公等各去吃一匙社饭，明年社饭时，当思老身也。'"

⑤ "二惇"句：宋王称《东都事略》卷一百一："（蔡京弟）卞有辞辨，貌柔顺而中险，与章惇、安惇缔交，起史祸，以中范祖禹、赵彦若、黄庭坚，兴同文馆狱以陷刘挚、梁焘、王岩叟、刘安世等，斥逐元祐之臣，禁锢其子孙，时号'二蔡二惇'云。"《宋史·奸臣传》："（绍圣初），鞫邹浩事，檄广东使者钟正甫摄治之于新州，士大夫或千里会逮，踵蹇序辰初议，阅诉理书牍，被祸者七八百人，天下怨疾，为'二蔡二惇'之谣。"二蔡指蔡京、蔡卞。蔡京（1047—1126），字元长，北宋兴化军仙游（今属福建）人，北宋末年权相，书法家。蔡卞（1058—1117），字元度，蔡京弟，王安石女婿，北宋宰相、书法家。章惇（1035—1105），字子厚，建州浦城（今属福建）人，主张新法，绍圣元年（1094）拜左相，居相位五年。安惇（1042—1104），字处厚，广安军

(今四川广安)人。绍圣年间,官谏议大夫。

⑥ “同文”句:《宋史·奸臣传》:“(章惇)遂治刘安世、范祖禹谏禁中雇乳媪事,又以文及甫诬语书导蔡渭,使告刘挚、梁焘有逆谋,起同文馆狱,命蔡京、安惇、蹇序辰穷治,欲覆诸人家。又议遣吕升卿、董必察访岭南,将尽杀流人。哲宗曰:‘朕遵祖宗遗制,未尝杀戮大臣,其释勿治。’然重得罪者十余人,或至三四谪徙,天下冤之。”

⑦ “衣冠”句:宋张邦基《墨庄漫录》卷一:“绍圣初,逐元祐党人,禁中疏出当责人姓名及广南州郡,以水土美恶系罪之轻重而贬窜焉。”

⑧ “一网”句:宋曾慥《类说》卷十六:“苏舜钦监进奏院,因十月余赛神会馆中同列,御史刘元瑜弹击下狱,坐监主自盗削籍,同会者皆至斥。刘谓时相曰:‘与相同一网打尽。’”

⑨ “大书”句:《宋史·徽宗本纪》:“(崇宁元年九月)己亥,籍元祐及元符末宰相文彦博等、侍从苏轼等、余官秦观等、内臣张士良等、武臣王献可等凡百有二十人,御书刻石端礼门。”《宋史·奸臣传》:“时元祐群臣贬窜死徙略尽,(蔡)京犹未惬意,命等其罪状,首以司马光,目曰奸党,刻石文德殿门,又自书为大碑,遍班郡国。”

⑩ “彗星”句:《东都事略》卷一百一:“(崇宁)五年,彗出西方,其长竟天。徽宗震惧,仆所立奸党碑,罢京为开府仪同三司、安远军节度使、中太一宫使,封魏国公。”

⑪ 攸攸狒狒:《山海经·东山经》:“又南五百里,曰硾山,南临硾水,东望湖泽。有兽焉,其状如马而羊目、四角、牛尾,其音如獆狗,其名曰峳峳,见则其国多狡客。”《尔雅·释兽》:“狒狒如人,被发,迅走,食人。”

⑫ “潭州”句:王士禛《居易录》卷十五:“蔡京死潭州,数日不得殓,槀葬漏泽园,以青布条裹尸。初宣和间,京师染坊有名太师青者,兹其谶也。见《清波杂志》。”

⑬ 共驩(huān):共工与驩兜。上古时人物,与三苗、鲧并称“四罪”,为舜所流放。《尚书·舜典》:“流共工于幽州,放驩兜于崇山,窜三苗于三危,殛鲧于羽山,四罪而天下咸服。”

⑭ 青蝇:《诗经·小雅·青蝇》:“营营青蝇,止于樊。岂弟君子,无信谗言。”

⑮ 如弦:《后汉书·五行志》:“顺帝之末,京都童谣曰:‘直如弦,死道边;曲如钩,反封侯。’”

⑯ “小人”句:《易·师卦》:“上六,大君有命,开国承家,小人勿用。”
⑰ 偾(fèn)辙:覆辙,喻失败。

鉴赏

此诗作于康熙二十一年(1682),王渔洋在国子祭酒任。全诗一韵到底,写北宋末年的新旧党争,对于司马光、苏轼等元祐党人表达了同情和讴歌,对于以蔡京为首的奸臣迫害忠良表达了蔑视和抨击,最后感慨无休止的党争,断送了北宋朝的大好江山,终于导致宋室南渡。全诗起笔飘忽,先从邵康节天津桥上闻杜鹃写起,表明北宋的衰败,是由于多用南人作相造成的。应该说这是一个比较传统的观点,主要是针对王安石、吕惠卿的。总的说来,王渔洋对于王安石变法的评价不高。《居易录》卷二十四,引海宁朱一是近修史论:“论王安石云:后世之变法者三人,商鞅、王莽与安石耳。商鞅变之而国富强,莽、安石变之而天下大乱。”基本是全盘接受了南宋理学家的观点,用今天的眼光来看,并不完全客观与科学。因为王安石的人品还是好的,他变法是为了富国、强兵,并不像到了徽宗朝的蔡京等人,结党营私。此诗开篇即以王安石变法作为北宋败亡之端,也可以认为王安石变法,可能很多地方用心是好的,但事实上确实打乱了北宋原有体制的平衡。

接着写神宗去世后,高太皇太后垂帘听政,她是反对新法,同情旧党的。但这位人称“宫中尧舜”的高太皇太后垂帘九年后去世，宋哲宗终于有机会按照自己的心意来做事，他把国号从“元祐”改成了“绍圣”，有意继承父志，效法宋神宗。宫中的形势急转直下，高太皇太后死后与英宗同葬永厚陵，这样的局面她生前早有预料，但也无可奈何。蔡京、蔡卞兄弟，章惇、安惇这些人把持了朝柄，“假绍述之说以胁持上下，立朋党之论以禁锢忠良”（宋赵与时《宾退录》卷七），起同文馆狱，想把天下忠良都赶尽杀绝。元祐朝的名臣，都被放逐到岭南瘴疠之地，几乎被一网打尽。蔡京当时已经做到宰相，仍然觉得不快意，又亲自手订元祐党籍名单，刊之于石，遍布天下。写到这里，作者笔锋一转，交代为什么这些碑后来又都毁掉了。原来到了崇宁五年（1106），彗星出西方，其长竟天，徽宗震惧。迫于舆论压力，他夜半命令黄门至朝堂毁石刻，又下诏把全国所有“元祐奸党”碑都推倒。作者至此作一小结，说这些魑魅魍魉的闹剧，终于告一段落，但由于蔡京等奸臣大兴花石纲，谄媚宋徽宗，北宋最终在钦宗手中结束，宋高宗南渡长江，在临安（今杭州）建立南宋。蔡京最后也没有什么好下场，虽然一生曾经四次掌权，但为了逃避战乱，饿死在了潭州，遗臭万年。而元祐党人的声名益盛，如日光冲天。

现广西桂林市东七星山瑶光峰下的龙隐岩，仍幸存有一块未毁的元祐党籍碑，此碑屹立千年，人们争相传拓。碑上写着要垂戒万万世，措辞之严峻，就好像当年舜流放共工、驩兜一样。碑上把元祐、元符间司马光、文彦博、苏辙、苏轼、黄庭坚、秦观等三百零九人列为奸党，虽然其中也有贤愚混杂，自古奸贼就喜欢淆乱黑白，但那些古之遗爱正直的品格，就像弓弦一样笔直。《周易》中说“小人勿用”，徽宗崇宁朝的覆辙不能重蹈。全诗洋洋洒洒，一气直下，而立论正大，使辞温润，是渔洋神韵派咏史诗中的整齐之作。

伪汉刘龑[①]冢歌

原文

纥干山雀冻欲死[②]，朱五经儿[③]作天子。
纷纷负贩皆侯王，山牛兔丝[④]粤中起。
中原澒洞[⑤]久风尘，遂使佣奴窃边鄙。
黄屋左纛[⑥]历四世，坐斥洛州为刺史[⑦]。
昭阳沟水流真珠[⑧]，论车却笑烧沉水[⑨]。
金银当日锢三泉[⑩]，带剑上陵[⑪]嗟已矣。
苦将肖像拟休屠[⑫]，金蚕玉鱼[⑬]谁料理。
茂陵甲帐出人间[⑭]，况尔区区安足齿？
骊山地市[⑮]竟如何，银海茫茫同一轨。

注

① 刘龑(yǎn)：刘龑(889 — 942)，初名岩，蔡州上蔡(今属河南)人。五代时南汉开国皇帝。刘龑及其继任者均为荒淫残暴之君。

② “纥(hé)干”句：宋欧阳修、宋祁《新五代史·冠彦卿传》：“昭宗亦顾瞻陵庙，傍徨不忍去，谓其左右为俚语云：‘纥干山头冻死雀，何不飞去生处乐？’相与泣下沾襟。”

③ 朱五经儿：宋罗大经《鹤林玉露》卷十二：“朱温父诚，以五经教授乡里，号朱五经。”

④ 山牛兔丝：宋吴处厚《青箱杂记》卷七：“广南刘龑初开国，营构宫室，得石谶，有古篆十六，其文曰：‘人人有一，山山值牛，兔丝吞骨，盖海承刘。’解者云：‘人人有一，大人也。山山，出也。值牛者，龑建汉国，岁在丑也。兔丝者，晟袭位，岁在卯也。吞骨者，灭诸弟也。越人以天水为赵为盖海，指皇朝国姓也，承刘者，言受刘氏降也。’”

⑤ 澒(hòng)洞：水势汹涌，引申为冲击、震动。

⑥ 黄屋左纛(dào)：黄屋，古代皇帝车上用黄缯做里子的车盖。左纛，古代皇帝车上用犛牛尾做的装饰物，设在车衡的左边。指代帝王的车辆。

⑦ 洛州刺史：《新五代史 · 南汉世家》："（龑）自言家本咸秦，耻王蛮夷，呼唐天子为'洛州刺史'。"

⑧ "昭阳"句：宋无名氏《五国故事》："岩暴政之外，唯以治宫殿为务，故作昭阳诸殿，秀华诸宫，皆极瑰丽。昭阳殿以金为仰阳，银为地面，檐楹榱桷亦皆饰之以银。殿下设水渠，浸以珍珠。"

⑨ "论车"句：宋陶穀《清异录》："广府刘龑僭大号，晚年亦事奢靡，作南薰殿，柱皆通透，刻镂础石，各置炉燃香，故有气无形。上谓左右：'隋帝论车烧沉水，却成粗疏，争似我二十四个藏用仙人，纵不及尧舜禹汤，不失作风流天子。'"《资治通鉴》卷二百九胡三省注："隋炀帝淫侈，每除夜，殿前诸院设火山数十，尽沉香木根，每一山皆焚沉香数车。火光暗，则以甲煎沃之，焰起数丈，香闻数十里。一夜之间，用沉香二百余乘，甲煎过二百余石。"

⑩ "金银"句：班固《汉书 · 刘向传》："秦始皇帝葬于骊山之阿，下锢三泉，上崇山坟，其高五十余丈，周回五里有余；石椁为游馆，人膏为灯烛，水银为江海，黄金为凫雁。珍宝之臧，机械之变，棺椁之丽，宫馆之盛，不可胜原。"

⑪ 带剑上陵：《汉武故事》："上又见形，谓陵令薛平曰：'吾虽失世，犹为汝君，奈何令吏卒上吾山陵上磨刀剑乎？自今已后，可禁之。'平顿首谢，忽然不见。"

⑫ 休屠：《汉书 · 金日磾传》："武帝元狩中，票骑将军霍去病将兵击匈奴右地，多斩首，虏获休屠王祭天金人。"

⑬ 金蚕玉鱼：王士禛《书刘龑冢碑后》："有金人如翁仲者数枚，各重十五六斤，有二金像冕而坐者、笄翟如后妃者，各重五六十斤。地皆金蚕珠贝，旁有镜一，光烛穴中；宝砚一，砚池中有玉鱼能游泳，他异物不可指识者甚众。"

⑭ "茂陵"句：《汉武故事》："（上）以琉璃珠玉、明月夜光，杂错天下珍宝为甲帐，其次为乙帐，甲以居神，乙以自居。"《南史 · 沈炯传》："既而运属上仙，道穷晏驾，甲帐珠帘，一朝零落，茂陵玉碗，遂出人间。"

⑮ 地市:元陶宗仪《说郛》卷六十一上:“骊山始皇陵作地市,生死人交易,市平,不得欺死人,云秦王地市,有断马利。”

鉴赏

此诗作于康熙二十四年(1685),此年王士禛以少詹事兼侍讲学士奉使祭告南海。粤东之役,有诗三百余篇,后结为《南海集》。刘龚是五代十国之时,南汉的开国皇帝,建立了岭南历史上继南越后第二个地方割据政权。他的登基,离不开父亲刘谦和哥哥刘隐为他在岭南打下的基础。他在位期间,也通过科举任用过一些士人,但总的来说,南汉的君主都是荒淫残暴之君,所以这个政权历四帝,国祚五十四年,最后被北宋赵匡胤所灭。据王士禛《书刘龚冢碑后》:“崇祯九年秋,广州城东二十里北亭洲田间有雷,地奋而成穴,耕者梁某投以石,空空有声。……有司亲临发之,隧道如城,高五丈余,深三丈,中有碑,乃伪汉刘龚冢也。文曰:‘维大有十五年岁次壬寅四月甲寅朔廿四日丁丑,高祖天皇大帝崩于正寝,粤光天五年五月癸未朔十四日丙申迁神于康陵,礼也。’”2003年3月,因重建广州大学城,康陵被广州市考古人员在番禺区小谷围岛再次发现,是中国国内发现的五代十国时期唯一有陵园规制的皇陵。王渔洋此番来到广州,号称博雅的他,少不了要对这段历史进行一番考订,同时寄托兴亡之感。

全诗前六句先从唐昭宗被朱温胁迫,不得不从长安迁都洛阳。昭宗自喻大同纥干山头快要冻死的麻雀，流离失所。而最终他也没能逃脱朱温的毒手。朱温于天祐四年(907)建立梁朝，唐朝灭亡。此后全国陷入分裂，进入五代十国时期。连担货贩卖之人也都纷纷称王称侯，这里面也包括刘龑。南汉建国于后梁贞明三年(917)。刘龑这样出身低下之人能够在南疆称王称霸，说到底还是因为中央政权的式微造成的。接下来写刘龑的种种狂妄无知与奢靡无度。这个短命王朝一共只传了四代。刘龑因为祖上是中原人氏，晚年觉得在边鄙做王有损尊严，于是称唐天子为“洛州刺史”。他四面征讨，劫掠财宝，宫中水渠，下铺珍珠，刻镂础石，置炉燃香，觉得隋炀帝的车烧沉香也不如自己风流。写到这里，作者笔锋一转，人终有一死，把刘龑和历史上的秦皇汉武作起了比较。想当年秦始皇在骊山建墓，下锢三泉，上崇山坟，水银为江海，黄金为凫雁。但是像汉武帝这样的雄主，死后也免不了山陵被士兵用来磨刀剑。刘龑崇信佛教，从他的墓穴中，还发现了像佛像那样的金人。包括铺地的金蚕，砚池中的玉鱼，如今又在哪里？汉武帝甲帐里的玉碗，都重现在了人间，又何况你这样的无名之辈？骊山下据说还有供死人交易的地市，所有这一切和墓中的银海一起，都已经在历史中化为云烟。全诗对秦皇汉武的厚葬表示了批评，既是抨击南汉小王朝的残暴统治，也体现了王士禛惜物爱人的儒者情怀。

三峡桥[①]

原文

五里闻瀑声[②]，轰若车千两[③]。
溪回见飞梁，穹若虹百丈。
众流会三峡，峡门扼其吭[④]。
建瓴[⑤]沸惊湍，排空削层嶂。
石激水斯怒，水横[⑥]石逾壮。
水石终古争，怪奇纷万状。
日射金井潭[⑦]，溅沫出桥上。
日光散青红，雨丝乱飘飏。
绝景遇两苏[⑧]，何人继高唱。

注

① 三峡桥：原名栖贤桥，又称观音桥，在庐山五老峰下，始建于北宋大中祥符七年(1014)，为江州造桥匠人陈智福、陈智汪、陈智洪兄弟三人设计建造的单拱石桥。苏辙《庐山栖贤寺新修僧堂记》："入栖贤谷。谷中多大石，岌嶪相倚。水行石间，其声如雷霆，如千乘车行者，震掉不能自持，虽三峡之险不过也。故其桥曰三峡。"《东坡志林》卷二："子由作《栖贤僧堂记》，读之，便如在堂中，见水石阴森、草木胶葛也。仆当为书之，刻石堂上，且欲与庐山结缘。予他日入山，不为生客也。"

② "五里"句：王士禛《北归志》："遂与豹人取道西北。望五老峰，云气顷刻万状；溪路险隘，不容舆骑；至黄洋坂，则田塍交错，泉流互注。又五六里许，忽闻大声起谷中，如疾雷破壁，使人骇慄，三峡涧也，栖贤桥跨之；眺听不能去。"

③ “轰若”句：韩愈《岳阳楼别窦司直》：“声音一何宏，轰輵车万两。”两，通“辆”。

④ 吭（háng）：喉咙。

⑤ 建瓴：《史记·高祖本纪》：“（秦中）地势便利，其以下兵于诸侯，譬犹居高屋之上建瓴水也。”裴骃集解引如淳曰：“瓴，盛水瓶也。居高屋之上而幡瓴水，盖言其向下之势易也。建，音蹇。”建，通“瀽”，倾倒。

⑥ 横（hèng）：无理粗暴。

⑦ 金井潭：三峡桥下的深潭，名曰金井。

⑧ 两苏：指苏辙、苏轼。苏辙有《游庐山山阳七咏·三峡石桥》诗，苏轼有《庐山二胜·栖贤三峡桥》诗。

鉴赏

此诗作于粤行同年北归途中，作者应白鹿洞友人之邀，游庐山栖贤、开先诸寺。据《粤行三志》之《北归志》，作者与诗人孙枝蔚一起，取道西北，游三峡涧、观音桥、玉渊潭诸名胜。开先漱玉亭和栖贤三峡桥，被苏轼称为“庐山二胜”，苏氏兄弟在三峡桥皆有诗流传。此桥作于北宋大中祥符年间，造型优美，是中国古桥中难得的珍品。渔洋到此，少不了也要题咏一番。

此诗先声夺人，先写四五里开外，就已经开始听到瀑布的轰鸣之声，犹如千万辆战车正在疾驰而来。溪回路转，终于见到跨越山涧的三峡桥，就如飞虹悬在空中一样。接下来写众流汇聚于此，前赴后继，就如三峡一样，令人骇慄。水势自上而下，到了峡门就像被扼住了咽喉一样，倾泻而出，直奔重峦叠嶂。水石激荡，如在互相搏斗，一个蛮不讲理，一个无所畏惧。从古争到今，造就了这千奇百怪的胜景。写完这紧张的一幕，作者又写水的余波，太阳照在三峡桥下的金井潭之上，珠玉四溅。在日光下幻作青红的彩虹，雨丝飘飏。最后点明如此胜景，苏辙、苏轼皆曾题咏，无人敢和，就像太白到了黄鹤楼，崔颢已经题诗在上头一样。言下之意，舍我其谁？全诗并没有对于桥的形态作过多刻画，而着重写水石相激互搏，从第三句开始，用了一连串的动词，描摹生动，扣人心弦。结尾几句又敷以颜色，果然是绝景。

采石太白楼观萧尺木画壁歌[①]

原文

落帆向牛渚，直上太白楼。
锦袍乌帽[②]太潇洒，回看四壁风飕飕。
萧生何年画此雪色壁[③]，峰峦出没烟岚稠。
元气淋漓[④]真宰妒，江湖澒洞蛟龙愁。
吴观越观[⑤]上海日，苍烟九点横齐州[⑥]。
祝融诸峰配朱鸟[⑦]，潇湘洞庭放远游[⑧]。
峨眉雪照巫峡水[⑨]，匡庐瀑下彭湖[⑩]流。
须臾使我行万里，瞥如怒隼凌清秋。
我生海隅近岱畎[⑪]，西游曾上瞿唐舟。
昨登五老弄瀑布，却临三峡窥龙湫。
七十二峰[⑫]身未到，苍梧[⑬]已略天南头。
太白游踪遍四海，晚爱青山采石聊淹留。
丈夫当为黄鹄举，下视燕雀徒啁啾[⑭]。

注

① “采石”句：王士禛《北归志》：“（五月）二十一日。过采石，即牛渚矶也。登太白楼南望，当涂青山三峰，云岚出没，黄山、白纻、九井诸山隐隐目中。楼下四壁，有萧尺木画匡庐、峨眉、泰岱、衡岳四山图。僧云：‘胡太守季瀛在郡日，尺木年已七十余，方卧病，强邀致之，凡七日而就，遂绝笔。’尺木名云从，余内伯父张公举之曩为太平理官，属尺木作《太平山水图》，细入毫末，得元人三昧，江左今无此手矣。”

② 锦袍乌帽：陆游《入蜀记》："十七日，郡集于青山李太白祠堂，二教授同集。祠在青山之西北，距山尚十五里，墓在祠后，有小冈阜起伏，盖亦青山之别支也。祠莫知其始，有唐刘全白所作墓碣及近岁张真甫舍人所作重修祠碑。太白乌巾，白衣锦袍，又有道帽氅裘侑食于侧者，郭功甫也。"

③ 雪色壁：苏轼《郭祥正家醉画竹石壁上郭作诗为谢且遗古铜剑二》："空肠得酒芒角出，肝肺槎牙生竹石。森然欲作不可回，吐向君家雪色壁。"

④ 元气淋漓：杜甫《奉先刘少府新画山水障歌》："元气淋漓障犹湿，真宰上诉天应泣。"

⑤ 吴观越观：《后汉书·祭祀志》注引应劭《汉官仪》、马第伯《封禅仪记》："东山名曰日观。日观者，鸡一鸣时，见日始欲出，长三丈所。秦观者望见长安，吴观者望见会稽，周观者望见嵩山。"越观即吴观，望见会稽者也，为泰山的山峰名。

⑥ "苍烟"句：李贺《梦天》："遥望齐州九点烟，一泓海水杯中泻。"

⑦ "祝融"句：杜甫《望岳》："南岳配朱鸟，秩礼自百王。"

⑧ 放远游：《汉书·沟洫志》："正道弛兮离常流，蛟龙骋兮放远游。"

⑨ "峨眉"句：郦道元《水经注》卷三十四："其下十余里有大巫山，非惟三峡所无，乃当抗峰岷峨，偕岭衡疑，其翼附群山，并概青云，更就霄汉辨其优劣耳。"

⑩ 彭湖：即彭泽，亦名彭蠡，今鄱阳湖。

⑪ 岱畎：《尚书·禹贡》："岱畎丝、枲、铅、松、怪石。"孔安国注："畎，谷也。"

⑫ 七十二峰：指衡山。

⑬ 苍梧：山名，又名九疑，位于今湖南永州市宁远县境内，得名于舜帝南巡的传说。《史记·五帝本纪》："(舜)践帝位三十九年，南巡狩，崩于苍梧之野，葬于江南九疑，是为零陵。"

⑭ "丈夫"句：《史记·陈涉世家》："陈涉少时，尝与人佣耕，辍耕之垄上，怅恨久之，曰：'苟富贵，无相忘。'庸者笑而应曰：'若为庸耕，何富贵也？'陈涉太息曰：'嗟乎，燕雀安知鸿鹄之志哉！'"

鉴赏

此诗作于使粤返途，作者登当涂采石矶太白楼，观萧云从(尺木)所画匡庐、峨眉、泰岱、衡岳四山图,惊叹萧尺木的画技,激发了作者的游兴,不禁诗兴大发。萧云从(1596—1673),字尺木,安徽芜湖人,姑熟画派创始人,明亡后隐居不仕。他的山水画,多数是写真实风光的,最著名的有《太平山水图》三十九幅。此诗开门见山,写自己停舟采石矶,直奔太白楼。相传李白身着宫锦袍,在采石矶头酒醉跳江捉月,溺死江中,其衣冠被渔人捞起葬于采石镇神霄宫内,冢前立有"唐李翰林衣冠墓"石碑。李白的一生,充满了传奇,可以写的东西很多。但因为此篇主要是写画,所以只是用"太潇洒"三字来概括点题,既是写李白,也是写萧尺木和自己。登上太白楼,见萧尺木七十多岁,被太守强迫所作的杰作,但觉画笔飞动。接下来写满壁烟霞,峰峦出没,江湖澒洞,蛟龙生愁,元气淋漓,笔补造化。泰山登顶可观日出,齐烟九点,蜿蜒起伏。南岳衡山顶上有祝融峰,南方属于火德,所以配朱鸟。潇湘、洞庭之中,可以看到蛟龙远游。峨眉积雪,经年不化。巫山巫峡,抗衡岷峨。又有庐山飞瀑,映带彭泽。作者的游兴瞬间被点燃,感觉就像秋天的鹰隼一样,日行万里,凌空翱翔。

最后写自己过往的游历以及观画所感。作者自言出生在山东,靠近海边和泰山,但是也曾有过西行三峡的壮游。前不久还刚刚从庐山的五老峰下来,游历了小三峡的山涧激流,只有衡山七十二峰没有到达过。但此次南行,南方的苍梧之野也已大致领略。太白的一生是多么豪迈,遍游四海,晚年却偏偏喜欢在采石矶淹留。大丈夫的一生,就应该像太白那样黄鹄高举,怎么能够像燕雀那样,整天患得患失,无所作为呢?全诗酣畅淋漓,神完气足,属于渔洋晚年七古中,神采飞扬之作。

然犀亭[①]

原文

不是温忠武[②]，谁堪第一流[③]？
飞书先赴难[④]，洒泪独登舟。
赤帻惊幽渚，黄旗指石头[⑤]。
孤亭临玉镜[⑥]，淅淅荻芦秋。

注

① 然犀亭：位于安徽当涂牛渚山采石矶，东晋温峤燃犀牛角照渚中水族于此。

② 温忠武：温峤(288—329)，字太真，太原郡祁(今山西祁县东南)人。东晋时期名将，博学善文。晋明帝即位，拜侍中、中书令，从平王敦之乱。晋明帝病重，随王导、郗鉴等同受顾命，拜平南将军、江州牧。从平苏峻之乱，拜骠骑将军，册封始安郡公。

③ 第一流：《世说新语・品藻》："世论温太真是过江第二流之高者。时名辈共说人物，第一将尽之间，温常失色。"

④ "飞书"句：《晋书・温峤传》："初，峤与庾亮相推为盟主，峤从弟充言于峤曰：'征西位重兵强，宜共推之。'峤于是遣王愆期奉(陶)侃为盟主。侃许之，遣督护龚登率兵诣峤。峤于是列上尚书，陈峻罪状，有众七千，洒泣登舟，移告四方征镇。"

⑤ "黄旗"句：《晋书・温峤传》："峻时杀侃子瞻，由是侃激励，遂率所统与峤、亮同赴京师，戎卒六万，旌旗七百余里，钲鼓之声震于百里，直指石头。"

⑥ 玉镜：《世说新语・假谲》："温公丧妇。从姑刘氏家值乱离散，唯有一女，甚有姿慧。姑以属公觅婚，公密有自婚意，答云：'佳婿难得，但如峤比云何？'姑云：'丧败之余，乞粗存活，便足慰吾余年，何敢希汝比？'却后少日，公报姑云：'已觅得婚处，门地粗可，婿身名宦尽不减峤。'因下玉镜台一枚。姑大喜。既婚，交礼，女以手披纱扇，抚掌

大笑曰：‘我固疑是老奴，果如所卜。’玉镜台，是公为刘越石长史，北征刘聪所得。”

鉴赏

此篇写登临采石矶然犀亭，感怀东晋名将温峤，称颂其忠烈事迹。首联引《世说新语·品藻》篇，认为过江人物，如果温峤还不能称第一流，那么还有谁有这个资格？温太真到底都有哪些不同寻常之处呢？他为人聪敏，风仪秀整，尤擅清谈。还在很年轻的时候，就曾多次拒绝州郡征辟。后来他进入司空刘琨的幕府，拜司空左长史。西晋灭亡后，拥戴晋元帝即位，拜散骑常侍。他还先后平定王敦、苏峻之乱，可以说为东晋王朝的创立和巩固，立下了汗马功劳。这样力挽狂澜的文武全才，不幸英年早逝，谥号忠武。

颔联着重笔墨写温峤平定苏峻之乱的过程。咸和三年(328)二月，苏峻率叛军攻陷建康，挟持晋成帝，控制朝政。四月，温峤与庾亮起兵讨伐苏峻，互推对方为盟主。因为陶侃的影响力更大，温峤于是派遣督护王愆期前往荆州游说，陶侃起先甚是犹豫。据唐房玄龄等《晋书·毛宝传》：“苏峻作逆，峤将赴难，而征西将军陶侃怀疑不从。峤屡说不能回，更遣使顺侃意曰：‘仁公且守，仆宜先下。’”忠义之心，跃然纸上。后来温峤在参军毛宝的建议下，追回了这封信，而陶侃也终于同意不计前嫌，与温峤、庾亮一起出兵勤王。颈联写讨苏联军一共六万大军，旌旗连结七百余里，声势大振，兵锋直指石头城。在平定了苏峻之乱后，温峤认为王导才是先帝所任命的大臣，于是决定返回江州。在路过采石矶时，点燃犀牛角，来照水底的各种怪物。夜里梦到有红衣人对自己说，幽明有别，互不相扰，你为什么要来照我们？没多久，温峤就去世了。尾联写这样的一代英雄人物，怎不让人发无限思古之情！作者久久地站立在然犀亭上，下临牛渚，宛如玉镜，不由得让人想起温太真玉镜台的传说。怀想这样一个忠肝义胆又风趣的人，在这样的一个芦荻瑟瑟的秋天，请允许我在这里为他凭吊片刻。此诗首联开门见山，颔联、颈联连用动词，都极为雄健遒劲，尾联意味悠长，给人以无限的回想。

题赵承旨画羊

原文

三百群[①]中见两头，依然秃笔扫骅骝[②]。
朅来清远吴兴地[③]，忽忆苍茫敕勒[④]秋。
南渡铜驼犹恋洛[⑤]，西归玉马已朝周[⑥]。
牧羝落尽苏卿节[⑦]，五字河梁[⑧]万古愁。

注

① 三百群：《诗经·小雅·无羊》："谁谓尔无羊？三百维群。"

② 秃笔扫骅骝：杜甫《题壁上韦偃画马歌》："戏拈秃笔扫骅骝，欻见骐驎出东壁。"

③ "朅来"句：朅来，发语词，明胡震亨《唐音癸签》卷二十四："唐人诗多用'朅来'二字。《楚辞》：'车既驾兮朅而归，不得见兮心伤悲。'韵书：朅，却也，去也；又发语辞。"清远吴兴地，赵孟頫《吴兴山水清远图记》："昔人有言：'吴兴山水清远。'非夫悠然独往，有会于心者，不以为知言。"

④ 苍茫敕勒：《乐府诗集·杂歌谣辞·敕勒歌》："(《乐府广题》曰："北齐神武攻周玉壁，士卒死者十四五。神武恚愤，疾发。周王下令曰：'高欢鼠子，亲犯玉壁，剑弩一发，元凶自毙。'神武闻之，勉坐以安士众，悉引诸贵，使斛律金唱《敕勒》，神武自和之。"其歌本鲜卑语，易为齐言，故其句长短不齐。)敕勒川，阴山下。天似穹庐，笼盖四野。天苍苍，野茫茫，风吹草低见牛羊。"

⑤ "南渡"句：《晋书·索靖传》："靖有先识远量，知天下将乱，指洛阳宫门铜驼，叹曰：'会见汝在荆棘中耳！'"

⑥ "西归"句：《文选》卷四十任昉《百辟劝进今上笺》李善注："《论语比考谶》曰：'殷惑妲己玉马走。'宋均曰：'女妲己，有美色也。玉马，喻贤臣奔去也。'"

⑦ "牧羝(dī)"句：《汉书·苏武传》："武卧啮雪，与旃毛并咽之，数日

不死。匈奴以为神,乃徙武北海上无人处,使牧羝,羝乳乃得归。……(武)杖汉节牧羊,卧起操持,节旄尽落。”羝,公羊,不能产乳。

⑧ 五字河梁:《文选》载李陵《与苏武诗三首》,其三:“携手上河梁,游子暮何之。徘徊蹊路侧,悢悢不能辞。行人难久留,各言长相思。安知非日月,弦望自有时。努力崇明德,皓首以为期。”

鉴赏

此诗作于康熙二十八年(1689)岁暮,王渔洋五十六岁,时作者服阕,在京师任詹事府少詹事,兼翰林院侍讲学士。赵承旨即赵孟頫,元代湖州人,字子昂,号松雪道人。他是宋室宗族,入元,历官兵部郎中、翰林学士承旨等。工书善画,著有《松雪斋集》。此诗题咏赵的《二羊图卷》,能够不落窠臼,写出了赵孟頫投元后的身世之感。

首联写两只羊神态各异,一肥硕,一长毛,让人想起《诗经·小雅》里的《无羊》篇。此画今存,画旁还有赵孟頫的自题:“余尝画马,未尝画羊,因仲信求画,余故戏为写生,虽不能逼近古人,颇于气韵有得。子昂。”颔联把主题引向深入,吴兴山水清远,为什么松雪道人要去画这些北方草原的羊呢?颈联点明主旨,赵孟頫虽然出仕元朝,其实并没有完全忘记故国,就像东晋南渡,士大夫仍然不忘洛阳宫门前荆棘中的铜驼。又引殷周易代的史事,论说赵孟頫所遭遇的山河之变、家国之痛。当年由于商纣王昏庸,大臣们最终纷纷离他而去,正如赵孟頫后来仕元一样。《论语·微子》:“微子去之,箕子为之奴,比干谏而死,殷有三仁焉。”这里指责商纣昏庸，贤臣离去，其实也是在为赵孟頫仕元找台阶，同时避免引起清统治者对自己诗作的猜忌。尾联以苏武牧羊扣题。苏武北海牧羊十九年，不辱使命，当然是可歌可泣。但是当被迫投降匈奴的李陵与苏武相别时，据《文选》称李陵所作的送别诗，可知李陵内心亦充满了悲苦。李陵当时投降，实在是因为寡不敌众，而且投降后，汉武帝杀光了他的家人，他已经无家可回。苏武固然是史书歌颂的民族英雄，彪炳千秋；但是李陵作为名将之后，被迫事胡，其内心的悲苦，赵孟頫千载后在作此画时，是不是也有深切体会呢？不管赵孟頫有没有体会到，渔洋大概是体会到了。

文

《唐贤三昧集》序

原文

严沧浪①论诗云："盛唐诸人，唯在兴趣，羚羊挂角，无迹可求②，透彻玲珑，不可凑泊，如空中之音，相中之色，水中之月，镜中之象，言有尽而意无穷。"司空表圣③论诗亦云："妙在酸咸之外。"

康熙戊辰④春杪，归自京师，居宸翰堂⑤，日取开元、天宝诸公篇什读之，于二家之言别有会心。录其尤隽永超诣者，自王右丞而下四十二人，为《唐贤三昧集》，厘为三卷。合《文粹》《英灵》《间气》诸选诗，通为《唐诗十选》云。不录李、杜二公者，仿王介甫《百家》例也。张曲江开盛唐之始，韦苏州殿盛唐之终，皆不录者，已入予《五言选诗》，故不重出也。康熙二十七年七夕后，王士禛阮亭书。

注

① 严沧浪：严羽，南宋文学批评家。字仪卿，一字丹丘，号沧浪逋客，邵武(今属福建)人。终生未仕。论诗推崇盛唐。著有《沧浪诗话》。

② "羚羊"二句：宋道原撰《景德传灯录》卷十七："(道膺禅)师谓众曰：'如好猎狗。只解寻得有纵迹底；忽遇羚羊挂角，莫道迹，气亦不识。'僧问：'羚羊挂角时如何？'师曰：'六六三十六。'又曰：'会么？'僧曰：'不会。'师曰：'不见道无踪迹。'"

③ 司空表圣：司空图(837—908)，字表圣，河中虞乡(今山西永济)人。晚唐诗人、诗论家。黄巢入长安，图退居河中。后归隐中条山王官

谷,此后几经迁移,终未出仕。朱温代唐,不食而死。

④ 戊辰:康熙二十七年(1688),《渔洋山人自撰年谱》卷下:"正月闻太皇太后崩,有诏:四品已上京朝官在籍者,皆赴京师。"

⑤ 宸翰堂:王渔洋新城故居堂名,堂中有多幅康熙所赐御书,宸翰就是御书的意思。

鉴赏

此序作于康熙二十七年(1688)七夕后,王渔洋居庐期间。因为年初孝庄皇太后崩,渔洋在赴京师后回到新城故居,完成了《唐贤三昧集》的选定,同时在序言中对去年已经开始,但尚在进行的《十种唐诗选》,也予以了介绍。全文先从严羽《沧浪诗话·诗辩》入手,来进行自己的理论建构,凸显唐诗的价值。严羽认为,诗歌主要是用来吟咏情性的,而不是像一些宋代的诗人那样,用诗歌来展览学问、发表议论。盛唐诗人,之所以高不可及,其秘密就在于"兴趣"二字。"兴趣"二字的涵义,甚为广泛而且深邃,涉及到情感的兴起、意象的运用与创作、阅读中的趣味与感受。严羽对此没有给出具体的定义,而是作了一连串的佛教式的比喻。好的诗歌,需要像禅宗所说,如羚羊晚上睡觉,用角悬身挂在树上,脚不着地,不给猎狗留下任何的气味和痕迹。需要晶莹剔透,没有粘着,没有任何一丝苦心经营的痕迹。就好像声音在空中,虽然能听到,但是触摸不到。就像世间万相,虽然能够看得见,但是无法描摹。像水中的月亮,虽然看得见,但是无法打捞。像镜中的影像,虽然看得见，但是不真实。语言就是这些不真实的外相，好的诗人要让读者通过这些外相，去感受到语言、意象背后的无穷意味。又好像司空图在《与李生论诗书》中所说的那样，好的文学需要有韵外之致，让人感受到酸和咸以外的滋味。

康熙二十七年春末，作者从京师回到故居，在有着康熙御书的宸翰堂，开始阅读唐诗。每天阅读开元、天宝盛唐诗什，对于严羽、司空图的诗论，越来越有心得。于是开始编选《唐贤三昧集》，取其中特别隽永超诣的，从王维开始，共选四十二人，编为三卷。又介绍从康熙二十六年开始着手编的《十种唐诗选》，其中包括宋姚铉编的《唐文粹》，原书共一百卷，诗、文并包。姚铉本人提倡古文、古体诗，排斥声律，因此《唐文粹》中文赋只收古体、不收骈文，诗歌只收古体诗，不收五言、七言的近体诗。经王渔洋删纂，定为六卷。又有唐殷璠编的《河岳英灵集》，录常建等二十四人诗，共二百三十四首，凡三卷，对所录诗人都有评语。王渔洋删去评语，选了其中一部分诗。又有唐代高仲武的《中兴间气集》，以及唐代芮廷章《国秀集》、元结《箧中集》、佚名《搜玉集》、令狐楚《御览诗集》、姚合《极玄集》、韦庄《又玄集》与韦縠《才调集》等。之所以用了九种唐人选唐诗的选本，是因为王士禛认为，唐人对唐诗的认识和取舍，眼光要高于后人，所以需要追源溯流。

《唐贤三昧集》没有选李白、杜甫，这是模仿王安石《唐百家诗选》的体例,因为李、杜属于大家,不与一般诗人并列。张九龄开盛唐之首,韦应物殿盛唐之末,所以《唐贤三昧集》也都没有入选,因为《古诗选》中的五言部分已经选过了。所谓三昧,在佛教里原义指禅定,后来经常被用来指称真谛的意思。所以《唐诗三昧集》其实是一个盛唐诗的选本,重点在于王、孟,论诗以严羽、司空图为指归,注重言外之意,韵外之致。因为篇幅适中,选诗精审,对于后世影响甚大。

游瓦官寺记

原文

金陵城西南隅最幽僻处，古瓦官寺在焉。邓太史元昭招予结夏万竹园[1]，园与寺邻，喜胜地落吾手也。

时方燠[2]甚，忽云叶四垂，雨如屈注[3]，淮水暴涨三四尺。高柳青溪，御风以往，至凤游寺，即上瓦官也。按葛寅亮[4]《记》云，寺一更于昇元，再废于崇胜戒坛，洪武初荡然无存。其地半入骁骑仓，半入徐魏公族园。万历十九年，魏公慨然布金，遂复瓦官昇元之旧。殿左空圃有土阜，高丈许，上多梧桐林，即古凤凰台址。今寺去江远甚，台近培塿，不可以远望。太白诗所谓"一风三日吹倒山，白浪高于瓦官阁"[5]。故迹沧桑，不可复考。太史谓瓦官旧在城外，濒于江。明初广拓都城，始入城内云。

稍西南为下瓦官寺，藤梢橘刺，数折始得寺门，清迥视上瓦官不啻[6]过之。寺有唐幡，相传天后锦裙所制。锦作浅绀[7]色，云龙隐起，四角缀十二铃。陆龟蒙《古锦记》云："瓦官寺有陈后主羊车一轮，武后锦裙一幅。"今羊车不可见，而此裙宛然。又，《志》称师子国[8]玉佛、戴安道[9]佛像、顾长康《维摩图》，为此寺三绝，皆化去。老狐看朱成碧[10]，以此狐媚世尊，勿乃不可？顾千载而下，犹与金石同寿，事固有不可解者矣。六朝时，名僧支道林、法汰之流，皆居此。顾虎头、伏曼容[11]宅正在寺侧，风流弘长，于古为最，殊恨古人不我见也。

入万竹园，饮青巘堂，出华林部奏伎堂侧。琅玕万个，流云欲归，蝉鸟乱鸣。意高枕此中，不复成梦。堂前有池如半规，烟雾孛郁[12]。太史云：池每夕必有气，絪缊轮囷[13]，登阁望之，如匹练然。漏下三十刻，相约以明日访六朝松石，乃别去。

注

① 邓太史元昭：邓旭(1609—1683)，字元昭，明末清初江南寿州(治今安徽寿县)人，后久居江宁(今江苏南京)，营造万竹园。顺治进士，曾为翰林院检讨。结夏：消夏。

② 燠(yù)：暖。

③ 屈注：汇聚注入，形容雨水之急骤、盛大。

④ 葛寅亮(1570—1646)，字冰鉴，号屺瞻，钱塘(今浙江杭州)人。官工部尚书，有《金陵梵刹志》。

⑤ “一风三日”二句：出自李白《横江词》。

⑥ 不啻(chì)：不仅。

⑦ 绀(gàn)：红青色。

⑧ 师子国：中国史籍对今斯里兰卡的古称。

⑨ 戴安道：戴逵(？—396)，字安道，谯郡铚县(今安徽濉溪西南)人。东晋时候的隐士、画家。

⑩ 看朱成碧：古代朱为正色，碧属杂色。指以假乱真，是非混淆。

⑪ 顾虎头：顾恺之(约345—409)，字长康，小字虎头，晋陵无锡(今属江苏)人。东晋画家。有“才绝、画绝、痴绝”之称。伏曼容(421—502)，字公仪，南朝宋、齐大臣，著名儒士，平昌安丘(治今山东安丘西南)人。著有《周易集解》等。

⑫ 孛(bó)郁：同“勃郁”，浓盛貌。

⑬ 轮囷：盘曲貌。

鉴赏

此记作于康熙三年(1664),王渔洋在扬州推官任,因公务至金陵,邓旭招于万竹园消夏。文章一开始先介绍瓦官寺的方位,在金陵城西南隅最幽僻处,现址位于秦淮区集庆路南侧。此寺始建于东晋兴宁,原为官府管理陶业机构所在地,故寺名“瓦官”。南朝梁代就寺兴建瓦官阁,高二十四丈,高耸入云,大江环前,是当时建康登高远眺的绝好去处。结夏,在佛教里是夏安居的意思,这里指消夏。

交代完了时间、地点、人物,作者开始描写气候。去的那天,正好酷热难当,忽然乌云四布,大雨如注,秦淮河水也一下子涨了三四尺。作者走的是水路,高柳青溪,趁风而驶,转眼就来到了凤游寺,即上瓦官。据明代葛寅亮《金陵梵刹志》中的《凤凰台上瓦官寺记》,南唐昇元年间,瓦官寺改称过昇元寺;北宋太平兴国年间,复建为崇胜戒坛院;到了明初洪武年间,已经荡然无存。其地一半入了骁骑仓,即禁军粮仓,一半入了明代开国功臣、魏国公徐达的族园。万历十九年(1591),魏国公徐鹏举捐金重建瓦官寺。殿左有土堆,高丈许,上多梧桐林,即古代的凤凰台址。相传刘宋元嘉间,有凤凰来集于此。李白作有《登金陵凤凰台》诗:“凤凰台上凤凰游,凤去台空江自流。吴宫花草埋幽径,晋代衣冠成古丘。三山半落青天外,二水中分白鹭洲。总为浮云能蔽日,长安不见使人愁。”如今寺离江甚远，台也只是个小土坡，已不可以瞻眺。李白还写过《横江词》："一风三日吹倒山，白浪高于瓦官阁"，但这些故迹都已经不能复考。邓太史告诉作者，瓦官寺原来是在城外江边，明代因为拓宽了都城，此处才变成了城内。

稍西南是下瓦官寺，一路上藤梢橘刺，数折才到寺门，环境比上瓦官寺要来得更加清幽。寺里面有唐代的佛幡，据说是用武则天的锦裙所制。锦呈青红色，上面隐隐有云龙起伏，四角缀有十二铃铛。唐代陆龟蒙《记锦裾》中说："侍御史赵郡李君，好事之士也。因予话上元瓦棺寺有陈后主羊车一轮，天后武氏罗裾、佛幡，皆组绣奇妙。李君乃出古锦裾一幅示余。"羊车现在已经没有了，而锦裙居然还在。《金陵梵刹志》里还说，此寺有三绝，即狮子国所献玉佛像、戴逵所改佛铜像和顾恺之所画维摩诘壁画，现在都已经不存了。王士禛至此发表了一些符合正统而又颇为迂腐的议论。他认为武则天以女主，淆乱朱碧，狐媚惑佛。没想到佛祖居然没有降灾于她，还把她的锦裙保存了下来，令人百思不能得其解。又感慨这座寺院历史久远，六朝时名僧支遁、法汰，都曾在此居住过。顾恺之、伏曼容的住所，都在寺侧，风流绵远，于古为最。真是遗憾古人不能见到我——作者这么说，有点高自位置。这里暗用了《南史·张融传》"不恨我不见古人，所恨古人又不见我"的典故，体现了青年时代王士禛的自负。

接下来写来到万竹园，饮于青嶰堂，当时南京著名戏班之一——“华林部”于堂侧表演技艺。园中竹林密布，日已黄昏，蝉鸟乱鸣，要是在这里睡一觉，恐怕很难入梦。堂前有一个半圆形的池子，烟雾缭绕。太史说，池子每到晚上，就会冒出水气，缥缈翻腾，登阁望之，就好像白练一样。转眼已到深夜，大家相约明天继续去访六朝松石，才依依不舍地离去。

全文以简净的语言，对瓦官寺的历史沿革、规模设置进行了记述，表达了作者的访古之幽情。

《芝廛集》[1]序

原文

芝廛先生刻其诗若干卷既成，自江南寓书，命给事君[2]属予为序，予抗尘走俗，且多幽忧之疾[3]，久之未有以报也。

一日秋雨中，给事自携所作杂画八帧过余，因极论画理久之。大略以为画家自董、巨以来谓之南宗，亦如禅教之有南宗云。得其传者，元人四家，而倪、黄为之冠；明二百七十年，擅名者，唐、沈诸人，称具体，而董尚书为之冠，非是则旁门魔外而已。又曰："凡为画者，始贵能入，继贵能出，要以沉着痛快为极致。"予难之曰："吾子于元推云林，于明推文敏，彼二家者，画家所谓逸品也。所云沉着痛快者安在？"给事笑曰："否，否。见以为古澹闲远，而中实沉着痛快，此非流俗所能知也。"予闻给事之论，嗒然[4]而思，涣然而兴，谓之曰："子之论画也，至矣。虽然，非独画也。古今风骚流别之道，固不越此。请因子言而引伸之，可乎？唐宋以还，自右丞以逮华原[5]、营丘[6]、洪谷[7]、河阳[8]之流，其诗之陶、谢、沈、宋、射洪[9]、李、杜乎？董、巨其开元之王、孟、高、岑乎？降而倪、黄四家以逮近世董尚书，其大历、元和乎？非是则旁出，其诗家之有嫡子正宗乎？入之出之，其诗家之舍筏登岸乎？沉着痛快，非惟李、杜、昌黎有之，乃陶、谢、王、孟而下莫不有之。子之论，论画也，而通于诗；诗也，而几于道矣。子之家先生方属予论次其诗，请即以此言为之序，不亦可乎？且子之家世，自文肃⑩、太史⑪两公以德业文章见重隆、万两朝。太常公⑫风流弘长，岿然为江左文献，尤擅场六法⑬，寸缣尺素流传海外，世之论者以比黄公望⑭，而年寿亦如之，此非烟云供养不能。先生幼闻过庭之训⑮，耳濡目染，无非教也。其诗之工也，不亦宜乎！"

遂书其语复于先生，然终无加于给事之论也。

注

① 《芝麈集》：王揆(1619—1696)，字端士，一字芝麈。清太仓(今属江苏)人。王时敏次子，王原祁之父。顺治十二年(1655)进士，康熙中荐博学鸿词科，辞不赴。与黄与坚等并称"娄东十子"，著有《芝麈集》。

② 给事君：王原祁(1642—1715)，字茂京，号麓台、石师道人，太仓人，曾任刑部给事中。清代画家，肆力山水，娄东派的代表人物，与王时敏、王鉴、王翚并称"四王"。

③ 幽忧之疾：过度忧劳所成的疾病。

④ 嗒(tà)然：形容身心俱遣、物我两忘的神态。

⑤ 华原：范宽(950—1032)，又名中正，字中立。华原(今陕西铜川)人。北宋画家。擅画山水，为山水画"北宋三大家"之一。

⑥ 营丘：李成(919—967)，字咸熙，号营丘，京兆长安(今陕西西安)人。五代宋初画家，与董源、范宽并称"北宋三大家"。

⑦ 洪谷：荆浩，字浩然，号洪谷子。沁水(今属山西)人。五代后梁画家。

⑧ 河阳：郭熙，字淳夫，河阳温县(今属河南)人。北宋画家、绘画理论家。

⑨ 射洪：陈子昂(659—700)，字伯玉，梓州射洪(今属四川)人。初唐文学家、诗人、诗歌理论家。

⑩ 文肃：王锡爵(1534—1611)，字元驭，号荆石，苏州太仓(今属江苏)人，明代诗人。曾任礼部尚书兼文渊阁大学士，拜首辅，谥文肃，著有《王文肃公文集》。

⑪ 太史：王衡(1562—1609)，字辰玉，号缑山，别署蘅芜室主人，苏州太仓(今属江苏)人。万历首辅王锡爵之子，明末清初画家王时敏父。曾任翰林院编修，后辞官归隐。

⑫ 太常公：指王时敏(1592—1680)，字逊之，号烟客，晚号西庐老人，王锡爵孙，王衡子。明末清初画家，清初"四王"之首，曾任明太常寺少卿。

⑬ 六法：古代品评绘画的六项标准。出自南朝齐谢赫《古画品录》："六法者何？一气韵生动是也，二骨法用笔是也，三应物象形是也，四随类赋彩是也，五经营位置是也，六传移模写是也。"

⑭ 黄公望：黄公望(1269—1354)，常熟(今属江苏)人，字子久，号一峰、大痴道人等。擅画山水，与吴镇、倪瓒、王蒙并称"元四家"。

⑮ 过庭之训：指父亲的教诲。《论语·季氏》："(孔子)尝独立，鲤趋而过庭。曰：'学诗乎?'对曰：'未也。''不学诗，无以言。'鲤退而学诗。"

鉴赏

此文是为清初画坛"四王"之首王时敏之子，"四王"之一王原祁之父王揆《芝廛集》所作的序言，全文打通诗、画界限，体现了王渔洋对于南宗画与神韵诗的基本认识。文章先是介绍了写作此文的由来，王揆《芝廛集》刻成时，从江南写信来，通过其子王原祁向王渔洋求序，但作者因为公务繁忙，加上身体、心情都不大好，一直没能动笔。

秋日的一个雨天，刑部给事中王原祁带着自己所画的八幅画前来拜访，于是两个人就在一起谈起了绘画。王原祁受到董其昌南宗画的思想影响很大，他把南宗追溯到五代时候的董源、巨然，认为这就像是禅宗里的南宗一样。得其传者，元代有四家，而倪瓒、黄公望是其中的翘楚。明代二百七十年，最有名的是唐寅、沈周这些吴门画派的画家，得到了真传，而其中最突出的是做过礼部尚书的董其昌，其余都是旁门左道。这里明显是继承了董其昌的画论，对于南方的文人画评价较高，而把李思训父子的青绿山水，作为北宗画的代表。王原祁又说："擅长作画的人，起先要能进得去，其后要能出得来，最后达到沉着痛快的极致。"严羽《沧浪诗话·诗辩》中，把诗歌分成"优游不迫"和"沉着痛快"两类，前者偏于阴柔，而后者偏重阳刚。这是一个重大的理论问题，涉及对于两种不同类型艺术的评价问题，所以王渔洋继续发问："您既然在元代推崇倪瓒(号云林子)，明代推许董其昌(谥号文敏)，这两家在画中都属于是逸品。请问他们的沉着痛快又在哪里?"所谓逸品，就是极品的意思。北宋黄休复《益州名画录》中，把"逸格"提到"神""妙""能"诸格之上，认为画中"逸格"最高。但是这些最高格的南宗画，风格多偏于古澹闲远，它们的沉着痛快又表现在哪里呢？因为王渔洋的诗，注重神韵，《唐贤三昧集》推崇王维，这也涉及对于他的诗歌风格的定位和评价问题。

王原祁不慌不忙地笑着说："不是这么回事，不是这么回事。那些看上去古澹闲远的作品，其实质都是沉着痛快的，这个道理一般的俗人是无法理解的。”王渔洋听到了这样的妙论，不禁陷入了深思，突然好像顿悟了一样，直起身来对王原祁说：“您的画论，已经达到了最高境界，无以复加。我在想，不仅仅绘画是这样子，自古到今，诗歌的发展之路，其实也是这样。让我顺着您的高论，来作些引申、发挥，可以吗？唐、宋以来，南宗画从王维开始，直到范宽、李成、荆浩、郭熙，不就像诗歌里面的陶渊明、谢灵运、沈佺期、宋之问、陈子昂、李白、杜甫吗？董源、巨然，不就相当于开元时候的王维、孟浩然、高适、岑参吗？到了元代的倪、黄四家，直至近代的董其昌，不就相当于大历、元和吗？不在这个谱系里面的，都是属于旁逸斜出，不属于嫡子正宗。所谓能入能出，不就是诗家所谓的舍筏登岸、不落言筌吗？而沉着痛快的风格，不仅仅李白、杜甫、韩愈有，陶、谢、王、孟以下，莫不具有。您这是在论画，但也通于诗；论诗，但也几于道。您的父亲正好约我给他的诗集作序，我就用这段话来作为序言，不是很好吗？更何况您的家世显赫，代有传人。从文肃公王锡爵到翰林编修王衡，均以德业、文章见重于隆庆、万历两朝。您祖父王时敏，风流弘长，能书善画，闻名江左，尤其擅长丹青，画作流传海外，评论家们觉得他堪比黄公望，而年寿也和大痴一样绵长，不得不说是因为勤作山水画之功效。您父亲从小秉承父训，耳濡目染，接受教诲。擅长诗歌，不是很正常吗？”

王渔洋把这些话记录下来，回复了王揆，但是觉得终究不如王原祁的议论更有原创性。值得注意的是,这里面提到的南宗画家,其实不少是北方人,所以有时会出现争议。此文的价值,在于指出了一些看似偏于阴柔的艺术作品,其实其内在也有沉着痛快、不可磨灭者在。钱锺书《中国诗与中国画》里,又提出中国人论画重南宗,而南宗风格的神韵诗,在传统文艺批评中却算不得正宗。其实王渔洋通过此文,已经比较好地解决了神韵诗歌的创作与阅读的理论难题:偏于阴柔的神韵诗风,也一样可以包涵沉着痛快的雄浑风格。

程侍郎[1]《青溪遗集》序

原文

青溪先生《江山卧游图》，散在人间，合有数百本。予在金陵，日访之，才得二卷。其一长可丈许，江流山色，映带远近，烟岚云气，渔庄蟹舍，风帆沙鸟，出没于烟波窅霭之间，与王诜[2]《烟江叠嶂图》相似；其一如王摩诘《嘉陵江小簇》，长仅尺许，而江山辽阔，居然有万里之势，皆奇作也。二卷藏之箧中数十年矣。继与嗣君汝南太守同官于朝，以先生《青溪集》俾予选订，二十年匆匆未报。

予归田之六载，为康熙己丑，则先生集已告成。君不远二千里来征予序，予甚愧之。予老病废书，将何以序先生？无已，则举东坡之语曰："观摩诘之诗，诗中有画；观摩诘之画，画中有诗。"以是复于君，君其许我？抑考之唐、宋、元、明已来，士大夫诗画兼者，代不数人。约略举之：唐则阎左相、薛少保、王右丞、郑广文、韩晋公[3]；宋则苏端明、文湖州、燕龙图、米海岳、王晋卿、李龙眠[4]；元则赵承旨、倪云林；明则沈石田、唐六如、文衡山。万历中，乃有董宗伯思白，不啻轶前人而上之。先生晚出，两俱擅场，诗与画皆登逸品，盖唐宋已来所不数见也。予昔为周栎园侍郎题先生画山水云："琴中贺若[5]谁能解？诗里渊明子细寻。古木苍山数茅屋，青溪遗老岁寒心。"先生其亦相视而一笑乎？

注

① 程侍郎：程正揆（1604—1676），字端伯，号鞠陵，别号清溪道人、青溪老人，孝感（今属湖北）人，明末清初画家、书法家。明时任翰林院编修等，入清又任工部右侍郎，罢官后居南京，工诗文书画，擅山水。所作诗文题跋，卒后由其子程大皋辑为《青溪遗稿》二十八卷。

② 王诜（1048—1104），字晋卿，太原（今属山西）人，后迁汴京（今河南开封），北宋画家。曾因受苏轼牵连贬官均州（今湖北丹江口）。

③ "唐则"句：阎立本（601—673），雍州万年（今陕西西安）人。唐画家，曾任工部尚书、右相等。薛稷（649—713），字嗣通，蒲州汾阴（今山西万荣）人。唐代书法家、画家、诗人。曾任工部、礼部尚书，加赠太子少保。王维（701？—761），字摩诘，蒲州（治今山西永济西南人）。唐诗人、画家。官至尚书右丞。郑虔（691—759），字弱齐，郑州荥阳（今属河南）人，唐代文学家、书法家、画家。曾任广文馆博士、著作郎等。韩滉（723—787），字太冲，京兆长安（今陕西西安）人。唐德宗时宰相，画家，封晋国公。

④ "宋则"句：苏端明，即苏轼，曾任端明殿学士。文同（1018—1079），字与可，梓州永泰（今四川盐亭）人。北宋著名画家、诗人。元丰初出知湖州，未到任而卒。燕穆之，名肃，北宋青州人。官至龙图阁直学士。米芾（1052—1108），初名黻，字元章，祖居太原（今属山西），后迁湖北襄阳，谪居润州（现江苏镇江），时人号海岳外史。北宋书法家、画家、书画理论家，与蔡襄、苏轼、黄庭坚合称"宋四家"。王晋卿，即王诜。李公麟（1049—1106），字伯时，号龙眠居士，北宋舒城（今属安徽）人。北宋画家。

⑤ 贺若：宋朱翌《猗觉寮杂记》卷上："琴曲有《贺若》，最古淡。东坡云：'琴里若能知《贺若》，诗中定合爱陶潜。'以贺若比潜，必高人。或谓贺若弼也。考弼之为人，殊不类潜。……余考之，盖贺若夷也。夷善鼓琴，王涯居别墅，常使鼓琴娱宾，见涯传。"贺若夷，唐代琴师。

鉴赏

这是一篇为明末清初画家程正揆《青溪遗稿》所作的序言。程正揆是明朝官员，做过翰林院编修等，入清又任工部右侍郎，后罢官，居南京，工诗文书画，擅山水，师法黄公望、董其昌。他徘徊于仕、隐之间，一共作了五百多幅《江山卧游图》，而没有重复，对古人的山水画进行深入揣摩、学习，通过不断创作来提高自己的绘画技艺。所以序言一开始先从作者自己在金陵时，寻访《江山卧游图》写起。当时虽然费了不少心力，却只有得到两幅。一幅长丈许，里面画的是江流天地外，山色有无中。云雾缭绕，映带远近，渔舍村庄，风帆鸥鸟，出没于烟波之间，和宋代王诜的《烟江叠嶂图》很相像。另一幅如王维的《嘉陵江小簇》，长仅尺许，却江山辽阔，让人觉得有万里之势，都属于奇作。这两幅画渔洋收藏了已经有几十年了。然后渔洋和程的儿子大毕（曾为汝宁府知府）一起在京师做官，大毕曾请求作者对《青溪集》进行选订，一眨眼二十多年又过去了。

康熙己丑（1709），渔洋归田第六年，其实也是他去世前两年，已经七十六岁高龄，程正揆《青溪遗稿》已告完成。程大毕又不远二千里，前来求序，渔洋感到很惭愧。想到自己因为年老多病，已经不大看书，这个序言怎么写好呢？实在不行，就举苏轼曾经说过的：读王维的诗，诗中有画；看王维的画，画中有诗。诗、画本有相通之处，程正揆就是这样一位诗画兼通的诗人、画家。如果这样回复，不知道可以说得过去吗？然后渔洋就开始考订唐、宋、元、明以来，士大夫诗、画兼通者，每代也就不过几个人。大致而言，唐代有阎立本、薛稷、王维、郑虔、韩滉；宋代有苏轼（端明殿学士)、文同(曾在湖州就任)、燕穆之、米芾、王诜、李公麟;明代有沈周、唐寅(号六如居士)、文徵明。明代到了万历中,董其昌(号思白)足以超越前人。程正揆先生晚出,诗、画都能擅场,而且都达到了逸品的地位,这在唐、宋以来是不多见的。渔洋最后抄了一首早年为周亮工所题程正揆画的诗,他把程的画比作琴中贺若,诗中渊明。那些画作中的古木苍山,背后所代表的意义其实非常隐微,只有遗老才能够明白。在清初那样的言说环境下,程虽然投身新朝,但是仕途并不顺利。担惊受怕,最后能够全身而退,徜徉山水,终其一生,可谓得其所哉。所以渔洋最后说,如果先生泉下有知,读到这里,对于我这样的知己,是不是会相视一笑呢?此文除了论述诗、画相通之外,贵在能够把程正揆放在特殊的历史背景下,来理解他的画作与诗作,颇有知人论世之意。

《万首唐人绝句选》自序

原文

渔洋山人撰宋洪氏《万首唐人绝句》[1]既成，或问曰："先生撰唐人绝句意何居？"应之曰："吾以庀[2]唐乐府也。"曰："绝句也，而谓之乐府，何也？"曰："乐府之名其来尚矣。世谓始于汉武，非也。按《史记》高祖过沛诗《三侯之章》[3]，又令唐山夫人为《房中之歌》；《西京杂记》又谓戚夫人善歌《出塞》《入塞》《望归曲》，则乐府始于汉初。武帝时，增《天马》《赤蛟》《白麟》等十九章，以李延年为协律都尉，集五经之士相与次第其声，通知其意，而乐府始盛。其云始武帝者，托始焉尔。东汉之末，曹氏父子兄弟雅擅文藻，所为乐府悲壮奥崛，颇有汉之遗风。降及江左，古意寖[4]微，而清商继作，于是《楚调》《吴声》、《西曲》《南弄》，杂然兴焉。逮于有唐，李、杜、韩、柳，元、白、张、王，李贺、孟郊之伦，皆有冠古之才，不沿齐、梁，不袭汉、魏，因事立题，号称乐府之变。然考之开元、天宝已来宫掖[5]所传、梨园弟子[6]所歌、旗亭[7]所唱、边将所进，率当时名士所为绝句尔。故王之涣'黄河远上'、王昌龄'昭阳日影'之句，至今艳称之。而右丞'渭城朝雨'流传尤众，好事者至谱为《阳关三叠》。他如刘禹锡、张祜诸篇，尤难指数。由是言之，唐三百年以绝句擅场，即唐三百年之乐府也，而子又奚疑？"

宋洪文敏公迈，常集唐绝句至万首，经进孝宗御览，褒赐优厚。予少习是书，惜其踳驳[8]，久欲为之刊定而未暇也。归田之五载，为康熙戊子，乃克成之，而以问答之语次为序。序所不及者，凡例具之云。

注

① 宋洪氏《万首唐人绝句》：洪迈(1123—1202)，字景卢，号容斋，乐平(今属江西)人。官至翰林院学士、资政大夫、端明殿学士，谥号文敏，著有《容斋随笔》《夷坚志》等。辑唐人绝句五千多首，进呈宋孝宗后，复补辑备足万首之数。原本一百卷，每卷一百首。凡七言绝句七十五卷，五言绝句二十五卷。末附六言绝句一卷。此书汇集唐代诸家诗文集、野史、笔记、杂说中的绝句诗，有保存资料的价值，但为凑满万首，不免滥收。王渔洋从中选出十分之一，删存八百九十五首，作者二百六十四人，使之更为精审。

② 庀(pǐ)：治。这里有研究、类比的意思。

③ 三侯之章：《史记·乐书》："高祖过沛诗《三侯之章》，令小儿歌之。"司马贞索隐曰："按：过沛诗即《大风歌》也。其辞曰'大风起兮云飞扬，威加海内兮归故乡，安得猛士兮守四方'是也。侯，语辞也。诗曰'侯其祎而'者是也。兮亦语辞也。沛诗有三'兮'，故云三侯也。"

④ 寖(jìn)：渐。

⑤ 宫掖(yè)：宫中旁舍，嫔妃所居。

⑥ 梨园弟子：《新唐书·礼乐志》："玄宗既知音律，又酷爱法曲，选坐部伎子弟三百教于梨园，声有误者，帝必觉而正之，号'皇帝梨园弟子'。宫女数百，亦为梨园弟子，居宜春北院。"

⑦ 旗亭：唐薛用弱《集异记》："开元中，诗人王昌龄、高適、王之涣齐名。时风尘未偶，而游处略同。一日，天寒微雪，三诗人共诣旗亭，贳酒小饮。忽有梨园伶官十数人，登楼会宴。三诗人因避席隈映，拥炉火以观焉。俄有妙妓四辈，寻续而至，奢华艳曳，都冶颇极。旋则奏乐，皆当时之名部也。昌龄等私相约曰：'我辈各擅诗名，每不自定其甲乙。今者，可以密观诸伶所讴，若诗入歌词之多者，则为优

矣。'俄而,一伶拊节而唱,乃曰:'寒雨连江夜入吴,平明送客楚山孤。洛阳亲友如相问,一片冰心在玉壶。'昌龄则引手画壁曰:'一绝句!'寻又一伶讴之曰:'开箧泪沾臆,见君前日书。夜台何寂寞,犹是子云居。'適则引手画壁曰:'一绝句!'寻又一伶讴曰:'奉帚平明金殿开,且将团扇共徘徊。玉颜不及寒鸦色,犹带昭阳日影来。'昌龄则又引手画壁曰:'二绝句!'之涣自以得名已久,因谓诸人曰:'此辈皆潦倒乐官,所唱皆巴人下里之词耳!岂阳春白雪之曲,俗物敢近哉?'因指诸妓之中最佳者曰:'待此子所唱,如非我诗,吾即终身不敢与子争衡矣!脱是吾诗,子等当须列拜床下,奉吾为师!'因欢笑而俟之。须臾,次至双鬟发声,则曰:'黄河远上白云间,一片孤城万仞山。羌笛何须怨杨柳,春风不度玉门关。'之涣即揶揄二子,曰:'田舍奴!我岂妄哉?'因大谐笑。"

⑧ 踳(chuǎn)驳(bó):错乱、驳杂。

鉴赏

此文为渔洋晚年在归田五年后,于康熙戊子(1708)有感于洪迈《万首唐人绝句》里面错乱、驳杂,于是从中选出近九百首,等于是在《十种唐诗选》之后,又专门选了一本体量适中、较洪迈更加精审的唐人绝句选本。四库馆臣对这本书也评价较高,认为此书距渔洋离世只有三年,又处于乡居闲暇之时,所以可以从容校理。但王渔洋在这篇序言中提出了一个论点,他认为唐人绝句就是唐代的乐府。对此四库馆臣持保留意见,认为"乐府主声不主词,其采诗入乐,亦不专取绝句。士祯此书实选词而非选声,无庸务为高论也"。

这篇序言先写自己编《万首唐人绝句选》的缘由,即把绝句作为唐代的乐府来对待。渔洋接着又开始追溯乐府的起源与发展。他认为乐府由来已久,并不是起源于汉武帝时,虽然《汉书·艺文志》中说:“自孝武立乐府而采歌谣,于是有代赵之讴,秦楚之风,皆感于哀乐,缘事而发,亦可以观风俗,知薄厚云。”但这里面的乐府,更多是作为一种音乐机构而存在的。渔洋认为,《史记》中汉高祖经过故乡沛时所作的《大风歌》就是作为诗歌的乐府,《汉书·礼乐志》中,唐山夫人作有《安世房中歌》;《西京杂记》中,戚夫人善歌《出塞》《入塞》《望归曲》,所以作为诗歌的乐府其实汉初就有了。

到了汉武帝的时候,又增加《天马》《赤蛟》《白麟》等乐府歌诗十九章,拜李延年为协律都尉,主管乐府,集合五经博士,一起来做研究,所以能够写出雅正的文辞,于是乐府开始繁盛。所以王渔洋认为,所谓乐府始于汉武帝,只是一种假托。到了东汉末年,曹操、曹丕、曹植父子兄弟擅长诗文,所作乐府悲壮奥崛,有汉代的遗风。比如曹操作有《薤露行》《蒿里行》《苦寒行》等。到了六朝,古意寖微,配合琴、瑟、琵琶歌唱的清商之曲开始兴起。于是又出现了《楚调》《吴声》《西曲》《南弄》,《吴声歌》著名的有《子夜歌》《碧玉歌》,一般多是恋歌;《西曲歌》产生于长江上游荆襄之地,多写商人妇的相思离别和劳动者的爱情生活。到了唐代,又出现了李白、杜甫、韩愈、柳宗元、元稹、白居易、张籍、王建、李贺、孟郊这些不世出之材,他们不沿齐、梁,不袭汉、魏,对乐府进行了变革,因事立题,即事名篇。因为渔洋此篇重点是要论述绝句，所以他接着又说，从开元、天宝以来，不管是宫中所传，还是梨园弟子所歌，旗亭所唱，还是边将所进，都是当时名士所作绝句。所以王之涣的《出塞》、王昌龄的《长信宫》诗，至今为人称颂。而王维的《送元二使安西》“渭城朝雨浥轻尘，客舍青青柳色新。劝君更尽一杯酒，西出阳关无故人”，流传尤其广泛，甚至被人谱成了《阳关三叠》传唱。其他像刘禹锡、张祜，所作尤多。这么说来，唐代历史三百年不到，诗歌创作中最突出的正是绝句。作者就把唐人绝句当作他们的乐府，又有什么不可以呢？这当然是王渔洋的一家之说，但是抛开他的这段高论，作为一个神韵派的唐代绝句选本，《万首唐人绝句选》即使在今天，也仍然有其一定的文学价值。

丙申诗旧序

原文

士生斯世，无异能奇技，以功名自显，而又鞿羁缭转[①]，忧忧相接。顾犹得隐囊[②]柔翰，吟弄于寒溪落木、荒陂苦竹之中，斯亦幸矣。家世习《三百》之言，束发以来，不欲循塾师章句，辄思析其正变，通其比兴，思其悲愉哀乐之旨，以求得夫一唱三叹之遗音。四氏笺传[③]，又最嗜韩婴之书，为其象外环中，淡然而合，有当于诗人触类引伸之义。十年以来，下及汉魏六朝、初盛中晚四唐之作者，亦惟推斯义以进退之。因取顺治丙申一岁之作，裒[④]而次之。至境诣之浅深，流派之得失，我不敢知。所可知者，三四言止耳。

六经、廿一史，其言有近于诗者，有远于诗者，然皆诗之渊海也。节而取之十之四五，厜结谩谐之习，吾知免矣。一曰典。画潇湘洞庭，不必蹙山结水，李龙眠作《阳关图》，意不在渭城车马，而设钓者于水滨，忘形块坐，哀乐嗒然[⑤]，此诗旨也。次曰远。《诗》三百五篇，吾夫子皆尝弦而歌之，故古无乐经，而《由庚》《华黍》皆有声无词，土鼓、鞞铎[⑥]非所以被管弦、叶丝肉也。次曰谐音律。昔人云：《楚辞》《世说》，诗中佳料，为其风藻神韵，去风雅未遥。学者由此意而通之，摇荡性情，晖丽万有，皆是物也。次曰丽以则。此序少作，久不存稿。因牧斋先生曾许篇中谈艺四言，稍有当于诗旨，故追录而存之。

注

① 鞿(jī)羁缭转：束缚，环绕。《楚辞·九章·悲回风》："心鞿羁而不形兮，气缭转而自缔。"

② 隐囊：供人倚凭的软囊。犹今之靠枕、靠褥之类。

③ 四氏笺传：四家诗，是汉代出现的传授《诗经》的"鲁诗""齐诗""韩诗"和"毛诗"的合称。鲁诗为鲁人申公培所传；齐诗为齐人辕固生所传；韩诗为燕人韩婴所传；毛诗为毛亨及毛苌所传。

④ 裒(póu)：聚集，辑录。

⑤ 嗒(tà)然：身心俱遣、物我两忘的状态。

⑥ 鞞(pí)铎：皆为汉魏晋时舞蹈。《乐府诗集·舞曲歌辞·杂舞》："杂舞者，《公莫》《巴渝》《槃舞》《鞞舞》《铎舞》《拂舞》《白纻》之类是也。始皆出自方俗，后寖陈于殿庭。盖自周有缦乐散乐，秦汉因之增广，宴会所奏，率非雅舞。"

鉴赏

顺治十三年丙申(1656)，王士禛二十三岁，从这篇作于青年时代的诗序，可以看出他早年神韵思想的来源。文章一开始就感慨读书人来到这个世界，没有什么特殊的才能，来让自己成就功业，四海飘流，人生不易。幸亏可以通过写作，来让自己从寒溪落木、荒山野岭中解脱出来。作者觉得，《诗经》对自己的影响是最大的。成人以后，他不想遵循塾师那样割裂章句来解《诗》，而是注重思考诗歌的源流正变，风雅比兴，体会诗中的喜怒哀乐，尤其关注诗中一唱三叹的余味。鲁、齐、韩、毛四家传《诗》中，他最喜欢的是《韩诗外传》。因为韩诗注重触类引申，使诗句成为了一种比喻。回顾自己十年以来的学诗经历，对于汉魏六朝诗、唐诗的初盛中晚，自己也是用这样的一种方法来取舍的。于是把自己丙申一年的诗，进行了编次。这些诗歌，造诣深浅，流派得失，不得而知。这里只想说自己作诗的几点心得体会。

儒家的六经，二十一史，有的和诗歌紧密相关，有的关系远一点，但都是作诗的渊海，必须熟读。哪怕只是记得十分之四五，创作中那些粗鲁、滑稽、浅薄的毛病就可以远离。这叫典，也就是说要熟读经典，让自己的创作有渊源，这样才能典正、典雅。画潇湘洞庭，不要过多着意于一山一水，就像李公麟画《阳关图》，并没有直接去画渭城车马，而是画水边的渔夫，块然独坐，物我两忘。作诗也是这样子，这叫远，需要清幽淡远。又《诗经》三百五篇，孔子都曾经弦歌之，所以古代有《乐经》，但可惜没有流传下来，而《诗经》中的《由庚》《华黍》都有声无词，那些俚俗的土鼓、鞞铎，是不能和管弦乐器以及美妙歌喉一起演奏的。这叫谐音律，也就是要注重诗歌的音乐性。古人又说过，《楚辞》《世说新语》都要熟读，里面有很多作诗的好材料。其中的辞藻、神韵，都与风雅相通。学诗者能够从此悟入，则抒发性情，宇宙万物，都能够触类旁通，触手成春。这叫丽以则，即辞藻要华丽，但情感不能流入淫邪。这篇序言是作者少作，当时没有保存，因为钱谦益曾对作者谈艺表示赞许，所以作者晚年追录了下来。

窦建德[①]论

原文

隋末割据，诸奸雄皆群盗耳，独夏王窦建德有帝王之度。观其举措，殊不在太宗之下。杨维桢[②]云："观建德行事，不忍以剧贼目之。"在乡里时，解所耕牛与贫无以为丧者。起兵日，滑州[③]刺史王轨为奴所杀，以其首来。建德曰："弑主，大逆也，纳之败教。"遂诛奴，反轨首。此举暗合圣经"不纳三叛，以惩不义"之旨，光武有惭德矣。推是心也，岂不可以有天下？予又谓，夏王之义，尤在斩宇文化及[④]诸逆臣为炀帝素服发丧一事，而唐乃纳宇文士及[⑤]以为上仪同，视夏王何如？此讵可以成败论耶！秦王俘建德、世充[⑥]于京师，谓："宜诛世充而赦建德，以服天下之心。"顾乃斩建德于市，赦世充为庶人，徙蜀未行，独孤修德杀之，犹免修德官。此又何说耶？胡寅[⑦]谓："宜数世充之罪而戮之，而以宥世充者宥建德，则刑有章矣。"谅哉！顾寅又议，建德不当哭炀帝、谒萧后，以为异乎汉高之于义帝[⑧]，则腐儒之谬论，不足取也。

注

① 窦建德(573—621)，贝州漳南(今河北故城东北)人，隋末农民起义军领袖。大业十三年(617)，自称长乐王，定都乐寿(今河北献县)。唐武德元年(618)，改国号为夏，改元五凤。唐武德四年(621)，李

世民围攻洛阳王世充，窦建德率军救援。败于虎牢关，被俘至长安杀害。

② 杨维桢(1296—1370)，字廉夫，号铁崖，诸暨(今属浙江)人。元末明初诗人、文学家。

③ 滑州：隋置，治白马，即古滑台城(今滑县东)。明洪武初改为县，今属河南。隋朝末年的瓦岗寨起义旧址就在该县瓦岗寨乡。

④ 宇文化及(？—619)，代郡武川(今内蒙古武川西)人。大业十四年(618)发动兵变，缢杀隋炀帝，自称大丞相。次年，军败，为窦建德擒杀。

⑤ 宇文士及(？—642)，字仁人，京兆长安(今陕西西安)人。唐宰相，宇文化及弟。《旧唐书·宇文士及传》："士及谢曰：'臣之罪诚不容诛，但臣早奉龙颜，久存心腹，往在涿郡，尝夜中密论时事，后于汾阴宫，复尽丹赤。自陛下龙飞九五，臣实倾心西归，所以密申贡献，冀此赎罪耳。'高祖笑谓裴寂曰：'此人与我言天下事，至今已六七年矣，公辈皆在其后。'时士及妹为昭仪，有宠，由是渐见亲待，授上仪同。"

⑥ 世充：王世充(？—621)，字行满，本姓支。西域胡人，寄居新丰(今陕西临潼东北)。隋末起兵群雄之一。唐武德四年，兵败降唐。后被仇人唐定州刺史独孤修德所杀。

⑦ 胡寅(1098—1156)，字明仲，建州崇安(今福建武夷山市)人，宋代理学家、文学家。

⑧ 义帝：芈姓，熊氏，名心。楚怀王熊槐的孙子，史书又称其为"楚后怀王"。项梁起事后，采纳范增的建议，立熊心为楚怀王。公元前206年项羽自立为西楚霸王，尊其为义帝，徙于江南，后命英布等人将其弑杀。

鉴赏

在这篇史论中，王士禛对隋末农民起义军领袖窦建德表达了同情。他认为隋末群雄割据，在众多的失败者中，只有夏王窦建德是有帝王之度的。甚至认为他的一些举措，不在唐太宗李世民之下。元末明初的杨维桢，也认为窦建德和一般的起义者有所不同。据《旧唐书·窦建德传》,在窦建德还很年轻的时候,乡里有人丧亲,家贫无以为葬,他当时正在耕地,听说后就把耕牛卖了,接济乡人。这件事很为乡党称颂。举兵之后,滑州刺史王轨被其奴仆杀掉,那奴仆提了他的首级来投奔。窦建德说:"这种背信弃义的弑主小人,我如果接纳他,是大逆不道。"于是把奴仆诛杀,返回了王轨的首级。对于那些缺乏忠诚、三番五次叛逆的人,古代的经典也觉得应该惩治,在这一点上,汉代的光武帝刘秀也不如他,刘秀手下收留了不少背主叛臣。这样的仁人之心,如果能够推广开去,就可以拥有天下。窦建德的过人之处,还在于斩杀宇文化及,及其逆党,为隋炀帝发丧,但唐朝却把宇文化及的弟弟宇文士及尊为上仪同,其中优劣得失,怎么可以用成败来论定?当秦王李世民把窦建德、王世充押解到京师时,本来是要杀王世充而赦窦建德的;结果却把窦建德斩于市,而把王世充贬为庶人,流放蜀地。王世充还没来得及走,就被仇人独孤修德所杀,因为王曾经杀了他的父亲独孤机。事后,独孤修德只是被免官,并没有处理得很严重,这又是怎么回事?宋代的理学家胡寅也说,王世充很残忍,喜欢滥杀无辜,所以应该把他杀掉,而把窦建德赦放,这样才能服天下人之心。王渔洋表示赞成。至于胡寅认为窦建德不应该去哭隋炀帝、不应该去谒见萧太后,认为汉高祖也没有这样对待过楚王义帝,渔洋认为这是迂腐之论,不足取也。对于唐初李氏父子来说，杀掉王世充、窦建德，则免除后患，天下太平。但这样做，客观上也使得华北空虚，君臣之间以力不以仁义，为以后的安史之乱、藩镇割据埋下了祸根。

这篇史论虽然篇幅不长，但立论正大，论据概要，表现出了王士禛的不俗史识。

《诗品》辩

原文

钟嵘《诗品》，予少时深喜之，今始知其舛谬不少。嵘以三品铨叙作者，自譬诸九品论人、七略裁士。乃以刘桢与陈思[①]并称，以为文章之圣。夫桢之视植，岂但斥鷃之与鲲鹏邪！又置曹孟德下品，而桢与王粲反居上品。他如上品之陆机、潘岳，宜在中品。中品之刘琨、郭璞、陶潜、鲍照、谢朓、江淹，下品之魏武，宜在上品。下品之徐幹、谢庄、王融、帛道猷、汤惠休，宜在中品。而位置颠错，黑白淆讹，千秋定论，谓之何哉？建安诸子，伟长实胜公幹，而嵘讥其"以莛扣钟"[②]，乖反弥甚。至以陶潜出于应璩，郭璞出于潘岳，鲍照出于二张，尤陋矣，又不足深辩也。

注

① 陈思：曹植(192—232)，字子建，沛国谯(今安徽亳州)人，生前封陈王，去世后谥"思"，因此又称陈思王。魏文帝曹丕弟，三国时期诗人。

② 以莛(tíng)扣钟：形容不自量力。莛，草本植物的茎。

鉴赏

本文是王士禛对梁钟嵘《诗品》的一些不同意见。钟嵘的《诗品》共三卷，选择自汉代至南朝梁的一百二十二位五言诗人，别其等第，分为上、中、下三品。《诗品序》中开篇即言："气之动物，物之感人，故摇荡性情，形诸舞咏。照烛三才，晖丽万有，灵祇待之以致飨，幽微藉之以昭告。动天地，感鬼神，莫近于诗。"《诗品》论诗注重性情，主张风力与丹彩相结合，反对铺陈学问。应该说，王士禛在年轻时代，对于《诗品》的文学观，总体是持赞赏态度的。只是到了晚年，开始感觉其中的品评有不当之处，《〈诗品〉辩》所要表达的便是这一点。

王士禛认为《诗品》用上、中、下三品，来叙次作者流别，钟嵘自己在序里说，这就像用九品来论人、用《七略》来裁士一样。九品是魏、晋、南北朝时士族内部的等级品第。《汉书·艺文志》："(刘)歆于是总群书而奏其《七略》，故有《辑略》，有《六艺略》，有《诸子略》，有《诗赋略》，有《兵书略》，有《术数略》，有《方技略》。"北朝重儒学，因此刘向、刘歆父子的《别录》《七略》所开创的目录学颇受推崇。当时是否通目录之学，成为裁量士人学问高低，有无根柢的重要衡量标准。《诗品》又把刘桢和曹植并称，《诗品序》中说刘桢诗："其源出于《古诗》。仗气爱奇，动多振绝。真骨凌霜，高风跨俗。但气过其文，雕润恨少。然自陈思已下，桢称独步。"王渔洋觉得这两人不具备可比性，相差很大，就像麻雀和鲲鹏一样。曹操的诗，慷慨悲凉，却被放在下品。刘桢、王粲，反而被放在上品。上品的陆机、潘岳，应该放在中品。中品的刘琨、郭璞、陶潜、鲍照、谢朓、江淹，下品的曹操,应该放在上品。下品的徐幹、谢庄、王融、帛道猷、汤惠休,应该放在中品。位置颠倒,黑白混淆,难以被称为千秋定论。又建安七子,徐幹的文学才华要超过刘桢。《诗品序》却说:“白马与陈思答赠,伟长(徐幹)与公幹(刘桢)往复,虽曰以莛叩钟,亦能闲雅矣。”完全乖反倒置了。

至于《诗品》以为陶渊明的诗风源出于应璩,郭璞“宪章”潘岳,鲍照源出于张协、张华,这种对于文学师承关系的理解,王士禛也认为鄙陋不堪,不值一辩。

王士禛对于《诗品》具体品评的批评与辩难,符合文学史的实际情况,也与现在人们的文学史观念与认识相一致,体现了他作为有清一代诗学大家的卓越见识。

王士禛生平

与

文学创作年表

【纪　　年】崇祯七年(1634)甲戌
【年　　岁】1
【生平经历】闰八月二十八日生于河南。父与敕,字钦文,处士。母孙宜人。时祖父象晋任河南按察使,父母随侍,王士禛即生于开封官舍。是午,伯兄士禄九岁,仲兄士禧八岁,叔兄士祜三岁。
【主要作品】
【相关大事】董其昌以太子太保致仕。龚鼎孳中进士。

【纪　　年】崇祯八年(1635)乙亥
【年　　岁】2
【生平经历】祖父象晋迁浙江右布政使,从之杭州。
【主要作品】
【相关大事】是年田雯生,李良年生,徐釚生。

【纪　　年】崇祯九年(1636)丙子
【年　　岁】3
【生平经历】在杭州。
【主要作品】
【相关大事】四月乙酉,皇太极称帝,建国号大清,改元崇德。五月,清军大举攻明,入居庸关,逼燕京。是年,阎若璩生。董其昌卒。

【纪　　年】崇祯十年(1637)丁丑
【年　　岁】4
【生平经历】祖父象晋致仕,随归乡里,居新城。六月二十九日,发妻张宜人生。
【主要作品】
【相关大事】陈子龙中进士。是年邵长蘅生,顾贞观生。

【纪　　年】崇祯十一年(1638)戊寅

【年　　岁】5
【生平经历】在新城。
【主要作品】
【相关大事】十一月八日，苏州承天寺井中得铁函，内即南宋末年郑思肖所著《心史》，极写南宋沦亡之痛。士大夫争相传诵。

【纪　　年】崇祯十三年(1640)庚辰
【年　　岁】7
【生平经历】始入乡塾，受《诗》，诵至《燕燕》《绿衣》诸篇，有感于中。
【主要作品】
【相关大事】是年，蒲松龄生，陈廷敬生。

【纪　　年】崇祯十四年(1641)辛巳
【年　　岁】8
【生平经历】在乡塾读书，有神童之目。私取《文选》、唐诗诵之，久之，学作五七字韵语。兄西樵(士禄)见其诗而喜，取刘一相编《唐诗宿》中王维、孟浩然、常建、王昌龄、刘昚虚、韦应物、柳宗元数家诗，使手抄之。兄西樵出应童子试，补县学生员，十二月娶邹平张氏。
【主要作品】
【相关大事】是年，张溥卒。

【纪　　年】崇祯十五年(1642)壬午
【年　　岁】9
【生平经历】在乡塾读书。十二月，清军至济南，新城陷落。王氏一门殉难死者十一人。
【主要作品】
【相关大事】二月，明总督洪承畴降清。复社举行虎丘大会。

【纪　　年】崇祯十六年(1643)癸未
【年　　岁】10
【生平经历】济南郡县连遭兵祸,阖府往依外家邹平孙氏,避地长白山之鲁泉。
【主要作品】
【相关大事】八月,皇太极卒。

【纪　　年】崇祯十七年、清顺治元年(1644)甲申
【年　　岁】11
【生平经历】伯父与胤闻京师之变,同夫人于氏,子士和自尽殉明。随父祖避地长白山之柳庵。象晋以遗老闲居,阖门谢客,亲教子孙,颇及声律之学。
【主要作品】
【相关大事】李自成称帝,国号顺,三月破京师,明崇祯帝自缢。五月,明福王朱由崧即位于南京,改元弘光。凌濛初卒。

【纪　　年】顺治二年(1645)乙酉
【年　　岁】12
【生平经历】济南诸邑乱定,阖府自山中归里。
【主要作品】作明湖诗,有"杨柳临湖水到门"之句。
【相关大事】五月,清兵屠扬州。九月,李自成亡。五、六两月内,清廷连下剃发令。七月,洪昇生。

【纪　　年】顺治三年(1646)丙戌
【年　　岁】13
【生平经历】高苑人谢迁聚众攻占新城、长山、淄川,随父祖避地邹平,依张氏。
【主要作品】
【相关大事】四月,清廷杀明阁臣黄道周。郑成功入海起兵。十一月,明桂王由榔称帝于肇庆,改元永历。十二月,张献忠亡。清廷始开科举。是年,冯梦龙卒。

【纪　　年】顺治四年(1647)丁亥
【年　　岁】14
【生平经历】三月,自邹平归里。
【主要作品】
【相关大事】五月,陈子龙就义。

【纪　　年】顺治五年(1648)戊子
【年　　岁】15
【生平经历】夏,出应童子试,落第。九月,兄西樵乡试中举。
【主要作品】自八岁吟诗,至此有诗一卷,曰《落笺堂初稿》,兄西樵序而刻之。
【相关大事】九月,孔尚任生。

【纪　　年】顺治七年(1650)庚寅
【年　　岁】17
【生平经历】读书于大明湖畔水月禅寺。再应童子试,郡、邑、提学三试皆第一。八月,元配张夫人归。
【主要作品】
【相关大事】五月,查慎行生。十二月,摄政王多尔衮卒。吴伟业、宋实颖、尤侗、徐乾学、朱彝尊等于浙江嘉兴南湖举行十郡大社。

【纪　　年】顺治八年(1651)辛卯
【年　　岁】18
【生平经历】八月,应乡试,中第六名举人。冬,与兄西樵同赴京应会试,每停骖,辄相唱和,题于旗亭驿壁。
【主要作品】
【相关大事】顺治帝福临亲政。郑成功取福建同安诸郡,围漳州。

【纪　　年】顺治九年(1652)壬辰
【年　　岁】19

【生平经历】三月,与西樵同应会试,落榜,西樵中式。
【主要作品】依《啸余谱》填词三十首,并和《漱玉词》若干首,编为《阮亭诗余》。又有《香奁诗》三十章,《续香奁诗》十章,邀西樵同作。
【相关大事】科场之狱起。

【纪　　年】顺治十年(1653)癸巳
【年　　岁】20
【生平经历】家居读书。有诗寄吴门彭珑、宋德宜、汪琬、徐乾学、王撰诸子,与订交。八月,长子启涑生。十月,祖父象晋终于里第,享寿九十三。本年,晚明名士张缙彦莅任山东右布政司使,士禛执贽门下。
【主要作品】冬,有《冬夜过傅济汝》诗。
【相关大事】慎交社、同声社各在虎丘集会,连舟二十余。

【纪　　年】顺治十一年(1654)甲午
【年　　岁】21
【生平经历】叔兄士祜科试第一,乡试后拔贡入国学。九月初九,游千佛山,有纪游诗。
【主要作品】有《湖山佳境亭》诗。
【相关大事】张煌言率舟师入长江,屯兵京口(今江苏镇江)。十二月,清廷派军征讨郑成功。时成功强盛,屡攻福建兴化、福州诸府,已而复破舟山据之。侯方域卒。

【纪　　年】顺治十二年(1655)乙未
【年　　岁】22
【生平经历】春,兄西樵应殿试,士禛应会试,士祜亦以太学生廷试入都。与同邑名士傅扆联袂北上。二月,在京和傅扆《帝京篇》十首。三兄弟始与海内闻人缟纻论交,时号“三王”。初识前辈诗人吴伟业。与彭珑、宋德宜、徐乾学诸子聚首,相交甚欢。三月发榜,会试中式。未与殿试而归,西樵殿试及第。九月,西樵归里,各选已诗编为《表余落笺合选》。十二月,西樵赴莱州府学教授。

【主要作品】有《报国寺见鬻〈午梦堂集〉者感而有赋》二绝。

【相关大事】是年,黄传祖辑《扶轮广集》十四卷附补遗一卷,张缙彦序之,内皆收明清之际作者,士禛有诗十一首入选,或已为时所瞩目。

【纪　　年】顺治十三年(1656)丙申

【年　　岁】23

【生平经历】却扫杜门,发藏书读之,益肆力为歌诗。二月,与表兄徐夜共游邹平长白山,归刻《长白游诗》一卷。诗集编年自此始。次子启浑生。十月,施闰章赴山东提学使任抵济南,士禛有诗赠之。是岁得诗二百余首,后删存三卷,刻入《阮亭诗选》。

【主要作品】正月,有诗《送家兄西樵之莱州三首》。七月初七,有《七夕篇》。有《八月十五夜对月读太白郎官湖诗浩然有怀》。九月,有《南唐宫词八首》《秋日漫兴八首》。

【相关大事】李定国奉明永历帝入滇。郑成功攻浙江温州、台州,明封为延平郡王。二月,大学士陈之遴有罪,徙盛京。

【纪　　年】顺治十四年(1657)丁酉

【年　　岁】24

【生平经历】春,济南诸州邑苦旱,有《春不雨》诗忧之。夏,感于蚕农被逼租自缢事,赋《蚕租行》。八月,集名士于大明湖畔,举秋柳社。赋《秋柳》四章,传颂四方,和者数百家。后刻为《秋柳社诗》。是岁得诗编为《丁酉集》,后刻入《阮亭诗选》。

【主要作品】有诗《六月晦日见阶桐落一叶感成二首》。

【相关大事】清廷购求遗书。顺天、江南乡试科场案发。八月,郑成功攻占浙江台州府。

【纪　年】顺治十五年(1658)戊戌
【年　岁】25
【生平经历】二月,赴京师应殿试。四月,中殿试二甲第三十六名,与陈廷敬、吴国对、张一鹄、毛际可、李念慈、邹祗谟、李天馥等同榜登进士第,留京师观政三月。以书抵许珌订交。六月,与汪琬、邹祗谟、李念慈同过许珌寓所论诗。七月十五日,诸友各自将行,集报国寺松下赋诗。九月初,与李念慈同出京。是岁得诗编为《戊戌诗》。
【主要作品】赴京途中,经广川,有诗《广川作》。过易水,遇清军南下,作《渡易水遇下江南师》诗纪事。登榜日观洗象,后作《洗象行》诗。七月初七,与诸友同赋七夕诗,士禛作《七夕三首》。岁暮,有《读史杂感十首》《雪后答东痴见忆之作》《岁暮寄家兄》等诗。
【相关大事】正月,重治科场狱。五月,郑成功攻占浙江瑞安。

【纪　年】顺治十六年(1659)己亥
【年　岁】26
【生平经历】三月,启程上京师,经济南访施闰章。四月,抵京师,寓斜街。常与汪琬、刘体仁、叶方蔼、彭孙遹、陈廷敬等唱和。八月,西樵迁国子助教。十一月,谒选得扬州府推官。西樵量移,同士禧赴京师,兄弟相聚月余。十二月,启程赴任,先归里省亲。是岁得诗编为《己亥诗》。
【主要作品】有题画诗《水心精舍图为大司马苍岩先生赋》四首。
【相关大事】正月,清兵三路入滇,明永历帝走缅甸。七月,郑成功攻金陵不克,败走海上。

【纪　年】顺治十七年(1660)庚子
【年　岁】27

【生平经历】三月，赴扬州推官任。夏间，来往于江淮间。八月上旬，充江南乡试同考官。十一月，渡江往常州，途经镇江，游金山。本年所撰《白门》《过江》等集汇为《庚子诗》。

【主要作品】有纪行诗《宿迁作》《度淮作》《过清河》《高邮道中》《露筋祠》等，又有《七月七日舟中晚晴二首》等诗。

【相关大事】正月，清廷严禁结社订盟。

【纪　　年】顺治十八年(1661)辛丑

【年　　岁】28

【生平经历】在扬州推官任。正月初，请知府罢府僚迎春琼花观用妓导骑及饮宴用妓侑酒旧例，州人美之。正月底，往松江，过镇江，泊毗陵，抵苏州，轻舟入太湖口，游光福玄墓。望太湖，见渔洋山，爱其秀峙无所附丽，取以自号。三月，在金陵，游秦淮河。四月，有海陵之行，晤冒辟疆、无誉兄弟。五月，托钱谦益甥呈书，并附诗集求序。牧斋报书。闰七月，选唐五七言律诗绝句，编为《神韵集》。九月，钱谦益为作《渔洋诗集序》。是年所撰，删定为《辛丑诗余》。

【主要作品】有诗《丹徒行吊宋武帝》《五人墓》《自光福里入太湖口往圣恩寺》《秦淮杂诗》《画荔枝》等。

【相关大事】正月，顺治帝卒。康熙帝即位。郑成功收复荷兰所据之台湾。三月，苏州抗粮哭庙案发。六月，江南奏销案起，士林酷遭荼毒。十二月，庄廷鑨《明史稿》案发。

【纪　　年】康熙元年(1662)壬寅

【年　　岁】29

【生平经历】正月十日，致书汪琬，告以《阮亭诗选》将刻成，请作序。三子启汸生。五月，盛符升刊《渔洋山人诗集》十七卷，前列钱谦益、施闰章、冒辟疆、王士禄诸公序。六月，与袁于令、张养重、陈维崧等泛舟红桥，所作编成《红桥唱和词》。夏秋之交，寓居真州闵园，有《真州绝句六首》。冬，宗元鼎以诗见知于公。十二月，编订是年诗篇为《壬寅诗》。

【主要作品】有诗《九日平山堂二首》《京口怀家兄子侧》《舟中望惠山口号》《蓉江寄牧翁先生》等。

【相关大事】二月，明永历帝被俘杀。五月，郑成功卒于台湾。十月，赵执信生。

【纪　　年】康熙二年（1663）癸卯

【年　　岁】30

【生平经历】八月，李渔游扬州，晤士禛。二十八日，三十初度，邹祗谟、陈维崧、李渔并有词贺之。九月赴如皋，途中作《论诗绝句》。十月，赴金陵任武举同考官。游燕子矶怀古。十一月，太公为士禛兄弟分家，以其宦游南北也。有怀河北诗人申涵光诗。除夕，编次本年诗为《癸卯诗卷》。

【主要作品】有诗《至日怀申凫盟兼寄张覆舆》《方山道中二首》《瓜步晚望》。

【相关大事】五月，庄氏《明史稿》案狱决，得重辟者七十人。

【纪　　年】康熙三年（1664）甲辰

【年　　岁】31

【生平经历】在扬州推官任。三月，初九日清明，招林古度、杜濬、孙枝蔚等名士修禊红桥，即席赋《冶春诗》二十四首，诸君皆和。此会作后刻为《阮亭甲辰诗》一卷。兄西樵因河南乡试事下狱。闰六月，因公务至金陵，夜泛秦淮，宿青溪。又登鸡鸣寺，访乌龙潭，游灵谷寺、报恩寺、瓦官寺等。此行所作诗文编为《白门集》。十月三日，西樵事得澄清，出狱，仍免官。士禛迁礼部主客司主事。十一月，西樵抵扬州，士禛以舟逆于高邮。

【主要作品】有诗《甓湖舟夜读渭南诗集偶题长句》《真州有怀家

兄西樵二首》《台城怀古二首》《题秦淮水榭》《金陵晓发》《白沙江上雪却寄家兄扬州》等。有文《游瓦官寺记》。

【相关大事】明臣张煌言被执死。钱谦益卒。

【纪　　年】康熙四年(1665)乙巳

【年　　岁】32

【生平经历】在扬州推官任。五月,谢吏事,客游江宁。得费密诗,大为惊叹,有诗赞之,费密因此得名,与士禛定交。七月,欲去扬州,作《江南好》数阕。初七日,方文、孙枝蔚、陈维崧诸公会送。吴嘉纪来送别。与西樵奉双亲登舟北上。九月,到京上礼部主宾司主事任,提督会同、四译两馆。十月,因户部郎中李振裕之谤罢官。西樵纂《燃脂集》成,凡二百三十五卷。

【主要作品】有诗《将发如皋留别辟疆于皇其年诸子》《寄家兄吴郡二首》《雨登湘中阁眺望》《金陵道上》《牛首山同方尔止》《中峰涧二首》《读费密诗》《题春雨草堂》等,有文《游牛首山记》《游摄山记》《游宝华山记》等。

【相关大事】八月,清廷重申顺治五年九月旨意,征集天启四、七年实录及崇祯元年以后事迹,有记载明季时事之书,亦应送。八月,丁耀亢以《续金瓶梅》被逮。

【纪　　年】康熙五年(1666)丙午

【年　　岁】33

【生平经历】入京复官。五月,士禛三妹卒。将在扬期间理案实录集为《维扬信谳》若干篇,冒辟疆序之。

【主要作品】有诗《过广川吊董子》《花朝道中有感寄其年三首》等。

【相关大事】正月,何世璂生。十月,林古度卒。

【纪　　年】康熙六年(1667)丁未
【年　　岁】34
【生平经历】在礼部主客司主事任。夏,门人及从学者裒集壬寅以后诗作为《王礼部集》。九月初九重阳,龚鼎孳招士禛与汪琬等黑窑厂登高,刘体仁复招游祖氏园。朱彝尊至京,多年神交,至是初晤,相与论诗甚合,竹垞为作《王礼部诗序》。十二月,宋荦入京,寓报国寺,始与士禛定交。
【主要作品】有诗《送陶季之潞州》《立秋后雨中言怀寄家兄西樵于广陵》《祖将军园亭》等。
【相关大事】七月,康熙帝玄烨始亲政。

【纪　　年】康熙七年(1668)戊申
【年　　岁】35
【生平经历】正月,迁礼部仪制清吏司员外郎。三月,吴雯来谒,士禛读其诗,为延誉于刘体仁、汪琬、梁熙。雯由是知名于京师。五月,陈维崧至京,出所刻《乌丝词》,士禛与西樵、曹尔堪、宋琬同有《沁园春》题之。十二月,招陈维崧等宴集饯送吴雯。
【主要作品】有诗《十六日晓过慈仁寺看松雪》《送宋牧仲归黄州》《题文与也为梁曰缉画〈江村读书图〉》等。有文《吴临颍墓表》等。
【相关大事】七月,恢复八股取士。

【纪　　年】康熙八年(1669)己酉
【年　　岁】36
【生平经历】正月,四子启沂生。三月,奉命使淮南榷清江关。四月初一,与同僚订《春朝仪式》上之。四月携眷南下。张夫人归里,为启涑娶妇。在清江榷署任上,尽革造船贪腐之弊。八月生辰,尤侗有诗寄赠。编成《渔洋诗集》二十二卷,门人刻于吴郡沂咏堂。冬,启浑得悬痈疾,士禛以河涸缺额,听庸医所为,遂不可疗，终落跛疾。

【主要作品】有诗《再送吴雯归中条二首》《双剑行吏部侍郎孙公席上作》等。

【相关大事】是年秋，方文客死芜湖。

【纪　　年】康熙九年(1670)庚戌

【年　　岁】37

【生平经历】在清江榷署。正月，西樵往清江探望。二月，叔兄士祜应会试，中进士。五月初六，以为官清廉，蒙恩特授奉直大夫，阶从五品。封张氏夫人为宜人。六月，西樵复原官吏部稽勋员外郎。九月，西樵补吏部考功司员外郎。十月，自淮上归京复命，过里为双亲寿。十一月，携家眷赴京。

【主要作品】有诗《庚戌早春雪中寄怀广陵宗梅岑》等。

【相关大事】八月，邹祗谟卒。是年，邓汉仪始编《诗观初集》。

【纪　　年】康熙十年(1671)辛亥

【年　　岁】38

【生平经历】二月，邓汉仪录士禛诗二十八题入《诗观初集》。三月，迁户部福建清吏司郎中。九月，四子启沂夭折。

【主要作品】有诗《送朱锡鬯之广陵二首》《题施愚山〈卖船诗〉后》《九月十五夜哭师儿三首》等。

【相关大事】是年，吴伟业、方以智、丁耀亢卒。

【纪　　年】康熙十一年(1672)壬子

【年　　岁】39

【生平经历】正月，与人同游西山。将此行诗作编为《游西山诗》，严绳孙、曹禾、汪懋麟序之。三月，启涑续娶。四月，第五子启汱生于京邸，后改名汧。六月，启浑病卒，年十七。十五日，奉命为四川乡试主考官。七月初一，启程出京。经河北、山西、陕西，越秦岭，过汉中入川，抵成都府，前后历七十余日。八月初一，太夫人去世。二十五日，发成都，出三峡，历荆襄、南阳、郑州，九月，于内丘闻太夫人讣，徒跣奔丧，里居服丧。典四川乡试沿途所作诗，编为《蜀道集》，又有《蜀道驿程记》。

【主要作品】有诗《初春四日休沐同荔裳方山西樵往西山道中作》《晚望翠微寺》《碧云寺魏阉葬衣冠墓》《故明景帝陵怀古》《国士桥》《观音碥》《虎跳驿》《叙州流杯池泸州使君岩，皆山谷先生旧游，都不及访，怅然赋此》《白帝城谒昭烈武侯庙》《登虾蟆碚》《襄阳口号》等。

【相关大事】六月，康熙帝颁布训谕十六条。周亮工卒。邓汉仪编《诗观初集》竣。

【纪　　年】康熙十二年(1673)癸丑

【年　　岁】40

【生平经历】里居守制。七月，兄西樵哀毁憔悴，忧伤体虚，忽病重，于二十二日卒。八月，编订西樵《考功诗选》，自为序。始编箧中师友往来诗为《感旧集》。

【主要作品】

【相关大事】十一月二十一日，平西王吴三桂反。是年，龚鼎孳、宋琬卒。沈德潜生。

【纪　　年】康熙十三年(1674)甲寅

【年　　岁】41

【生平经历】在里中服丧。四月，《感旧集》八卷编成，自为序。屡寄书于汪琬，追忆京师诗酒游从之乐。

【主要作品】有诗《七月廿一夜雨哭西樵》《挽蒋虎臣先生》等。

【相关大事】二月，广西将军孙延龄反。三月，靖南王耿精忠反。

【纪　　年】康熙十四年(1675)乙卯

【年　　岁】42

【生平经历】在里中服丧。二月，服阕。闰五月，奉太公命赴京师。六月,抵京,寓天宁寺。时京师故人皆散去,仅李天馥、陈廷敬、叶方蔼在翰林。七月,洪昇自杭州赴京,李天馥以其诗示士禛,嗟赏之。洪遂从公受业。冬,有《五君咏》怀故人刘体仁、施闰章、汪琬、梁熙、董玉虬。

【主要作品】有诗《秋日过子吉读书斋有怀苕文》《赵北口感怀先兄西樵兼痛兄子浣》《阜城感伪齐刘豫作》《东方曼倩故里》《谢施愚山寄敬亭茶著书墨四首》《岁暮再赴京师留别仲兄礼吉因怀叔兄子侧》《腊月六日大雪游兔柴登西佳楼》等。

【相关大事】正月,进封尚可喜为平南亲王。十一月,郑经入福建漳州。是年,杨绳武生。

【纪　　年】康熙十五年(1676)丙辰

【年　　岁】43

【生平经历】正月十一日,启程赴京师。二月,过宋炘宅观画。五月,补户部四川清吏司郎中。九月初十,张夫人卒于里第,年四十。士禛不得临哭,撰《行述》三千余言。

【主要作品】有诗《送严荪友归锡山兼寄秦留仙太史马云翎孝廉》《送曹颂嘉舍人归江阴二首》《送徐竹隐之绍兴三首》《赠叶井叔三首》《秦中凯歌十二首》《有虎》等。

【相关大事】二月,广东讨寇将军尚之信反,幽其父尚可喜。十月初四,耿精忠降。郑经趁机谋取福州,败。十一月,刘体仁卒。

【纪　　年】康熙十六年(1677)丁巳

【年　　岁】44

【生平经历】二月,赋悼亡七绝三十六首。十月,太公为聘继室陈氏来京师归公。选友人宋荦、王又旦、曹贞吉等十人诗为《十子诗略》,刻于京师。顾贞观与纳兰性德同选《今词初集》三十八家,选士禛词十三首。

【主要作品】有诗《曹升六谢千仞携酒过饮宋牧仲张杞园亦至同

赋长句二首》《送洪昉思由大梁之武康》《答盘山拙上人寄电光云鹤诸集》等。

【相关大事】六月,申涵光卒。

【纪　年】康熙十七年(1678)戊午

【年　岁】45

【生平经历】正月二十三日,授翰林院侍讲。二十八日,改翰林院侍读。闰三月,与陈廷敬入侍南书房。二十四日,释大汕为陈维崧绘《填词图》,士禛为题七绝二首。十月,奉旨与韩菼主考顺天武乡试。

【主要作品】有诗《题陈其年〈填词图〉》《御苑人参应制》《艺圃杂咏十二首》《送宋牧仲员外榷税虔州兼寄怀易堂诸子》等。

【相关大事】正月,诏举博学鸿儒。二月,郑经围攻福建海澄,三战三捷。三月初一,吴三桂称帝于衡州,八月十七日病卒,孙吴世璠继位。

【纪　年】康熙十八年(1679)己未

【年　岁】46

【生平经历】正月,邵长蘅来京应博学鸿词科,与士禛为邻,过从甚密。五月,侧室张孺人生长女阿端于京邸。八月,施闰章请士禛定其全集。十二月,以内阁学士徐文元疏,入《明史》馆,为纂修官。

【主要作品】有诗《雨后出西郭怀冰修子湘耦长》《送吴天章归中条山六首》《初秋索耦长画》《题徐电发检讨枫江渔父图》等。

【相关大事】三月初,上亲试博学鸿儒于体仁阁。四月,归允肃、赵执信中进士。是年,张岱卒。

【纪　年】康熙十九年(1680)庚申

【年　岁】47

【生平经历】三月十五日,冒辟疆七十大寿,士禛有诗贺之。秋,读吴兆骞《秋笳集》,为题律诗一首。八月,迁国子祭酒。闰八月十五夜,有诗悼亡妻。九月,李天馥为内阁学士,陈廷敬、叶方蔼相代为掌院学士,施闰章、陈维崧、汪琬等皆在翰林,会曹贞吉、宋荦等名士文酒酬唱,极风雅之盛。

【主要作品】有诗《题吴汉槎秋笳集》《送梅耦长归江南五首》《闰中秋夜不寐悼亡》《九日独游悯忠寺》《十月初七夜雪中作》等。

【相关大事】正月,李渔卒于杭州。二月,始开海禁。

【纪　　年】康熙二十年(1681)辛酉

【年　　岁】48

【生平经历】八月初二日,兄东亭(士祜)卒于士禛京邸。十一月十八日,有喜云南吴三桂乱平纪事诗。吴兆骞自宁古塔生还抵京,一时传为盛事,徐乾学有诗赠贺,士禛有和作。门人曹禾为撰《渔洋续集》序,反驳对渔洋学宋诗之批评。

【主要作品】有诗《送不雕归太仓》《送施愚山侍讲使河南》《哭兄东亭先生四首》《初冬过黑龙潭感怀龚端毅公》《恸哭》《腊月六日雪即事》等。

【相关大事】十月二十八日,清军入云南省城,吴世璠自杀,云南平。

【纪　　年】康熙二十一年(1682)壬戌

【年　　岁】49

【生平经历】夏,汪懋麟为撰《渔洋续集》序。七月,王又旦、汪懋麟邀陈廷敬、徐乾学及士禛于城南祝园雅集。徐乾学及诸公盛赞士禛诗为国朝正宗,度越有唐。

【主要作品】有诗《六月二十一日始闻蝉声》《送汪舟次太史林石来舍人奉使琉球六首》等。

【相关大事】正月,顾炎武卒。三月三日,宰相冯溥集诸名士于万柳堂修禊,冯溥大言宋诗之弊。施闰章、徐乾学、陈维崧辈皆俯首听命。五月,陈维崧卒。

【纪　　年】康熙二十二年(1683)癸亥
【年　　岁】50
【生平经历】闰六月,读司空图《一鸣集》,深赏其论诗"味在酸咸之外"。冬,以徐乾学劝,撰《五七言古诗选》。此年前后,泰州缪肇甲、黄泰来据冒丹书所抄士禛选唐七律一卷,刻为《唐诗七言律神韵集》行世。
【主要作品】有诗《施愚山先生哀诗》《与赵秋水话申凫盟遗事感赋》《牧仲寄示秋日巡海杂诗》《雪中闻东痴先生殁于德安二首》等。有文《跋边习诗集二则》等。
【相关大事】吴嘉纪卒。施闰章卒。

【纪　　年】康熙二十三年(1684)甲子
【年　　岁】51
【生平经历】四月,在客座识魏世傚,往还数月,许为忘年交。九月,陈孺人生女阿宫于京邸。十月,迁詹事府少詹事,兼翰林院侍讲学士。十一月,奉命祭告南海。是年冬,门人盛符升在吴门刊《渔洋续集》成,十六卷。
【主要作品】有诗《题门人汪舟次乘风破浪图四首》《雄县道中》《河间怀古同澹心山公》《赵简子渡河处》《陈思王墓下作》《雪后过峄山》《彭门怀古八首》等。
【相关大事】

【纪　　年】康熙二十四年(1685)乙丑
【年　　岁】52
【生平经历】二月初八,舟过珠江,次五羊门。初十日,抵广州府。始与陈恭尹定交。叶燮时游岭南,在广州有诗送行。四月初一,登舟返程。初六日,抵肇庆。五月初九,与孙枝蔚共游庐山小三峡、白鹿洞。六月十六日,抵里,省太公。七月,怆然拜别太公赴京。

九月,复命后一日,循例乞假归省。二十八日,太公下世。粤东之役,得诗三百余篇,编为《南海集》。将使南海沿途闻见笔记次为《皇华纪闻》四卷,往来行程日记编为《粤行三志》。

【主要作品】有诗《望庐山》《广州竹枝词六首》《归度大庾岭》《三峡桥》《采石太白楼观萧尺木画壁歌》《归次临淮》等。有文《游端州七星岩记》等。

【相关大事】五月,词人纳兰性德卒。清军收复雅克萨城。

【纪　　年】康熙二十五年(1686)丙寅

【年　　岁】53

【生平经历】在城西居庐服丧。冬,致书朱彝尊,属题《西城别墅倡和集》封面,商借足本《唐摭言》。

【主要作品】有文《跋张忠定公题射雕图》等。

【相关大事】三月,命修《大清一统志》。

【纪　　年】康熙二十六年(1687)丁卯

【年　　岁】54

【生平经历】在城西居庐服丧。夏间,取宋姚铉《唐文粹》所收诗删为六卷,名曰《唐文粹诗选》。秋,自城西移居南城旧第。冬,雪中游长白李氏啸园。

【主要作品】有《啸园诗十二首》,有文《毕子万公权家传》等。

【相关大事】正月初一,孙枝蔚卒。十二月,太皇太后崩于慈宁宫。

【纪　　年】康熙二十七年(1688)戊辰

【年　　岁】55

【生平经历】正月初二,连夜应诏赴京叩谒太皇太后梓宫。十五日抵京,与李天馥、陈廷敬相见。二月十五日,朱彝尊过访。二十一日,礼部启奏,得旨回籍。三月初六日,抵舍。往返六十二日,日记编成《北征日记》一卷。七月,编《唐贤三昧集》三卷告竣。

【主要作品】有诗《归经鹊华二山间即目》《浒山铺》等。

【相关大事】

【纪　　年】康熙二十八年(1689)己巳
【年　　岁】56
【生平经历】在南城旧第服丧。正月初八，上启程南巡视察黄河，士禛赴德州迎驾。十三日，与李之芳等迎驾德州西关。十六日，迎驾济南。十八日，初晤蒲松龄。夏间，整理入朝为官以来笔记，编次为《池北偶谈》二十六卷。蒲松龄呈所著《聊斋志异》，读之，大赏其文笔，题一绝于后。十一月初，赴京。入京道中，遇赵执信。
【主要作品】有诗《戏书蒲生聊斋志异卷后》《题赵承旨画羊》等。
【相关大事】六月，中俄订立《尼布楚条约》。七月，洪昇、曹禾、赵执信等因国丧期间观《长生殿》罢官。

【纪　　年】康熙二十九年(1690)庚午
【年　　岁】57
【生平经历】正月初一，过朱彝尊宅看桃花。再补詹事府少詹事，兼翰林院侍讲学士。二月十二日，随班侍讲于文华殿。十五日，陪祭社稷坛。撰《五代诗话》。三月初十日，上在畅春苑，命士禛迁都察院左副都御史。四月十六日，奉旨祈雨于灵佑寺。五月初九日，迎陈氏、张氏两孺人来京。六月，女阿端卒。十月，迁兵部督捕右侍郎。招孔尚任、顾贞观等饮，与孔尚任之交自此始。
【主要作品】有诗《过弘衍庵海棠已化去感怀施愚山侍读》《赵伸符宫赞书来云秋雨霑足山泉四溢临流坐石日诵庄骚赋寄三首》《家书至知女端于十月初九日已葬哭之五首》等。
【相关大事】六月，准噶尔部首领噶尔丹入寇。十二月，老友汪琬卒。

【纪　　年】康熙三十年(1691)辛未
【年　　岁】58
【生平经历】正月初六日,奉旨以张玉书、陈廷敬为会试主考官,李光地与士禛副之。黄叔琳始游于士禛之门。林佶来从学。七月秋审,据法议杨成、萧儒英案。删定唐人选唐诗数种,又益以五代韦庄《又玄集》、宋姚铉《唐文粹》,合为《唐选十种》,属门人盛符升、王立极校刊于昆山。十一月,编成《蜀道驿程记》。
【主要作品】有诗《放榜》《十月朔亲祭太庙是夜雪》《楝亭诗曹工部索赋》等。
【相关大事】八月,梁清标卒。十二月,冯溥卒。

【纪　　年】康熙三十一年(1692)壬申
【年　　岁】59
【生平经历】正月初六日,会议常平仓。初稿有劝输之语,士禛与于成龙共言之而止。二月,阅张泰来《江西诗派图录》,取《后村全集》中《江西诗派序》一文补正之。三月十七日,送朱彝尊出京。四月,循例启奏八旗逃获之数,因满员侍郎失职,坐降一级留任,罚俸一年。宗室克什兔私诈伪契,强买民子,士禛不畏强御,绳之以法。八月初五日,调户部右侍郎。十月,督理钱法,故例有呈祥钱,立禁革之。陈孺人病重不起。今年,《十种唐诗选》刊成。
【主要作品】有诗《和赵伸符宫赞寄门人洪昉思绝句》《题王石谷画送竹垞归禾中二首》等。有文《跋江西诗派图》等。
【相关大事】

【纪　　年】康熙三十二年(1693)癸酉
【年　　岁】60
【生平经历】四月十二日,侧室陈孺人卒,享年三十二。五月,蒙恩授阶通议大夫。七月下旬,第三女阿宫卒,年十岁。有悼亡诗十二首,哭陈孺人及亡女。九月十六日,赴内阁会议江浙两省忧旱欠收蠲免漕粮事。《十种唐诗选》既刊成行世,请尤侗为序。

【主要作品】有诗《送吴商志之大梁二首》《题朱竹垞雪景写真四首》《题朱竹垞小长芦图卷三首》等。

【相关大事】冒辟疆卒。

【纪　　年】康熙三十三年(1694)甲戌

【年　　岁】61

【生平经历】二月初九,上命士禛署兵部事。六月,与礼部尚书张英等同充纂修《渊鉴类函》总裁官。七月,过孔尚任宅。九月,会议秋审。一日秋雨中,王原祁携画见过,与论画理,义皆与诗文通。

【主要作品】有诗《寄答余澹心》等。

【相关大事】五月,谕修《渊鉴类函》。

【纪　　年】康熙三十四年(1695)乙亥

【年　　岁】62

【生平经历】三月,寄尤侗书扇面四诗,以《国朝谥法考》一书求序。八月,次甲子使粤以前及丁卯以后诗、庚午以后杂文,为《蚕尾集》十卷,寄苏州宋荦,请为刻之并撰序。前此所作古文辞,别为《渔洋文略》十四卷,属门人张云章序之,亦付苏州刻。十月,张云章为撰《新城先生文稿序》,盛推士禛为当代文宗。托孔尚任致意,欲将《长白山录》等杂著小品刊入张潮所辑《檀几丛书》续集中。十二月,将今年所作诗文稿编成《乙亥文稿》。

【主要作品】有诗《五月望日京少言彦来静山邀过崇效寺访雪坞法师看枣花同赋》等。

【相关大事】七月,黄宗羲卒。

【纪　　年】康熙三十五年(1696)丙子
【年　　岁】63
【生平经历】正月二十一日,奉使祭告西岳西镇江渎。二月初三日,发京师,经河北、山西,渡黄河,过潼关,三月初三日,至西岳华山白帝宫祭告。渡渭水,入栈道,越秦岭,四月二十九日诣成都江渎庙奠祭礼。五月十六日,发成都。七月二十四日抵舍。八月,启程赴京。二十六日,张潮寄书,告士禛著作已刻入《檀几丛书》二集。九月,复命京师,此行得诗百余篇,为《雍益集》。又有《秦蜀驿程后记》二卷,《陇蜀余闻》二卷。
【主要作品】有诗《过琉璃河》《故关》《平定西道中即事》《韩侯岭题壁》《风陵渡河抵潼关》《骊山温泉》《杨妃冢》《百牢关》《嘉陵江上忆家》《飞仙阁口号》《剑门关》《渡洛水》等。
【相关大事】五月,屈大均卒。

【纪　　年】康熙三十六年(1697)丁丑
【年　　岁】64
【生平经历】正月,门人蒋景祁为刻《五七言古诗选》成。二月十八日,仲兄士禧卒,年七十一。张潮刊《檀几丛书》二集成,收士禛《水月令》《长白山录》《渔洋诗话》等小品。五月,进《北平雅》十二章。七月,《雍益集》刻竣,蒋廷锡为撰序。是秋,有以赵执信讥谤之辞传于士禛,士禛有怒意,赵自此搁笔墨四年。
【主要作品】有诗《雨后门人钟圣舆辕送芍药报谢二首》等。
【相关大事】二月初六,康熙帝三次亲征噶尔丹。

【纪　　年】康熙三十七年(1698)戊寅
【年　　岁】65
【生平经历】四月,选西樵诗四卷刻之,撰《考功选集序》。七月十三日,迁都察院左都御史,掌院事。十一月二十四日,奉命与户部尚书陈廷敬、前左都御史王鸿绪直南书房。

【主要作品】

【相关大事】十一月,曹贞吉卒。

【纪　　年】康熙三十八年(1699)己卯

【年　　岁】66

【生平经历】二月,驾发京师,士禛进《南巡颂》,撰《古欢录》八卷。六月初七日,侧室张孺人病卒于京邸,年四十三。秋审,或以金两为重,定囚之出入。士禛独谓:“当论事情之轻重,不当止论金两。”上以为然。九月十三日,次女婉卒,有哭张孺人及婉诗十六首。十一月初五日,迁刑部尚书。

【主要作品】有诗《悼亡诗哭张孺人附哭女婉十六首》。

【相关大事】九月,费密卒。十月,李天馥卒。十一月,顺天乡试案兴,副考官姜宸英死狱中。

【纪　　年】康熙三十九年(1700)庚辰

【年　　岁】67

【生平经历】正月二十七日,乾清门御试己卯科顺天举人。与内阁九卿在勤懋殿阅卷。五月,将盛符升、曹禾所编《精华录》付林佶刊之。六月,蒙恩赐御书“带经堂”匾额。九月,重阳节后,辑《古欢录》成,自序之。充武会试读卷官。

【主要作品】有文《重建帝尧庙碑记》。

【相关大事】四月,陈恭尹卒。九月,彭孙遹卒。

【纪　　年】康熙四十年(1701)辛巳

【年　　岁】68

【生平经历】三月初,经筵毕,即病且剧。伏枕四十余日,病中将《居易录》三十四卷定稿。春间,蒲松龄有书至,述私淑之意。四月初,病中撰《五代诗话》序。十七日，以久病恐部务废搁，具疏乞休沐，归里迁葬。上谕“给假五月，不必开缺”，且有“老成忠厚，人品学问俱好”之褒。五月十三日，出都，有书十余车，古今字画册卷二三车，公卿大夫与门下士咸会祖道。诸门人属禹之鼎绘《载书图》以纪其盛，图成，各有诗纪事。十月，将赴京师，蒲松龄有诗送行，附近作请正，士禛为跋其后，并赠对联。

【主要作品】有诗《赋得明月照积雪》《叹老口号寄牧仲巡抚》《过徐五东痴墓》。

【相关大事】

【纪　　年】康熙四十一年（1702）壬午

【年　　岁】69

【生平经历】二月，得全轨所寄长句，激赏之，因语河南巡抚徐潮等，聘之主大梁书院。四月六日，蒙恩赐御书“信古斋”匾额。七月，肺病告假浃旬。八月，卧疾。十月初十晨，雪后满庭晚菊尚敷腴可玩，忍寒坐信古堂，对雪看菊。校订曾祖之垣《历仕录》，刻于京师。十二月，阅祝允明《罪知录》，不满其狂悖，尤恶其扬李抑杜。

【主要作品】有诗《立秋日雨竟夜晨起竹轩即事》《初秋三日竹轩即事》《腊月廿七日大雪》等。

【相关大事】

【纪　　年】康熙四十二年（1703）癸未

【年　　岁】70

【生平经历】三月十八日，万寿节，康熙五十大寿，上《万寿颂》。进家藏宋王晋卿《烟江叠嶂图》长卷为寿，纳于内府。是日，以士禛谳狱公正，平反冤狱有德，覃恩特授资政大夫，阶从二品。十九日，赴畅春苑，启奏刑部释放囚犯八百余人。夏，山东雨灾。八月十一日，士禛等奉旨截留漕米，往赈山东饥民。二十八日，七十寿辰。
【主要作品】有诗《上元后二日复大雪》《沧浪亭诗二首寄牧仲中丞》等。
【相关大事】

【纪　　年】康熙四十三年(1704)甲申
【年　　岁】71
【生平经历】三月，奉旨同都察院公勘玉泉山内外河工。编辑康熙三十四年迄四十三年官户部侍郎至刑部尚书京邸之作，为《蚕尾续集》。秋，初编成《香祖笔记》八卷。九月，以审王五、吴谦案牵连，坐瞻徇革职，降三级调用。十月，归里。
【主要作品】
【相关大事】二月，田雯卒。五月，吴雯卒。六月初一，门人洪昇途经乌镇，酒后堕水死。六月，尤侗卒。八月，韩菼卒。十一月，邵长蘅卒。

【纪　　年】康熙四十四年(1705)乙酉
【年　　岁】72
【生平经历】里居。二月，上巡视黄河，士禛至德州迎驾。夏，避暑西城别墅，居鸥舫中，始述年谱。今年，复撰集归田以来笔记，合前所集《香祖笔记》八卷，共得十二卷，刻于吴门。
【主要作品】有诗《圣舆子青邀游漪园》《重过杏村三绝句》等。
【相关大事】

【纪　　年】康熙四十五年(1706)丙戌
【年　　岁】73
【生平经历】正月，四妹卒。二月，三媳王氏卒。四月，往于兹山下别业。山有夫于亭，即陈仲子所居抑泉口也。日夕对山，慕仲子之高风，因以“古夫于”名堂。本年得诗九十一首，为《古夫于亭稿》。

【主要作品】
【相关大事】

【纪　　年】康熙四十六年(1707)丁亥
【年　　岁】74
【生平经历】春夏间,济南属邑大旱,巡抚遣济东道佥事宋广业临县赈饥,使各邑绅士造佃户册,按其名领仓米。士禛虽瓶无储粟,独不具册,不领米。府县皆称其廉直。
【主要作品】
【相关大事】二月,诏续编《群芳谱》成,赐名《佩文斋广群芳谱》,仍存先祖父象晋原序。四月,《全唐诗》告成。

【纪　　年】康熙四十七年(1708)戊子
【年　　岁】75
【生平经历】春,寄近刻书给蒲松龄。秋冬间,取康熙四十四年所撰诗话六十则复增一百六十余则,编为《渔洋诗话》三卷。编次今年之作为《蚕尾后集》。编次康熙四十五年后笔记,成《古夫于亭杂录》六卷。《十种唐诗选》风行天下,供不应求。
【主要作品】有诗《七月雨中即事》《题张杞园杞城别墅图四首》《寄宋牧仲太宰二首》《十月二十日微雪独饮》等。
【相关大事】九月,潘耒卒。宣诏废皇太子胤礽,杀其流党。

【纪　　年】康熙四十八年(1709)己丑
【年　　岁】76
【生平经历】六月初十日,有札谢汪洪度新刻《古夫于亭稿》。十二月初一日,集今年所作笔记为《分甘余话》。
【主要作品】有诗《雪中作》《乞竹》等。
【相关大事】十月,朱彝尊卒。十一月,《渊鉴类函》成。

【纪　　年】康熙四十九年(1710)庚寅

【年　　岁】77

【生平经历】里居卧病。今年忽婴痒疾,辗转床褥。谋为亡友林古度刊行诗集,门人程哲力任其事,未两月竣工。七月,痒疾变为疡症,苦不堪言。门人程哲、程鸣以书来,征士禛平生诗文,汇为全集,刊行于世。遂于病次置各集于枕旁,命儿辈查检朗诵,详加去留,编次九十二卷,题曰《带经堂集》。程哲撰序,来秋刊成。《分甘余话》亦由程氏兄弟刊于广陵七略书堂。九月,将所编《渔洋诗话》稿三卷授门人黄叔琳,嘱序而梓之。十二月,以上旨得复还原官。刻己丑庚寅近诗一卷。

【主要作品】

【相关大事】

【纪　　年】康熙五十年(1711)辛卯

【年　　岁】78

【生平经历】里居卧病。二月六日,从弟士骊与启汸同入京上谢表。三月三日,士骊由京返里,日日与公聚首而谈。三月二十七日,病加剧,士骊得报往视。四月,病愈甚,于枕上口授《居烈妇向氏传》,命启汧书之,竟成绝笔。五月十一日酉时,辞世。孔尚任赴新城吊唁。赵执信闻士禛卒,奔哭之,曰:“典型杳矣!”张云章、刘廷玑、沈德潜、陈廷敬等闻讣,俱有诗文挽之。三十日夜,蒲松龄夜梦士禛过己,不知其已下世,后有诗纪其事。十月,《带经堂集》剞劂告竣,程哲差人赍书至,士禛竟不得见。十二月初七日,葬士禛于河北岸祖茔。以未获朝廷赐谥,门人私谥“文介”,乾隆五十四年乃补谥“文简”。

【主要作品】

【相关大事】是年,戴名世《南山集》案发。

【纪　　年】康熙五十一年(1712)壬辰
【年　　岁】
【生平经历】二月初三日,奉士禛神主入文庙右偏乡贤祠内。
【主要作品】
【相关大事】

图书在版编目(CIP)数据

王士禛诗文鉴赏辞典 / 张煜编著. —上海：上海辞书出版社，2024. —(中国文学名家名作鉴赏精华).
ISBN 978-7-5326-6243-2

Ⅰ. I206.49-61

中国国家版本馆 CIP 数据核字第 2024GY6333 号

王士禛诗文鉴赏辞典

张 煜 编著

责任编辑 吴艳萍
装帧设计 姜 明
责任印制 楼微雯

出版发行 上海世纪出版集团
上海辞书出版社®(www.cishu.com.cn)
地　　址 上海市闵行区号景路 159 弄 B 座(邮政编码：201101)
印　　刷 上海盛通时代印刷有限公司
开　　本 889 毫米×1092 毫米 1/32
印　　张 8
字　　数 153 000
版　　次 2024 年 8 月第 1 版 2024 年 8 月第 1 次印刷
书　　号 ISBN 978-7-5326-6243-2/I・583
定　　价 68.00 元